回到分歧的路口

非亲非故

索耳 著

中信出版集团｜北京

图书在版编目(CIP)数据

非亲非故 / 索耳著. -- 北京：中信出版社，
2023.4
ISBN 978-7-5217-5568-8

Ⅰ.①非… Ⅱ.①索… Ⅲ.①小说集-中国-当代
Ⅳ.①I247

中国国家版本馆CIP数据核字(2023)第059224号

非亲非故

著　者：索　耳
出版发行：中信出版集团股份有限公司
　　　　（北京市朝阳区东三环北路27号嘉铭中心　邮编　100020）
承　印　者：鸿博昊天科技印刷有限公司

开　本：880mm×1230mm　1/32　印　张：12　字　数：200千字
版　次：2023年4月第1版　　　　　印　次：2023年4月第1次印刷
书　号：ISBN 978-7-5217-5568-8
定　价：59.80元

版权所有·侵权必究
如有印刷、装订问题，本公司负责调换。
服务热线：400-600-8099
投稿邮箱：author@citicpub.com

目录

神游 ……… 001

与铀博士度过周末 ……… 047

女嗣 ……… 103

乡村博物馆 ……… 153

非亲非故 ……… 229

皮套演员之死 ……… 259

细叔鱿鱼辉 ……… 307

猎杀 ……… 339

后记 等冰层消融 ……… 373

神游

2017年，女儿赴加州读书，刚到那会儿，经常给我电邮，邮件写得极其认真，敲下的每个字符仿佛竦立的夜巡士兵，文中还插有她拍下的风景照，堪称图文并茂，虽然数码时代的一切极易消逝，她说，明知如此，但仍然用心书写，岂不也是一件浪漫之事？我是通过她的电邮了解到加州不仅有棕榈，有凸起巨大保龄球状礁石的海滩，还有皑皑不化的白雪，金门大桥在日暮的映射下会显示一种忧郁的橙。她曾长时间注视那种色彩，在经过圣莫妮卡的路上，她也发现了同样的霞光，唤起她同样的情感，那肯定不只是乡愁，女儿在邮件里说，或许是更高级的记忆，在她出生以前就被种下。好吧，我回想，我和她妈都没有去过加州，我们造人时，也没有下过什么特别的指令，女儿来到这个世界，纯属意外，她摧毁我们的避孕措施，就在我和她妈回到老家，祭拜完宗祠之后，她爷爷奶奶催孙的念叨还在回响,她就悄无声息地潜入了她妈的子宫里,犹如一颗嘲讽的哑弹,十个月后她爷爷在产房前一接过婴儿,脸就绿了,当晚就买了回乡下的车票,在老家躲了半年,才肯跟我们恢复见面。还好,女儿长大以来,没闹过什么烦心事,她一直很乖巧可爱,能把爷爷奶奶逗得笑喷饭,爷爷奶奶也把攒下来的几串康熙通宝给了她,那本来是要传给男孙的。女儿上高二时,爷爷奶奶相继患上老年痴呆,病情迅猛,两人常日坐在老厝的昏暗大厅内,以手指互戳对骂,把我们方言里最难听的脏话变着花样说,大大超越了我们所熟悉的语料。他们在不断创造文化,只可惜我们不能在他们身边,随时记录下他们的争吵,不然对本地文化局来说是一份珍贵的研究材料。有一次,晚饭后,刚出供堂,他们床前的瓷缸被早由挠动,嗤嗤作响,院子里黄皮果树上的果实已熟,清香流入黄昏,我记得,那是某个特定的时刻,一定有什么人在窥视着这些,紧接着,在大厅里乘凉的两人就发作起来,骂得很凶,一个指责对方偷情妇,一个指责对方是姣婆、狐狸精,还讲得有头有尾、细节生动。我凝神听下去,发现他们彼此的指责大部分是子虚乌有之事,毕竟我当年也是在场者,我亲眼见证他们是如何相互扶持，度过那段晦暗岁月的，跟我们这个时代的虚浮不同，他们那时连饭都吃不饱，怎么会有余力想那些事情，所以他们不仅在创造语言，也在创造故事，那些记忆碎片，如同幽灵飘浮在他们的头颅中，可能只是一个照面、一个眼神、一个肢体动作、一次偶然的谈话、一个听来的传闻，被他们漫长婚姻生活里的龃龉放大，重新组合，变成这些听起来荒谬不堪的故事。后来我做文献研究，收集过许多旧报，《岭东日报·潮嘉新闻》里就有很多关于公婆嗌架的逸事，其中最离谱的，说某户两公婆，七十有余，膝下独子私渡香港时死于日军毒气，由是两人无依无靠，靠人赈米果腹，终日在屋内闲坐，大声嗌架不止，全年无休，成为社区一大奇观，后来有一天，声音戛然而止，有邻居看到有锦鸡从窗户飞出，大奇，去敲两公婆家的门，无人应答，几天后闯进去，已经人去屋空。至于两公婆到底去了哪里，没人知道，当然，我更相信这个故事的结局是美化的想象，真实的生活已经够惨了，惨兮兮的，它本来是，也应该是由私人完全占有，每个人都有权利把门关起来，品尝自己的苦羹，一旦被公开，连仅有的那点可贵的诚实也没有了。女儿她妈，也就是我的前妻，知道我父母的事情，也抽空过来探望过，我们在厅堂前搬了凳子坐下，竟不知从何聊起。我问她生意如何，她答说，还是瞎忙，说这话时，她手腕上的金表刚好晃到了我的眼睛。没坐多久，她脖子的汗就汩汩地冒，她说我们这地方，天气太热了，比深圳那边还热，世界上怎么会有这么热的地方？我望着孩子她妈，我知道这个北方姑娘永远也不会习惯南方的热量，哪怕她十九岁那年就来到这边了，几乎是跟随着那位慈祥老人的脚步，在珠江口画了一个圈，她在工厂里做过玩具、缝过鞋，在大排档卖过云吞，也在酒楼站过前台，我看过她的旧照片，那时她染着一绺紫发，穿喇叭裤，蹬着双拖鞋，在中山纪念堂前面留影，我不知道摄影师摆的是什么机位，把她的腿拍得格外长，加上她白皙的皮肤，跟她身后孙中山的铜像一对比，显得那尊铜像又黑又矮。很可能我们第一次见面时，她也是这么觉得我的，但她当时什么也没说，很拘谨，我们一起去看了《新火烧红莲寺》，而后在公园里溜达了一圈，糊里糊涂的，就在一起了。我父母一直不赞成我们在一起，他们希望我找个本地的，那些北妹不会同你生男仔噶，他们说，结果还真是，但我们的婚姻并非毁于子嗣，我们都心知肚明。女儿上五年级时，还扎着羊角辫，有次竟跑过来问我，如果她是个男孩，是不是我和妈妈就不会离婚了，我赶紧把她抱在膝上，说当然不是，爸妈离婚跟囡囡没有关系，爷爷奶奶也非常喜欢囡囡，说实话，我不知道那时候是在安慰她，还是在安慰内心的恐惧，那片土地上的流俗，仍然是盘旋于我们头顶上的大鸟，时不时下来啄一下我们的头盖骨，提示它的存在，就算我们已经小心翼翼，想尽办法把女儿护在身下，可总有裸露的地方。离婚那阵子，我带着女儿在外面旅游，回来后，妻子已经收拾好东西搬了出去，因为她的东西较少，尽量保持家里原来的模样。我跟女儿说，妈妈去外地做生意了，这也不能算说谎，妻子确实很多生意要做，在深圳和东莞都有厂子，做照明的灯具，还运到东南亚去销货，一年到头都在忙，也许这就是我们俩最大的区别，用她的话来说，我整日像个无事老人一样，这里翻翻书，那里看看报，不知道在鼓捣个什么，写点破文章，也挣不到什么钱，她无法理解，就像我也无法理解她如何能待在工厂里，被无休止的机器声灌进耳朵，对我来说，那是难以忍受的噪音。生活本身已经有太多噪音，有的很明显，有的却无从分辨，被我们盲目吞食进去，多年以后才呕吐出来，我父母可以算是一个例子，我把他们那晚嗌架的事情告诉前妻，前妻默默听完，突然笑起来，眼角的纹理都飞起。她说，还好我们分得早，不然再过几十年，我们肯定吵得比他们还凶，这样看来，我们是比上一代人进步了一点，及时止损，不用再给下一代人添麻烦。我们能给予下一代人最大的爱就是把自己料理好，不给她添麻烦，前妻又强调了一遍，我赞同她的话，她那天离开后，傍晚我独自爬上老家的屋顶打扫，外围的巷道旁的荔枝树枝条压向屋顶，密密匝匝，开满了一绺绺星星状的花，我惊讶于这花开得灿烂，倒不是有多好看，而是不知不觉间，它就已经这么成熟、旺盛地开着，仿佛它和我们生活在不同圈层的时空，在我们关注自身、不可避免地受到岁月的腐蚀之时，那些秘密的生命，不知道又会从哪个角落里冒出来。我用手机把这团花簇拍下来，发到家族的微信群里，没什么回音，没人关心老家的荔枝，能关心老人就不错了。家族的群里本就没几个人，我有个长兄，醉心赌博，曾有一日在麻将桌前连坐二十个钟头，局终人散时，他一起身，昏昏沉沉，一跤跌倒，脑部着地，送医抢救过来，声称当时看到牛头马面拿钩子钩他小腿，自此脑子时而清醒时而糊涂，自顾不暇。我还有两个妹妹，一个移民加拿大，一个嫁到澳洲，都比家里的男丁有出息（这也好笑），隔着几千公里的大洋，联系起来终究不方便，所以照顾二老的担子，主要是落在我身上。这样也好，省得推来推去，村子里有些家庭，人丁比我们家旺得多，也都个个在外，出人头地，却把老人跟丢沙包似的丢来丢去，最终还是丢到老家的破房子里，这种情况我见多了，生得多也不见得好。变老是一种魔法攻击，想通过生养孩子来防老，就像给自己买了许多物理防具，却解决不了问题，被敌人一击即穿。这个比喻是我从女儿那里学来的，她知道我日常在老厝照顾老人，给我手机里下了一堆MOBA游戏，无聊时可以玩，她说，还要跟我跨国连线。我答应陪她玩，倒不是说游戏能打发时间，要知道当年在广州上大学，电子游戏刚刚进入内地时，我用打零工的钱换了一台二手的红白机，几乎打爆了《洛克人1代》的最快通关纪录，后来买了计算机，玩遍DOS系统所有游戏的时候，女儿还得等三年才出生。这份激情是何时消失的，可能是结婚以后，也可能是生了女儿以后，这是个没有标准答案的考题，只能说是生命的过程，一步步减熵，最终变成一个早睡早起、跳广场舞的生物。这是真的，晚上在村里散步时，碰到许多伯伯嬷嬷在榕树底下，开着大广播，扭动腰肢，鞋尖踢起热浪，我默默注视了一会儿，竟然忍不住也想迈开步伐在地面上摩擦摩擦。这肯定是某种诡计，我想，广场舞的创造者是想给那些失去精力、无力改变世界的人一个借口。就这样，我观察了好几天，在人群中认出了童年玩伴、小学语文老师、糖膏客、老生产队长、糖厂老厂长的媳妇和保安，有的彼此还是世仇，曾在动乱时打砸过对方的家庭，如今却在音乐下，踩着同样的节奏起舞。领舞的那位女士，正是我们家的仇人，我记得清楚，年少时家里吃饭，父母经常会在餐桌上念叨这人的名字，或者叫她"花娘"，是方言里对女性鄙夷的叫法。父母是故意的，故意把这份仇恨镌刻在我们记忆里，三十五年来，他们家通过各种无赖手段，强占了我们十几亩的田地，持续到现在。现在父母患病，早就顾及不到田地，对方可能更放肆了。我盯着她的正面，在路灯下映衬出棱柱状的光亮，额头和下颌可能还敷有薄汗，头发因花白而剪短，束在脑后。不知多少次，这张脸在幼时的梦中扮演了大反派的角色，最爽的一次是梦到地震，地面裂开巨缝，全村人都逃出来，唯独仇人家陷进去，却没有死，在地缝里活着，我每次在村里走动，跨过那条地缝，都能看到仇人在里面嘤嘤哭泣，而现实情况里，地震和巨缝从来没有出现过，他们家一直过得很好，远比我们好得多，这份仇恨也在我离家后消失殆尽，也可能是因为，在我见过更大的世面、更多的人之后，更大的仇恨替代了原来的，而这位"花娘"也随之还原为本来的模样，一个普通人而已。人类最初的模样就是如此平凡而普通，是我们赋予了太多定义，造就了太多的弗兰肯斯坦，我不知道在父母的大脑里，还残留着多少仇恨，在仇恨的外围，又环伺着多少遗憾，如同一层层向外扩张的同心圆。人生的遗憾跟仇恨比起来，可多了去了，漫无止境，就我所了解的，比方说，我某个兄弟的早夭，是父亲至今的心结，这位兄弟在我足下，长到五岁时，聪明伶俐，一场迅猛的热病却匆匆而来，在几日之内夺走其性命，当时父亲抱着兄弟的身子，痛心地喊着，弟狗，弟狗，喊一句叹一口气，自那以后，父亲每拿起水烟筒抽烟，不只是把烟筒单吐出，而是习惯性地叹出来，一个绵密悠长无可消散的声调，每次它发生，我就明白父亲又在怀念他的亡儿。患病以后，他的叹气明显减少，主要是因为他有时忘记水烟筒放在哪里了，等他终于找到，又开始发脾气。吃饭时，他把筷子咬得嘎嘎响，或者把头埋在碗里，粘了一脸的饭粒，硬说饭是从大队那里偷来的，有时便溺在床上，羞红脸，但绝不起身，声称被人所陷害。他跟母亲有时恶言相向，有时却极其依赖对方，入室冲凉也要母亲陪在门前给他换热水，而母亲若不发病时，情绪比父亲稳定，甚至是一个比我更冷静的观察者，似乎观察了这个男人快五十年还嫌不够，她对父亲的观察不存在任何文字记录，而是隐藏在海马体里，最艰深的沟回处。我在网上看过显微镜下正常大脑与患病大脑的神经元对比图，标记为紫色的正常神经元细胞徜徉在奶黄色的介质背景里，中间是褐色的核，呈四角或五角向四周伸出突触，整个看上去，像个跳舞的独眼外星人，很眼熟，来自某部科幻剧，而患病的神经元细胞内部，神经纤维触目惊心地缠结在一起，外部还有淀粉样板块的排挤，渐渐使健康的细胞失去活性，突触减少，其他神经细胞也被一一摁灭，然后大脑活动减速、空间萎缩，珍贵的生活影像被分解，剩余的被步步紧逼，如恶徒临近，直到最后一个房间、最后一扇窗户。我相信，母亲大脑里最后的阵地，也是留给父亲的，同理父亲也是一样，哪怕他们相互痛恨，彼此也是世上最痛恨的人。

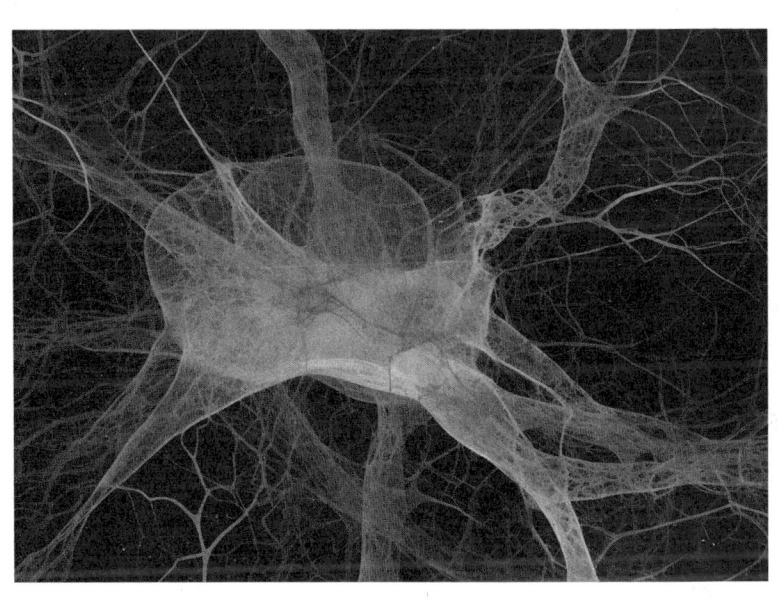

有一日，陪他们闲聊，他们提起那些来探望过的亲友，母亲说石坑嫂和南仔还没来过，父亲说你记岔了，四月底来过了，两人争执半天，我劝不住，最后疲了，母亲突然来了一句，我谂起来，奀妹仔还没来过，她怎么不来呢？她提起的这个人令我一时语塞，确实，这个人跟我们挺有渊源，少年时在我们家住过一些日子，因营养不良，长得瘦小，所以叫奀妹，年纪其实比我还大两岁。我以为母亲已经忘了，毕竟她们上次见面也是好几年前，那时母亲还算正常，只是腰已佝偻，奀妹带了她的小儿子过来，刚上初三的小靓仔，戴着银框眼镜，人高马大，和我母亲留下一张合影，他一条手臂挎着我母亲的肩膀，咧嘴笑，牙套毕露，那仿佛十九世纪的西方殖民者和东方土著留下的历史残片。之后我们坐在院子里，吃奀妹带来的番石榴，她说是自家种的，老公在做水果生意，我问她在做什么工，她说哪有什么固定的工种，哪里缺人就去哪里做，有时帮人带小孩，有时在便利店收银，社区保洁也会去做，我说怎么不去厂里，她摇头说做不动了，肩周炎挺严重，厂里一般要待十几个小时，都是后生仔领着做，加上现在珠三角的厂子关得多，都转到东南亚去了，不好混。我知道她的不易，离过婚，两度生育，没什么学历，一直在珠三角做流动女工，满打满算，竟也有二十年了。我还想起以前读书的时候，那是1992年还是1993年，暑假里我去香港找她，她在重庆大厦的一家门店里卖手机卡，没错，就是那座著名的重庆大厦，七十年代被录入那本风靡全球的旅游指南《孤独星球》，八十年代在托尼·索勒的《鞋带上的东南亚》中被描述为"香港廉价住宿的魔力词汇"，九十年代出现在王家卫的电影里，是梁朝伟和王菲交流凤梨罐头保质期的地方。我本想约她在那里见面，芙妹推辞了，把见面地点改在几百米外的一家大排档，邻近九龙公园。她穿着一件发白的劳动布直筒裤，皮肤黝黑，束着头发，看起来跟这座都市光鲜亮丽的表面毫不相干，我们沿着坡道马路边走边聊，聊了什么大部分都忘了，就记得她说刚来这边时，楼里的金店发生过一起纵火案，警察来大厦里抓了一些尼泊尔人。不一定是尼泊尔人干的，只是因为他们最想抢黄金，据说这些人还会把黄金塞到肠道里，偷运回国，他们被抓到署里后，警察就让他们不断蹲跳，像兔子那样，还放舞曲伴奏，让他们一直跳到肠子里的金块掉出来为止。这件事叫太有画面感了，她提到舞曲的时候，我脑子里第一时间想到的是迈克尔·杰克逊的舞曲，是他在舞台上跳"Billie Jean"的画面，一个撅臀，金闪闪的金属叮叮当当地掉下来。那时我是他的骨灰级粉丝，但奀妹估计不知道迈克尔·杰克逊是谁，她说这件事让她想到的是以前饿肚子时挖野菜吃，吃到便秘，那不是什么愉快的经历。我不知道她还有这么一段，我只知道她十一二岁时住在我们家，准确说是我们收留了她，她是我姨母的孩子，生性顽劣，姨母去世得早，姨丈养不起，想弃掉，我们家就接了盘，虽然我们也是穷到裤穿窿，好在她跟我们处得还不错。她在我们家待了四五年，姨丈过来领人，起初母亲不愿，父亲却说由得人去，再养多少年，她也是跟别人姓，怎么着都是别人家的女仔，这是改变不了的，后来还真让姨丈领回去，就渐渐疏离了关系。听说奀妹回去没多久就辍学，被赶去珠三角打工，而我还得多熬几年，重考一次高考，才得以逃离那片让我们都深感罪恶的土地。我们在香港见面时的状态，是相互撞激的，是两颗充满动力的弹子球，只有这样相互撞激才能滚到准确的孔道当中。我们当时才二十出头，都相信人生有各自标准的孔道，而且有信心击出那个完美的角度。我们坐了叮叮车，吃雪糕，紧挨着坐，好像从未分离过，聊着我们所见到、所听到的万千事物，一切都是新奇的、热乎乎的，因为"改革的春风正吹遍南方大地"，报纸上头条就是这么写，一个振奋人心的黄金时代，街巷里循环萦绕着张学友最早在红馆的现场录音，那之前还有谭咏麟和张国荣的淡淡回声，弥敦道的商店招牌上的每个字，都如同巨石悬浮在半空，我们还碰到许多被那些大字所震慑的鬼佬，挎着相机，来回穿梭于烈日下的柏油马路，汇入块状的人群里。我第一次见到这么多的人，每个人都步伐矫健，我以为我们已经走得很快了，但仍然无法追上，呼啦啦的，仿佛在追逐着街头点心店里菠萝油的香味，还有那些被风卷起报纸的报摊，上面标记着股市的最新涨跌，从教会学校放学的学生排队走在路上，校服整洁，有人手里还拿着公仔书，这让我印象深刻，因为我们未曾有过这样的上学姿态，我们的仪表由泥巴和草屑构成（直到现在，泥巴和草屑还在我的身体里）。学生们要去维多利亚港边上唱诗，正好跟我们同行了一段，到了港口，海面上游弋的绿底游轮发出咀嚼海水的响声，正好覆盖掉学生们唱诗时张大的喉音。因为感到疲惫，我们在观景的栏杆边稍作休息，对岸是连绵而雄伟的建筑群，包括当时全港第一高楼中环广场和第二高楼中银大厦,被夕阳照得一面金灿灿的,或者也可以说是橙红,经三角柱的楼体折射出耀目的光色,我不记得那具体是什么颜色了,但同时我又想起来,我和女儿有过同样的时刻,都看到过日光斜照在人造的巨大钢铁森林之上,当时我和夭妹都没说话,似乎已然被这份美感所震慑,我看到她的瞳孔里也在闪烁着某种光,正对从大厦那边反射过来的光做出回应,她的圆头鼻尖自然放松向上,丰厚的上唇翘起,在人中之间形成奇妙的角度,唇色在晚霞中显得更红了,根本不用涂什么口红,这是我们特别的基因,我看向这位母系的亲戚,有那么一瞬间觉得陌生,仿佛她只是一个偶遇的路人,尽管她鼻子和嘴唇的形状以及所构成的空间关系时刻提醒着我们相近的血缘,这是无法改变的,是我们区别于别人的符号。我们共同的外婆也有着同样的鼻子和嘴唇,而在一张摄于1926年的黑白老照片中,我还发现了外曾祖母也有同样的鼻子和嘴唇,因为是坐在照相馆里拍的,严肃的表情使得下半边脸更加突出,她才二十出头,也是韶华年纪,束发,额头梳着帘子似的刘海,穿着倒大袖袄裙,上身微仰,穿着英式女士皮鞋的一双大脚向前伸展,一只手拿着扇子,另一只托着摊开的书本,背景有一棵室内的棕榈树，看得出是非常精心的摆拍，也可见人像写真这门艺术，是一代不如一代，我们今天的数码复制品无论如何也体现不出这样的艺术，连一根指头的还原都做不到。在那个年代，能上照相馆的市民不多，这张照片还是摄于著名的阿芳照相馆，据外婆回忆，照片是外曾祖母和其父亲寓居香港的时候拍下的，当时外曾祖母的父亲在为她物色对象，于是让她拍下照片，方便示人，至于有没有起到作用，外曾祖父是不是因为这张照片被吸引的，具体我就不了解了。在很长的一段时间内，我都不了解我的母亲和外婆，更别说外曾祖母了，有这么一张照片留存下来已经足够幸运，也因此让我以为，外曾祖母所出生的家庭，在当时起码也是中产，风水轮流转，到了我们这一代，却混成了这般模样，我记得女儿很小的时候就问我，家族里面有没有特别厉害的祖先，我说没有，三代为农，都是平凡而普通的人，我当时应该没有往外曾祖母那边想，女儿听完很失落，我理解她，我以前也向自己的父母问过类似的问题，这大概是所有孩童共同的疑问，谁不希望自己的祖先风风光光的，就算不去对人炫耀，对自己来说，身体里流着祖先的高贵血液，也是一件很有自尊自信的事情，而且我相信,那些远古的祖先也是为此而奋斗的,泽被后人、荫及子孙,成为他们向上爬的信条,这就构成了一种因果的闭环,记忆的下游和上溯。我对这个其实不是很在意,也不敏感,虽然也有持续在收集族谱、宗祠、民俗文化之类的资料,但只是工作而已。我把工作和个人分得很清,我研究了那么多别人的家族,却唯独遗漏了自己的,直到后来,女儿在一封邮件里告诉我,她正在通过互联网调查我们祖先的历史。当地有个网站叫"华夏族谱网",据说是旧金山的某个华裔开发的,她花了两百美金注册会员,就可以在论坛搜索和发帖,她向我保证这个网站绝对靠谱,因为她的一位名为 Roderick James 的同学,就是通过这个网站找到了他的高祖父。Roderick James 的高祖父叫 Charlie Law,约在 1891 年生于广东恩平,19 岁在汕头被荷兰人骗做"猪仔",在香港坐英国客船离乡,1910 至 1914 年间在印尼的苏东橡胶园工作,因不堪工头逼迫,与伙伴合力殴打工头后逃亡,被抓捕回来,监禁一年,后被转卖给美国人,1916 年至 1917 年间在夏威夷谋生,差点葬身鱼腹,当年主人破产,他也因此获得自由身,恰逢美国加入世界大战,他志愿参军,在海军陆战队的预备部服役,却在训练时摔断腿，躺了近半年，最终也没轮到他上阵，次年年底战争就胜利了，上级给他发了一点慰劳金，他拿着这点本金，在码头做捕捞的生意，竟然就发了财，周围人都叫他"鱼骨罗"，理由已不可考，也许是身形瘦小干瘪的缘故。就此"鱼骨罗"在加州定居，五代与白人通婚，至Roderick James一代，家族已约莫有三百号人，却无人知道高祖"鱼骨罗"和中国的联系。"鱼骨罗"本人也从未再踏足大洋彼岸的故乡，在恩平罗氏的族谱里，其本名"罗成棠"被人擦拭修改过，据说跟兄弟的关系自幼不好，常被同侪欺负，所以这也是他和乡族断绝关系的一个重要原因。直到去世，他从未向乡亲汇过一分钱。关于这些记忆，"鱼骨罗"是有过记录的，并把它传给了下代，也就是Roderick James的某个曾叔祖，但随着时间走逝，人也在遗忘。后来Roderick James亲自去恩平，顺利寻到亲人，并拜谒了祖墓和祠堂，就这样，这段记忆像乐高玩具被左一块右一块地拼凑起来，也再次说明，人在世上并非绝对孤单的，不是铁板一块的大陆，而是与他人视野相连的群岛，无论走得多远，那些一路上被废弃的、投掷出去的事物，总有被收留的地方。所以，女儿在邮件里说，她那关于金门大桥的情感不是偶然，很有可能是某个祖先遗留下来的，她通过网站恰好找到了我外曾祖父的资料，证明他在1931至1940年间在旧金山卖过茶叶，而此时他已经和我的外曾祖母结婚好几年了。读到这里，我内心深处的某个部位突然震颤了一下，似乎是个肉块，跳离了原来的位置，出于直觉，女儿提供的这条信息不同寻常，长久以来我都忽略了外曾祖的这条线索。女儿的邮件在这里终止，之后还会有更多可靠的消息，她说，需要一点时间，而我在读完邮件的当晚失眠了，蚊香失效，只觉得每一粒嗡嗡叫的蚊子，都像一句沉重的问候，砸在我的脸皮上。父亲在大堂里侧歇息，对蚊子早已免疫，呼噜声从竹席飘起，腾空，爬过主墙上方的神主牌，绕过屋梁，传到我的房间，我把这打了半个多世纪的呼噜声抱在怀里，感受它的至纯，它的愚昧、短浅，却又单一、真诚，勤勤恳恳地活，追逐日头的踪迹，夜里悄悄冒出来，它和我们生活在不同的时空里，不是如今这个嘈杂无序的时空，是另外一个，陈旧但永不腐坏的时空，如果说这两个时空有什么交叉，都是因为这些老人还在这世间赖活着。活着就是一种提醒。我想起小时候跟父亲玩过的儿嬉，"斗鸡公"，圈一块地，两人在里面抱起一腿，单脚跳，用膝盖碰对方，站立不倒的就算赢。每次我和哥哥轮流挑战父亲，都被毫不费力地打败，不服气再上，再被打败，父亲单腿站在圈内，汗水顺脸颊流下，滴到屈曲起来的大腿上，那模样真俨如一只威严的鸡公，假小子般的妹妹就拍手叫起来。有时我们觉得父亲不留情面，大人欺负小孩算什么，但父亲从来不理，照旧一次又一次把我们击败，他如此认真投入，好像是在维护这个古老游戏的尊严一样，游戏也有游戏的尊严，不是靠随便作弊就能取胜的，后来我和哥哥长大，也不知从何时起，我们不再玩"斗鸡公"，也不记得最后一次玩是什么时候、是怎样的情景，很多东西就是这样消失的，我们活得越久，理解这一点也就越深入。在那之后几天，我焦急地等待女儿的下一封邮件，却等来了另一个意外。那是个午后的天气，闷热无风，云块把日头遮住了，连母亲这样的阴凉体质也在无声出汗，屋内的电风扇吱呀转着头，我躺在吊床上打盹，短暂的梦一个接一个，突然听到有人在大门外叫唤，还敲门。我坐起来去开门，看到对方，我有点恍惚，竟然是夭妹，她比上次更瘦些，穿一身亚麻，脚着布鞋，鞋沿沾了不少泥巴，似乎是穿了蔗园过来的。我跟她说，前几日爸妈还唸你呢，谁知就唠来了。奀妹说她知道我爸妈的事，一直想着来看看，总被别的事冲掉，才拖这么久，我一时间还不明了她所说"别的事"的意味，只见她轻轻走至院子中央，像是怕吵醒屋里歇息的老人，但父母似有感应，早已起身，在檐下撞见了，欢喜不已，连忙唤我搬凳子到院子里坐下，接着寒暄。话题渐深，奀妹说起自己刚离完婚，半年前丈夫出轨，折腾了许久，最后她什么也没要，几乎净身出户，我和父母听完都很惊愕，为她的命运叹息，因为这可是第二次遇到不幸的男人。她却反过来安慰我们说没什么，离婚原因不在于出轨，她早就想从那段家庭关系中逃脱，父母问她孩子如何，她说未成年的小儿子跟了对方，这时母亲连呼惋惜，说儿子不该给别人，留给自己养才亲。我忙阻住母亲的话头，说奀妹姐的小儿子也都上高中了，高高厦厦的，上次来还跟你照过相，早不是小孩子了，这些人家心里有数。母亲便不再言语，起身去厨房里拿角仔饼，还有我昨天到墟里买的苞萝，剩了半瓢，也拿过来吃，奀妹笑盈盈的，也不客气。我真切感到奀妹身上的变化，跟上次大不同了，那些曾令她滞重之物都已经消失，她现在很轻松，还提到最近在跟着老师学画画，老师是从南京过来的女性艺术家,在广州驻地,在城中村里志愿教女工画画和读书,奀妹已经学了两期课程,用炭笔画各种人,都是她的工友,有拄拐杖的矮人、在流水线上打螺丝的人、悬挂在晾衣竿上的橡胶人、在前台站得双脚肿胀的人、被机器咬掉手臂的人、站在十二层天台上挺着大肚子的人、偷狗吃的人、玩电锯的留着杀马特发型的人,都是人。奀妹把她手机相册里拍摄的作品一一翻给我看,那些看似简笔的勾描却又不简单,她笔下的人物,都有鲜明的特征,圆脑袋、大眼睛,且眼珠朝上、眼白浮起,似是有股不平之气。我想起八大山人和蒙克,奀妹却说只是因为她不会画转动的眼珠子,她说这些作品被老师拿去举办了一个展览,来了不少年轻人,跟她很开心地交流,他们说她比很多圈内的老杆子都画得好、画得真诚,鼓励她继续画下去,老师也说,将来可以联系起更多流动女工,在全国举办更大的巡展。老师还鼓励她多读书,写回忆录。我们都为奀妹所描述的蓝图赞叹,父母虽不理解,也跟着呵呵笑。又聊了一会儿,把零食都吃完了,父母回屋里饮茶,奀妹就跟我出来,让我带她去以前的祖厝转转,她指的是我们年少时住过的房子,比现在住的还要老,在村子另一头的高地上,前些年我给它修缮过，做成自家的小博物馆。我便领她去看，里面其实都是些不舍得扔的旧物，她深记得以前参加镇上文艺汇演敲过的木鱼、玩过的辘铁圈，还有只剩半截的噼啪筒，书架上的一套辽宁美术出版社出版的《前汉演义》连环画，当时可是稀罕物，被村里的小伙伴借来借去，都残缺不全了。她在贴满照片的墙前驻足很久，上面有父亲陪我上省城去大学报到的合影，那时我挎着个绿军包，蹬着露趾的凉鞋，脸庞泛白，估计是照片老化的缘故。父亲要比我高上一两公分，干瘦有力，穿深色的短袖开领衫和长裤，现在也还是这么穿，印象里就没有变过。我们紧挨着，肩膀相触，双手紧贴身侧下垂，就是以这样略显古怪的距离和姿势，我们拍了很多张合照，照片的背景除了学校大门，还有越秀公园的五羊雕塑、旧粤海关大楼、沙面租界大使馆和白天鹅宾馆，夭妹一一辨认过去，最后也忍不住失笑，我和父亲的图像太令人印象深刻，当年照相时，当事人并不觉得有什么不妥，那是一个自然生成的图像，也许反映的只是当时一个普通农村家庭里再普通不过的父子关系，但放在二十多年后的今天，已经无法再经受当代人目光的审视，很正常，经历这些年的变化而活剩下来的，可能都是些精神错乱的人，我很开心还活着，夭妹也是，至少还能用生命记录一些事情，避免遗忘。之后，我们沿着天窗上到屋顶，我提醒夭妹随时都可能踩穿瓦片掉下去，她毫不迟疑走上去，我跟着她，点上一根烟，我们在上面待了好一阵子，但很久都无话，只看风景，日头露出了一点，在近处的香蕉茎叶上溅泼出光斑，一会儿明亮，一会儿又黯淡下去，远处有烧秸秆的烟顺风侵入了桉树林里，更远的糖厂烟囱却没有烟，像一根烤焦的木棍，遗落在灰白色的云端，它在特定时刻才会投入工作，如今只是在度过漫长的虚无时间，这点跟人类没有什么区别，一边长时间暴露于虚无之下，一边微弱地抵抗。屋顶上的东边，能远远望见隆起的竹山顶部的淡影，我们这里叫竹山，其实是低矮的丘陵，父亲已经在那边买了一块墓地，我指着那个方向对夭妹说，在竹山的另一个方向，也买了一块。这只是我目前所知的，父亲可能还买了更多，这件事情听起来似乎有点不合理，太早了，但又非常现实，大家都在抢墓地，不知道是谁先炒起来的，哪怕是这种穷乡僻壤，方圆几十里地之内的所谓风水宝地，早在两年前已经被抢光了，剩下一些退耕的地皮，就算不用，大家也抢占着，"有那么几块地在心头上，闭眼睛睡觉也安稳"，这是我父亲的原话，我感觉是巨大的嘲讽：那些曾经发生在乡下的爆炸婴儿潮，如今潮水退去，婴儿已老，纷纷等待着末日的闹钟，然后化为尘埃，被强行塞进泥土深处。可能是受我的话语感染，回去的路上，癸妹问我，是否可以让她在这里住上一段时间，替我分担下照顾老人的压力，我没有说什么，她当我默许了，但我其实没有这个权力，由于她在我们家庭里的特殊身份，她可以自己决定。当然，我们都很开心，她时隔多年又再次和我们住在一起，我帮她把东边的厢房打扫干净，那本来是长兄的屋子，但他长年不回，积了重灰，现在正好可以给癸妹住。癸妹比我细心许多，确实省了我不少麻烦，每天早晨我诵完早课，踱步到大厅里，她早已护理二老洗漱完毕，还准备好了早餐，茶余饭后她还会给二老按摩，据称以前在美容店做过，所以手法娴熟，我暗叫惭愧，跟癸妹相比，之前我交出的作业连及格分都达不到了。我把这件事情也写在给女儿的邮件里，女儿回复以哈哈的表情，并表示她很想亲眼见识这位表姑，我这才想起，女儿并不真正认识癸妹，也许小时候给她讲睡前故事时提过，或者是过年时的家庭聚会上见过，但匆匆一两面，她肯定记不得，七大姑八大姨的，她也不感兴趣。我了解他们这一代人，就像了解曾经的自己，了解自己当初是如何努力融入都市生活的，有了女儿以后，我还想，沟通这几代人的价值认同感自然是我的任务，如果做不到就是我的失败。显然我低估了其中的难度，横亘在我们面前的鸿沟，每年以不可估量的速度撕裂和扩张，无论建成多少水泥钢筋的跨海大桥也无法跨越，任何妄图充当桥梁的人，都会被瞬间填入沟底，我是如此认为的。对于女儿来说，那个正在晦暗下去的乡村图景，她从未融入其中，只是远远冷眼看着，等到它真的消逝了，经过时间的沉淀，它才在外在的凝视中显露出一点光晕来，所以她会如此热衷于追踪近百年前祖宗的步履。当天她在邮件中发给我一张黑白照片，是她在南加州大学图书馆的电子网站找到的，照片显示在一个草坡上，自上而下竖满了黑色的方碑，光线自坡顶照射过来，那些棱柱的表面明暗交错，体现出某种纯粹的秩序，仿佛外太空人在此处种下的神秘符号。这些是十九世纪的华侨劳工的墓园，这些劳工曾被当成猪仔扔进航船底部，漂洋过海，到另一片大陆上淘金，最后客死在当地，留下墓碑的已属幸运儿，更多的人则消失在大桥底部、隧道深处，以及悬浮在海水中的藻

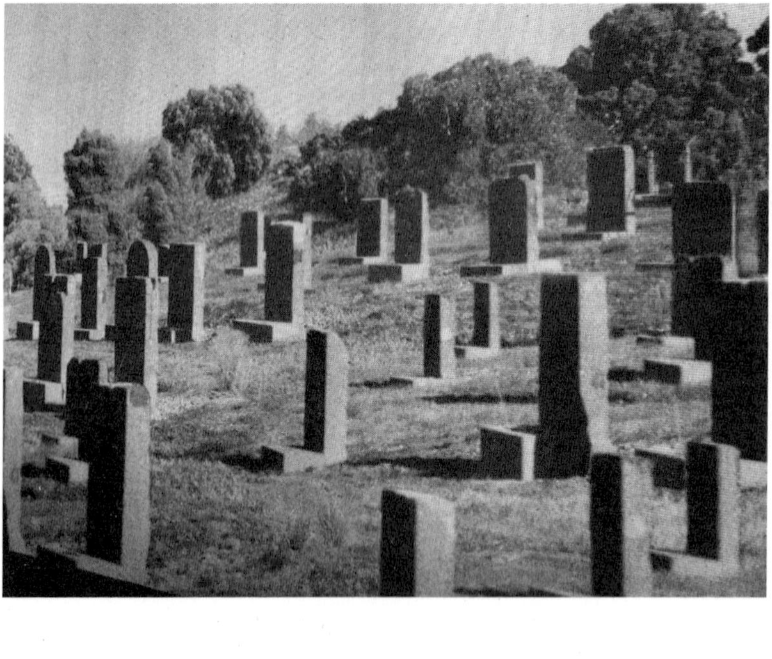

草里，无人知晓。女儿说，我的外曾祖父就是在美国过世的，他活了五十三岁，死于车祸，没有遗言，之后他（的骨灰）就一直留在旧金山市，外曾祖母这边也从未想过把他接回来。这是最新的信息。它给我带来更多的不解，外曾祖父为何最终没有回到国内？看似是一个复杂的谜团，从中拈出每根线头都是一个疑问，女儿还将继续追寻下去，而我继续等待她向我投掷过来矛头般的信息，可能是某个泛黄的图像，或是几句简短文字，都会让我心情起伏。我有一种预感，女儿顺着时间河流而上，所追溯到的事实可能并不是我们想知道的事实，我们只相信既定的事实，对女儿来说，她还需些时日才能理解这点，有时候我们宁愿闭上嘴巴，让记忆封存在个体的大脑内，好像这样真的有效似的，我们太过相信自己的理性，还有那套被驯化的机制，但历史已经千万次证明过，事情最瑰丽的部分永远是超越理性、不确定的那部分。它突然就那样发生，就在某一晚，奚妹给我母亲护理的时候，因为母亲很难入睡，奚妹就给母亲催眠，我在一旁协助她，我们让母亲躺在睡椅上，大厅里就亮着泡灯，瓦数很低，我基本上只看到她们朦胧而发光的轮廓，父亲今晚罕见地睡得安静，只听见外头院子里蟋蟀在叫，因为是第一次，母亲有点紧张，迟迟不入状态，额头也出了层汗。奀妹很有耐心，说话也是轻轻的，我第一次发觉我们的方言可以讲得这么轻柔，好像跟平日里听到的不是同一种语言。大概过了二十分钟，母亲的呼吸逐渐平稳，眼珠开始在眼皮底下快速转动，我和奀妹看见起效了，便想回屋给母亲拿条薄被，这时母亲突然喃喃讲了一句，几时先开船呢？船底臭崩崩咁，受不住了。我和奀妹吃惊地对视一眼，奀妹蹲下来，问母亲，姨，你要坐船去哪里呢？母亲回答说，去金山市啊。听到这个名词，我鸡皮疙瘩都起来了。奀妹接着问她去金山市做什么，她翕紧了唇，沉吟片刻，才说有亲人在那边，找他一同发达。奀妹就继续问下去，我在旁边观察，我发现奀妹的提问有种惊人的精准，俨如一位资深的田野记者，我想问的问题，基本上都由她问出来了，莫非她对外曾祖那段历史有所了解，并也想追寻下去吗？母亲的回答时断时续，我倒是挺费劲才听明白，刨去一些胡话，大部分都还算符合逻辑。她说自己坐上的船是日本的轮船，从香港出发，在海上漂流了二十多天，因为晕船，她每天都会到甲板上呕吐，但是统舱上人太多了，都是中国人，她得努力挤开人墙，他们身上有发酵的汗臭和尿臊，她强熬过那段时日，以为登岸了就会好起来，没承想那只是一个开端。轮船抵达金山市埠口时，恰好碰到周末，入境处不上班，所以他们一伙人被赶到天使岛去，在当地的拘留所住下，她住在女子营地，跟她同屋的有四十多个人，小孩跟妈妈在一起，大部分是台山人，也有新会和香山的，有的人已经羁留了很久，眼神空洞，说每年冬天这边都会有一棵巨大的圣诞树，营地里会放美国国歌和圣诞歌，而这个人已经见识了四五次。她听说后吓坏了，开始长久失眠，通夜都是被单的臭味和小孩的啼哭。过了一周，她被传唤去受审，听证官有好几个，问的问题都很刁钻，比如家里卧室地板是什么做的，厨房里煤油灯放在哪里，村里祠堂牌匾上写了什么字之类的，她毫无准备，又紧张，哪里答得上来，于是对方直接否掉她入境，让她继续待在天使岛。之后还得去做医检，全身脱得赤条条，一个穿白大褂的女医生用探针伸进她下体，她很不舒服，忍着不流泪，查完了医生给她一个木盆，让她留下些屎尿，尿还好，屎却因为便秘拉不出来，因为吃的只有咸饼干和木薯粉，还专门有舍监在一旁，紧紧地盯着她们吃完，不许剩下食物。因为干渴，她不断想喝水，但热水的供应很有限，她只能回到营地宿舍喝门口水龙头的水，舍监就会吼她，把她赶进去，然后按时锁门。早中晚各有一次开门活动的时间，她就会在院子里散散步，看看别人织针线，攀谈几句，有位耶稣婆不定期来，会给她们带些小礼物。她很喜欢耶稣婆，只记得叫莫拉或莫勒（母亲提到这个名字时，嘴巴夸张地张大，一字一字地念），她会经常让耶稣婆讲讲故事，讲讲那些被上帝保佑过的人，天上的、地下的、海里的，无处不在，讲完了耶稣婆就会握着她的手说，愿望会实现的，不要惧怕问题，做一个诚实的人就好。她信耶稣婆的话，以为自己能早日入境，却没想到后来两次问审，还是被打回来。就这样，漫长的噩梦般的一年多，她都在天使岛的营地里度过。奀妹问她，那后来呢，最后入境了吗？母亲愣了一下，声音微弱，说，当然，最后通过了。她还记得当时乘船登埠时，从金门大桥旁边经过，这么大的桥，这么高耸的桥塔，这么长的吊索，她第一次见到，可岂止她一个人，同行的人也在船上惊叫，这红当当的桥身，是怎么捏成这样的呢，哪里来的这么多钢铁呢，美利坚果然是有钱，船上人人振奋，好像很快就能挖到金子赚到大钱似的。在阳光下，经湛蓝的海水反衬，大桥闪耀着逼人的光，如金子砌成，随后起大风，桥上的悬索也跟着动，浮在海面上的巨大倒影，似乎被涌动的海水抛起，横飘，和白色的浪相撞。她看得入迷，是真的很好看，她找不到什么词来形容了，就是好看。她在心里默念了几十遍，就跟到庙里做祷祝一样，她也信这大桥是有神通的，不然不会这么巨大，比庙里的神像都大，后来她每做完工有闲暇，都会过来海岸线走走，看看大桥，比拜神更有彩头，可能看了有上百遍，从每个角度、侧面，阴天、晴天，冬季、夏季，她闭上眼睛就能在纸上画出来。母亲讲到这里停止，随后陷入沉默，无论我和夭妹怎么提示，她也只是哼叫，然后鼻息渐长。我看母亲已沉睡，就不再打扰她，拉夭妹各自回房睡觉。第二天醒来，母亲精神抖擞，全然不记得昨晚讲了什么，只隐约记得做了些梦，也不真切，但睡眠质量很好，说明催眠很有效，在那之后我们又给她做了几次，却再没有出现那晚的情形，可遇不可求。有些东西本来就很难解释，母亲从未去过旧金山，更别提那些天花乱坠的远航轮船、拘留所、耶稣婆、金门大桥之类的，任我想破了脑袋，也只能想到两种最合理的可能：一是这些原本是别人的记忆；二是这些还是别人的记忆，却是支离破碎的，母亲凭借自己重构了新的记忆。我更相信是后者，母亲的老年痴呆起了很大作用，我见识过她和父亲嗑架，见识过她病情发作时，把大脑里那团混乱的记忆组装成令人哭笑不得的模样，只觉得可怜，得这个病实在是世上最无尊严的事情，它终将把你最熟悉亲近的人，变成最陌生的人。有一回深夜，趁二老睡着，我和奀妹搬了凳子在院子里乘凉，当时月在中天，照得我们二人连一点影子都无，我们聊起母亲几十年来的不易，奀妹记得母亲早年在生产队，为了挣工分，起早贪黑地干活，带去的甘薯都顾不上吃，等奀妹放学回来喊饿，她从兜里掏出甘薯捏捏，又给了奀妹。想到这里奀妹不禁眼湿，兴许也是联想到这些年的自己，活得半生虚浮，像片叶子漂在水面，却也没什么可惋惜的，好的坏的，不过是一眨眼光景，谁想我们还是两个囝仔人那阵，还在月下玩手影，现在已然是坐谈往事的白发中年。我们聊到四五点，竟也没什么倦意，中间奀妹忽而静下来，说有什么在叫，我说那是田里的秧鸡，每到天光就叫，很讲信用，远胜常人，奀妹说现在田里还有这东西呢，她以为早绝迹了，而我确实也没见过，但我坚信那就是秧鸡，来自遥远记忆的声响，它最初发生的时候，我们都不当回事，好比夭妹提起童年时，外婆跟我们讲过的共同的故事，我已经遗忘了，她却记得很清楚，年纪越大记得越清楚。在我印象里，那个年迈的老人，长年坐在苞萝树下，总对我们乐呵呵的，从未对我们露出其他表情，一个人独处时，会对着厝埕积的一汪水发呆。积水明晃晃的，她整个人被照亮，这是怎样的一番场景，对十岁小孩的大脑来说，如何容纳得下。我咀嚼着夭妹的话，听她继续讲下去，讲到外婆曾提及自家有个很大的万宝箱，洋货来的，里面装的也是洋货，千奇百怪的好玩的物件，外婆小时候就爱偷藏在箱子里，被外曾祖母发现，免不了一顿打，边打却边抹眼泪。外婆只道是自己惹母亲伤心了，却不知元凶其实是箱子，那箱子是她父亲带回来的，她从未见过父亲，不知他长什么样。事实上，我们的外曾祖父在1931年最后一次返乡回家，停留月余，带回了那个金山箱，也给外曾祖母带来了外婆。次年外婆出生，这个家庭增添了最后一个女丁，外婆头上还有两个小哥哥，她理应得到最大的宠爱，可是事情并非如此发展，自外曾祖父一去不回后，就有传闻他在国外已另有家室，外曾祖母却没法改嫁，守了余生的活寡，那个宝箱则成为招人怨恨的东西，渐渐地，这种情感也转移到子女身上，尤其是外婆，最不得外曾祖母喜欢。十七岁时趁战乱，国民党往海南逃窜，外婆也跟着村里人跑了，一路向南到粤西，在这边安定下来，之后就几乎没再回过娘家。冭妹说，这些信息，除了记忆里外婆口述的部分，其他都是她从一些亲戚朋友那里搜集来的，颇费力气。她还亲自去了趟外婆的娘家，江门的五邑，著名的侨乡，外曾祖母就住在某个墟市的街道，但业已荒废，成了一堆真正的废墟，无迹可寻。她把所见的景象都用手机拍了下来，说着她翻出照片递给我看，全都是那些骑楼的遗迹，生满霉菌的走廊列柱和风化脱落的雕纹檐口，褪色的罗马柱，仿佛托腮的美人，显示出某种迟缓，分列两旁的满洲窗已不再闪光，在阴天的光线下仍然有好几种颜色，连续的拱廊则避开阳光，吸引观看者的视线进入不为人知的暗部，那里也有突起的砖瓦、黯淡的石灰、植物滋生的纹理，向街打开的窗户有的被打穿，豁着嘴巴，有的整齐留在原地，是立定的幽灵，映得天边的云朵一时向左，一时向右，一时突然消失，只剩下一片灰光，正面的招牌上的大字就在这光影里浮起，也有的招牌上的字被岁月抹去了，它们不存在于此间，而是在我们空洞的大脑里，对于它们的想象和

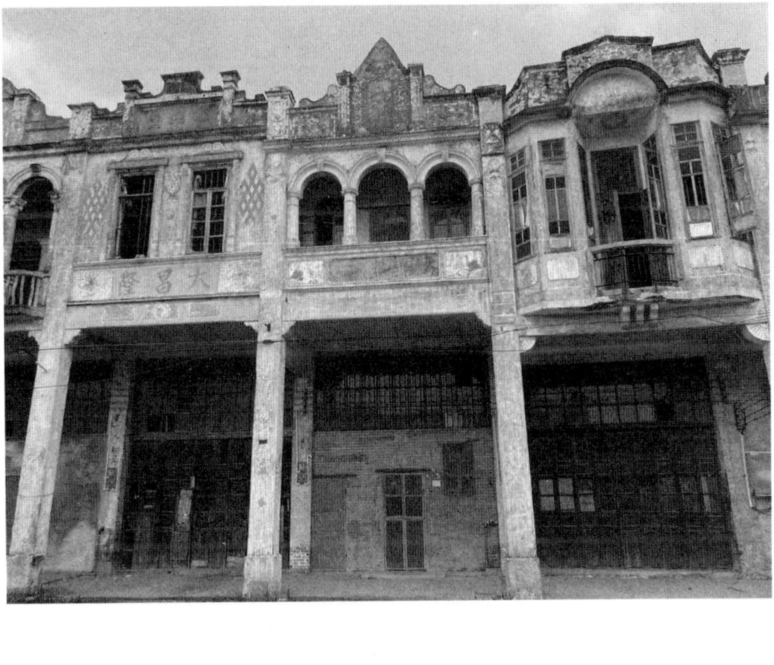

疑问占据了那个位置。我久久凝视这些照片，舍不得从手里拿开，骑楼我见得不少，大多是被规划设计好的景点，但这些被完全遗弃的建筑，反而呈现出一种逼人的美。我有点眩晕，竟分不清我所感受到的美，是源于这些已朽的形体（我们自身也是易朽的），还是形体背后的那层东西，或者说，我其实什么都没有看到。奀妹见我发愣，有点想笑，把手机要回去，我觉得她是看到了什么东西，我坚信如此，不然她为什么会去辛苦追寻，肯定不是简单的缘分，跟见识和学历无关。和奀妹相比，我反而是个局外人，跟隔代的女儿相比，我还是个局外人，这些女人必然有她们交流的秘密通道，从外曾祖母、外婆、母亲到奀妹再到女儿，必然有某种执念，令这样的信息能够传递下去。那晚我和奀妹坐到天光，似乎也没聊出什么结果，唯一算得上的共识是，母亲那些梦游般的记忆碎片，很可能是从外婆那里听来，而外婆的记忆又来自上一辈人。我们回房休息了两小时不到，疲惫不堪地醒来，母亲已经做好早饭，和父亲围坐着等候我们，只是普通的白米饭和配菜，我们却吃得很香。不变的只有母亲的厨艺，其他一切都在变，屋顶的荔枝花谢了，果子在膨胀、变红，然后被摘下，吞进我们的肚子里。炎热的六月结束,换来更炎热的七月和八月,不知不觉奀妹在家里也住了三月有余,月底的几天里,我察觉了她的不安,问起何事,她说下月得回广州陪儿子考试,怕是等不及囡囡回来相见,我安慰说没事,见面是缘,不行下次再见。话虽是这么说,人生不相见,动如参与商,我都不知道我们下次见面是何时,更别提女儿了。后来此事被女儿知道,竟急匆匆买了回国的机票,提前休暑假,而女儿她妈也约了日子过来,便聚在一块吃顿饭,当是给奀妹送行。奀妹那天早早起来斩鸡、蒸生蚝,忙碌完灶台,回房里特意换了件好看的短袖开领衫,显得有丝紧张,毕竟是第一次见这母女俩。女儿却不生面,招呼完爷爷奶奶,过来就叫表姑,亲近得很,仿佛两人认识多年的样子。这次回来,我第一感觉女儿黑了,晒成了小麦色,看来加州的阳光比老家的还烈,整个人气质也成熟了,她向来是个百变小樱,我从未把握过她的变化,从小就是,每隔一段时间就像开盲盒,每次开出来都不一样,这大概也是为人父母的一种乐趣,我感激这个过程,前妻也是如此,虽然陪伴少,我知道她对女儿的爱从未缺席,仍然像生平第一次见到女儿时,她躺在医院的床上,麻醉带来的昏厥还未散去,她就用模糊的意识,把女儿手心的细汗擦拭干净,而此时,我们坐在饭桌前,聚在一起,女儿大声讲她在美国的见闻,前妻则安静、仔细地听着,间或露出微笑,我看着两人这光景,不知怎的就回想起了那一幕,女儿刚降临的时刻,也是我们被世界亲吻和祝福的时刻。女儿讲她在纽约被扒手扒钱包,也讲那些精美绝伦的博物馆,讲她在新奥尔良的海滩还偶遇了开宾利的初中同学,她一阵子说普通话,一阵子又切换成黎话,既要照顾听不懂普通话的爷爷奶奶,也要照顾听不懂方言的妈妈,但我们都听得入味,丝毫也不觉得别扭,也许是某种全新的表达,我甚至觉得,女儿几乎所有开口的喉音,都带有美西的墨西哥腔,而夭妹一直在和她互动,问这问那,还真像是多年的故交,她们之间的默契很快就建立起来,不过一顿饭的工夫,从饭桌起身后,她们已经手挽手、倾密偈,出现在屋檐下的廊柱背后,或是院子果树下的荫翳里,似乎要躲开我们,我和前妻只能识趣地站在一旁,远远看着。这一团快速转动的女性宇宙,好似有无穷的向心力,有说不完的话,完全忘却了他人的存在,哪怕是到了分别的时候,我们送夭妹去村前坐巴士,女儿也是挽着夭妹的手臂,走在前面,我和前妻跟在身后。她们漫不经心地走着,我们也是,仿佛是一场散步,经过烈日下的蔗园、被照得明晃晃的石板路、寥落的土地庙和祠堂,樟树下的小卖店里传来玩牌九的喧闹,散入闷热的空气中,店前的板凳坐着一群抽烟的老人,我们经过时,眼珠子随着我们而转动,光着膀子的囝仔追着狗,跑来跑去,时而挡住道路,但女儿和奀妹不紧不慢地绕过去了,她们一直在说话,而我和前妻无话可说,只有鞋底踩在沙土上的响声。后来送走奀妹,我们三人走回去,多了一个人踩地,声音更响了,最后是女儿忍不住,开口打破沉默,她告诉我们她和奀妹聊到了我外曾祖的事情,一个令人咋舌的真相。我外曾祖母其实从未进入美国,也从未见过金门大桥,那段关于大桥的记忆是虚假的,它来自外曾祖母对于一张照片的臆造,照片由外曾祖父从美国寄回来,黑白照,鸟瞰大桥的全景。奀妹小时候还见过那张被装裱起来的照片,在外婆房间的抽屉里,已经泛黄失真,那座桥只剩下一片白影,不知道外曾祖母把那张照片反复睇了多少遍,那是个美梦,关于那座桥,也关于异国的丈夫,还有遍地黄金的生活,以至于令她毅然动身去美国寻夫,她确实坐上了那艘客轮,像猪仔一样挤在底舱,后来被拖到天使岛,在拘留营里待了整一年半，最后被直接遣送回去，连美国国土都不算踏上，更别说见丈夫一面。关于移民局和拘留营的记录，在网上的开放资料都可以查到，女儿做了这部分的工作，刚好也验证了奀妹的猜想，外曾祖母在1934年的美国之旅，是一趟失败的旅程，毫无意义，在拘留营的那段经历，还成为她余生几十年的梦魇，并且潜移默化，传递给她的子嗣们，而她的丈夫，也就是我外曾祖父，确实如传闻所说，另娶了旧金山的白人为妻，现已传至四代，定居在洛杉矶，这就是这个故事的全部。女儿一字一字地讲完，我听得入神，竟忘了讲述者是谁，声音仿若从很远的地方传来，像女儿的声音，又不太像，其实不重要，至于为什么奀妹不亲口告诉我，而是借女儿之口，这本身也不重要。我们费尽心机地去还原当年的故事，力图去接近那个不可接近的真实，对于当事人来说，却是极力去隐藏掩埋的记忆暗角，所以，我们和历史与祖先之间在玩一场躲猫猫，也不存在任何赢家，最接近真实的人并不能改变什么，我们的来处和去处，早已被写好。自送走奀妹后，女儿在老家待够几日，也陪她妈上了深圳，于是偌大的老厝里，又只剩下我和父母三人，忍受依旧燥热的日头，傍晚回凉时，我有时仍然会见到父母龇牙咧嘴地嗑架,然后在半夜里被父亲轰隆隆的鼻鼾吵醒,失眠,听天光时田里秧鸡的鸣叫,日复一日,直到某一日秧鸡突然不再叫。

与铀博士度过周末

探访时，小男孩向她坦露了自己的真名，她记在本子上、录音笔和脑颞叶里，万无一失，就像昆汀的电影里那辆名为"死亡证据"的特技车。可他的真名最终还是被撞毁、遗失了。她不记得他是姓李还是姓黎，不过，管他叫什么，我们知道他叫小男孩就好了，这是他的绰号，也是名字，都不需要加个双引号之类的，甚至他的内心就住着一个小男孩。小男孩需要和母亲对话，这也是他愿意接受她采访的原因，她这么认为。初次见面他一言不发，因为脊椎病发作坐了很矮的椅子，她用力挺直上躯，脖子上扬，眼睛从脸上弹出来，这才能隔着玻璃窗看到他花白的头顶，那块地方还很茂盛，只是颜色不太讨人爱，看到这里她就想伸手去拔掉他的白发，二十多年前她就是这么对她老爹的，每到黄昏前，老爹自觉把她拉到阳台的网床旁，把头顶交给她。小男孩比她爹小不了几岁。

在肉体上,他是她爹,她则是他的宝贝囡囡;在精神上,尤其是他们搭上话后,没聊几句,他就马上变成了她的小男孩。不过这是理想的状态,因为她有时候也会觉得自己的身体老了,眼角浮现细细的鱼尾纹,病痛也开始包围过来,而小男孩总有用不完的精力,四肢雄健(脊椎病没发作的前提下),她猜想这是因为小男孩长期住在监狱中,因为住在监狱中的人,可能是世界上最幸福的人,他们每天只需要面对一堵光秃秃的墙壁,对成年人来说,这太简单了。别总以为成年人就应该有复杂的心灵,要么你向前看,要么向后看,如果可以自由选择进入监狱,那排队进去的人可能绕赤道一圈,比在北京摇个车牌号还要挤破头。他们之间的访谈不是很成功,她很难听明白小男孩的口音,那种南方人的塑料普通话,小男孩说"斧头",她以为是"虎头",说"用袋子装起石头",她以为是"用呆鸡脏洗蛇头",说"后来很多人都倒下了",她以为是"耗累很多银都到下了"。说不下去后,小男孩就给她讲《红灯记》李铁梅的故事,她听不明白,就当作是美少女战士的故事、奥特曼的故事,或者圣斗士星矢的故事。她要慢慢消化小男孩的故事。她坐城轨回家,听一堆钢铁在底下隆隆地消磨,从早磨到晚，春天到夏天，铁轨底下的绿草撬开土地，她也成为其中一部分。六月份小男孩出狱，她去接他，见面时小男孩从窄门里大步走出来，非常得意，每走一步地面都在摇晃。她没想到小男孩这么高大，她只到他脖子下方的锁骨那里，像某种眼珠子朝上的比格犬。接着她跟小男孩说，她还是没办法理解小男孩为什么对炼铀如此执着，对这个问题，她已经思考了四个月，结论几乎为零，既然小男孩已经从监狱的禁锢中逃离，为什么还要投身于这一不可完成的事业中？相当于从一种禁锢到另一种禁锢，而不是自由到自由。小男孩微笑着，没回答，反问她城里有什么好玩的游乐场。她知道一家性价比很高的游乐场，于是她把小男孩带去了，入口处的售票员递给他们两张红绿印花的票子，他小心地收进口袋里，把它们当成唯一的财富。他身上确实什么也没有，一个被剥除得干干净净的人，在真空里飞行，突然跳伞到这个星球上，他一定惊讶于这些眼花缭乱的物态，他凝视在广场上穿着短裤衩跳舞的老头，拿着闪光的砖头互砸的细佬仔，挎着鱼皮背包兜售冰块的后生，烫头踩高跷的奀妱仔，穿西裤往垃圾桶里扯着竿子钓鱼的阿叔，他看着这些人，以一种从二十年前穿越而来的目光扫描，把他们定格在未来的画面。她这时考虑到小男孩今晚住在哪里，她还没问过小男孩这个问题，他很可能无家可归，因为他是一个干净的人、纯粹的人，一个跟家庭扯上关系的人不可能同时干净而纯粹，也不可能有爱，离家庭越近，就越不可能有爱，换言之，有的只是一种沉浸，在小男孩身上，至少她没看出来。她让小男孩走在前面，紧随着他的视角很有趣，歪歪斜斜地漫游，至少是上一代人，久违的漫游。小男孩走到哪里她就跟到哪里，她感觉快贴上小男孩的后背了，他的影子很轻易就能把她吞进去，真是个巨人，小男孩估计有一米九五，有强壮的心脏，这比什么都重要。他的血液里流着钡和氪，危险的钚、夸张的铀，大量的钋铍离子、雷酸汞、叠氮化铅，可能还有一些发臭的硫，如果没有强大的心脏，小男孩肯定撑不下去，他也无法长年累月地琢磨着他的研究，所以这样看来，二十年的牢狱生活对他来说无异于一次小憩，把他从辐射的长期戕害中解放出来，有利于他的身心健康，不然他可能就没法活生生地站在她面前了，当年的判决是如此体贴，他应该感谢救命之恩。她心念一动，或许关于小男孩的访谈可以这么写，那篇访谈已经停滞很久了，她一直苦恼找不到什么好的角度。这时小男孩已经穿过冰雪世界厅,在门口,玻璃墙内的几只北极狼瞧着他们,脚下是一汪蓝琉璃制成的假冰山托盘,远看似是浮在半空,隔着几米,能感到阵阵寒气。它们前足连接爪子的肌肉在萎缩。沿楼梯上去的平台,往回看,有一块露天的箱式区域,种着草皮,棕熊在上面活动,离他们最近的一只,伸出头,把脖子直直挂在箱子边缘,眯眼假死。小男孩在那里逗留了一会儿,阳光划过脸庞,一边明亮一边阴暗,好想用什么东西把他从中劈开,她想,不然和他交往下去,他就像一把利斧反过来把你劈成两半。这时小男孩突然开口说,他想起了很多年前他爹养的一条狗,那时小男孩才七八岁,那只狗却已经垂暮,身体庞大、滞重,它到底有多大呢,大概有三个他那么大,他总觉得有一天狗会吞掉他,也不知从何时起,他老是做这样的梦,尽管狗对他还是忠心耿耿,把一根粉笔扔到门前的石筑水沟里,它也能给叼回来,只是动作慢了许多,以前用一分钟,现在得用十分钟,为了这多余等待的九分钟,小男孩很生气。有什么办法让这条狗恢复青春?有一次,狗从水沟里给他叼回鞋子,毛皮水淋淋的,它的眼神让他吓了一跳,感觉它很快就要行动,趁小男孩睡着,一口把他吞下去，然后找个地方安静待着，等消化完，它就能变年轻，它就是用这样的方式活这么长的，小男孩想，先下手为强，于是等狗熟睡，小男孩用刀把它的头砍下来，那颗头上嘴巴还张着，他就把它装进布袋，扔到土坑子里，剩下的狗肉他和老娘煮着吃了，连吃三天，非常幸福。那时候他们连着饿肚子大半年了，他爹不知道这件事，还在山里忙着炼铀呢，两年前一个叫亚历山大·庞克莱·列别捷夫的苏联人到这里勘察，完后手指头一指，当时报纸都这么写，"广东湖南边界发现世界第一大花岗岩型富铀矿"。一个宝藏带就这么被划出来了，小男孩他爹就组织村里几个人，头也不回往深山钻去，用铁锹锄头砸出个秘密基地，并在那里度过了下半辈子，直到临死，他爹都不知道那条狗的下场。小男孩说，如果她还在写那篇访谈，这些可以写进去，他完全理解她的写作遇到了怎样的困难，她这个月来还没落笔一个字，来游乐园玩其实也是为了工作，不然陪一个老头这件事本身就没什么乐趣。困难就是用来克服的，小男孩说，当然是这样，她接过话头，他总是能给她信心，每次听他讲话，那股劲儿就能轻易感染到她。小男孩说，那是因为她仍然相信他。他们边聊边朝着摩天轮走去，两旁的树影投在他们的衣领、口袋和袖子上，黑色的浸进去，透明的汗蒸汽冒出来，小男孩接着刚才的话题，幼年时那场人狗之战，看起来是他赢了，可最近小男孩有种感觉，越来越强烈，可能他根本没杀狗，而是狗吞掉了他，变成他的样子继续活到现在，因为他最近又做起了那个梦，那条狗足足有他三倍大，伸出舌头就能把他从头到脚卷起，小男孩又怎么能砍下它的头呢？他饿得都没有挥刀的力气。那个记忆的假象是狗的愧疚之心造出来的，小男孩说，所以，至今他才敢承认，自己就是那条狗，不管怎样，他只是想活下来。听到这里，她心里发笑，是个好玩的笑话，她没表露什么，不想影响他讲述的状态，虽然他越说下去，距离她完成这篇访谈的目标就越远。他讲话很感染人，她宁愿他少讲一点，她信赖自己的观察，不比他滔滔不绝的言说差，可最近这几个月，她反复跟小男孩讲的是：请多说点什么。请说话。讲下去。请支持我。我需要你的配合。可能她也不清楚，迟迟不能下笔的原因是什么。职业道德使她反复说同样的话，使她焦虑、急速瘦下去，这是一种全新的减肥疗法，她从未试过，但也不值得推广，这个行业里，像她这样的人已经是珍稀动物，她亲眼见识过其他人的墓碑是怎么被建立起来的，那些优秀的前辈和同侪，一眨眼的工夫，他们的嗓音就哑掉了，蒙上眼睛，被埋进土里，腐烂，跟随着物质循环之河，流入宇宙，在晚餐前的电视时间，变成挂在天边闪烁的星子，而她还在继续工作，继续聆听、记录、写作，继续生命形态的运动，继续把希望寄托到下一篇报道上。尤其是这次报道，她觉得势必会撼动整个世界，就像核弹亮相于广岛，这次报道就是新闻界的超级弹头，她如此深信，不仅是因为她报道了什么，而是因为她和小男孩之间的交往，让整个工作变轻松了。登上摩天轮时，她感觉座位晃了几晃，小男孩过于庞大，不得不猫着腰，挤进这个狭小的空间内，她顿时感觉四周填满了小男孩的身体，他每天锻炼但难免松弛的肌肉、从胸口的衣棉处析出的汗味、细密胡茬、手臂上弯曲的体毛、隐现斑点的脖子上方发皱的皮肤、被烟熏黄的牙床和指甲，统统向她挤来，他们从未如此接近。小男孩缩着背，紧贴身后的玻璃板，头仍然抵着舱顶，他呼出的气打在她脸上，同样她也是，第一次她在小男孩面前感到尴尬。认识大半年以来，她以为两人的关系已经足够亲密，既已亲密到能合作写出一篇报道，同乘摩天轮也就不在话下，但现在看来还差得远。她回想起以往乘坐摩天轮的经历，不说二十次，也有十几次，对面都是不同的面孔，年轻的、成熟的、活泼的、阴鸷的，但那都是愉快的记忆，至少在那一刻是，纯纯的夏天炙烤的味道，只有这一次，跟之前的体验完全相反，随着座舱上升，地面几十公顷的荔枝林在视线中收紧，如同地毯表面卷起的毛球，树梢透出赭黄的反光，延伸至远处的山岭。人和兽都变得小如浮尘，车辆从树影的缝隙间穿过。来自冲浪馆的水，通过圆形的管道注入池中，绿莹莹的，人们坐着飞车经过时，水雾会痛击他们的脸。但她听不到他们的叫喊了。在半空中，无数放射性元素从小男孩身上的毛孔飞出，全打进她的毛孔里。玻璃窗和地板在颤抖。辐射让机器失灵，他们也许会掉下去，她惊恐地想，小男孩是个如此危险的人物，以往她只看到了他的和蔼，忽视了他的危险。这个人可能是整个社会最危险的人，就像他的绰号，"小男孩"，1945年首次出现在人类战争历史中的原子弹，他也把自己当成了那个唯一，在那个遥远的粤北山村里，他考试第一，体育的跳远和铅球第一，也是第一个走出去的大学生，第一个在珠三角当老板，第一个百万富翁，第一个在狮子山下开歌舞厅，第一个由西江游到伶仃洋，第一个在珠江电视台开午夜栏目，第一个会说五种语言的人，不过，最让他自豪的身份，还是第一个炼出铀的博士，小男孩可以这么说，因为他做到了连他父亲也没做到的事。"铀博士"，村里人都这么叫他父亲，但他父亲在那个深山的基地里从未炼出哪怕一克的铀235。没进山前，父亲在初中二年级教化学，满村桃李，走在田垄上随时都有人停下劳作，冲他点头致意。唯独自己的家门，父亲却很少进去。小男孩对父亲几乎没什么印象，只记得高、瘦、穿白褂子。母亲也很难描述父亲的样子，每次小男孩问起，她就会很生气。小男孩听别人说过，父亲在学校里跟学生好上了，这才很少回家。但小男孩觉得事情的真相远非如此。没人知道父亲在山里干了什么。父亲进山后的几年，村里人还把他们家当成英雄的家庭看待，孤儿寡母怪可怜的，畚箕满了有人悄悄去倒，柴堆在门口有人给偷偷劈好，隔三岔五还有人从厨房的窗缝里塞根红薯进来。小男孩跟伙伴们玩，别人都让着他，"铀博士的仔"，请他当孩子王。别人问他，你乳父几时炼出铀啊，炼出来了我们就不怕美国了。小男孩心里没底，随口说快了快了，今年就能炼出来。他们就在地上用碎砖头画原子弹，有人把原子弹画成菠萝蜜，浑身是刺，有人画成他家的炉子，滚烫滚烫的，还有人画成一头水牛，黑黝黝、大肚子，铀就是牛胃、牛百叶、金钱肚，油油地流出来，冒着几年不遇的香气，生产队已经很久没有分牛了，等这次把铀炼出来，上头一高兴，说不定会犒劳一下。小男孩在地上画了几根紧张的曲线，别人问他画的是什么，他回答说是地震，原子弹就是地震。他当时觉得地震是一头最可怕的怪物，从后山的罗仙洞里冲出来，身上旋着火光，舌头唾沫晶莹，每个毛孔都能打出响鼻，眼睛一睁，茅草屋就跟抽干的气球一样干瘪下去，那些石头、瓦片、石碓、臼子、车轱辘全飘在天上，星辰般周转，最后掉到哪家，哪家就捡起来，风水轮流转。当然小男孩从未经历过地震，也只是听村里的老人提过，后来真有一次，半夜里被母亲扯起来，地震了，她说，快走，小男孩晕乎乎地下了地就跑，鞋都穿反了，只看到墙外烛火耀着，传来层层人声，夹杂狗吠，四处敲门板隆隆的声音，不断有人被唤醒，从乌木的窄门中走出来，或光着脚，或裸着膀子，小男孩还看到一些坚硬的乳房，顶着薄薄的麻布上衫，这些都是不常见的景象。他看到这些人加入户外露天守候的人群，一同注视着他们的房屋，审视着他们的家园，他们在其中生活了几十年，却未必了解它所有的模样，他们目不转睛，生怕错过了某一瞬间，魔法一施放，这些土地就会大变样，但他们嘴巴也没停下来，找人大声倾偈，说着一些没意义的话，好像跟平常也没什么区别，不过是大家约好了，一起半夜出来看星星，如此而已，根本没什么地震，大家在外头等着地震，而地震始终没来，要是来了，大家可能都不存在了，在睡梦中一切不复存在。当时母亲紧攥着小男孩的手，或者她只是想攥住自己的手，又冷又黏，小男孩个头只到她大腿根部，侧着眼睛，余光瞥到她被烛火照耀的脸颊，左凹一块右凸一块，宛如那被雕刻的瘆人的洞壁。母亲一定在想父亲，小男孩也在想父亲，要是他在，至少他们不会有那么多未知的恐惧。共和国的第一颗原子弹，在当年的国庆后成功爆炸，小男孩的竹织床都能感受到来自遥远西北沙漠的震动。消息传来，生产队确实杀了一头牛，做好羹，分到各家去，唯独漏了小男孩他们家。自那以后，村里人的态度来了个大转弯，哪里有什么"铀博士"，分明是个癫佬、黐线，全家都是。小男孩和母亲走在外头，常常能感到别人目光的戳点，他困惑于村里人闪电式的翻脸，为什么会这样呢，他的脑袋还无法理解其中的逻辑，或者说，这逻辑的链条还没安装到他的脑袋之中，但总有一天会安装上去的，没有人能躲过这道工序，自出生以来，他就等着被那只钢铁的触手抓取，置于冰冷的铁椅上，尼龙绳紧紧捆住全身，动弹不得，钻头旋动，带起阵阵妖风，血液受恐惧的诱惑升至头顶，头盖骨经受着这种重压，挤出一种细密的爆裂声，他只记得这声音，其他的都已忘却，很快他就被机器弹出，从蠕动的传送带掉到现实生活当中。他也做得很成功，不管是学业还是事业，他都远超过其他同时代的人，因为其他人都没有他的预见，别人还没做信贷，他就先做起来了，别人还没搞房地产，他就先炒起来了，别人还没投博彩，他就搬来了国内第一台双色球摇奖机。可这些不能让他真正满足，小男孩在采访时说，这些无法解决他年幼时的困惑，为此小男孩变卖掉所有财产，全身心投入家父未竟的事业中，并且超越了父亲，提炼出了纯度极高的铀235。如果没有这项工作，他不会变得如此快乐，在充满氩气的实验室中，给铀化合物脱硝时喷溅出血红的二氧化氮，仿佛乡间氤氲的朝霞。小男孩说，跟这份快乐相比，本就短暂纤薄的生命，更像是一眨眼的工夫，谁还会计较它危不危险呢？α射线、β射线、γ射线，在这个危险万分的世界里，它们只是快乐的谐谑曲罢了。小男孩的这些话都被她记在了录音笔里。在一些失眠的夜晚，她放在枕头边反复播放，仔细咀嚼他口中发出的时而扁长、时而夸大的圆润的元音。她也许听明白了小男孩的语言，可爱的口音，充满童真；也许什么也明白不了，他传递给她的信息是彻底无效的，尤其是在这万丈高空之上，她根本听不见对面这个人说了什么，反正也不重要。小男孩其实是想问她丈夫的事情。单纯出于一种关怀。小男孩重复了好几遍，她才反应过来，回答说丈夫还好，准备动手术。一种很罕见的脑神经外科手术，国内能动这种手术的医院没有几家。她先前跟小男孩不经意地提过这件事，没想到小男孩记得清楚。她丈夫很难说罹患的是生理上的病，还是心理上的病。体检报告很正常，没有一丝问题，也见过一些心理医生，到后来，心理医生只要见了他们夫妇，就偷偷躲起来。他们在诊所里玩起捉迷藏的游戏，在仓库里他们找到了医生，像揪着鼹鼠似的，把他背到屋顶，威胁他若不治好丈夫，就把他推下去。医生马上接口说他宁愿被推下去。因为他从未见过这样的病，完全超出了他的理解范围，这种病症，很可能无法治愈，在可预见的

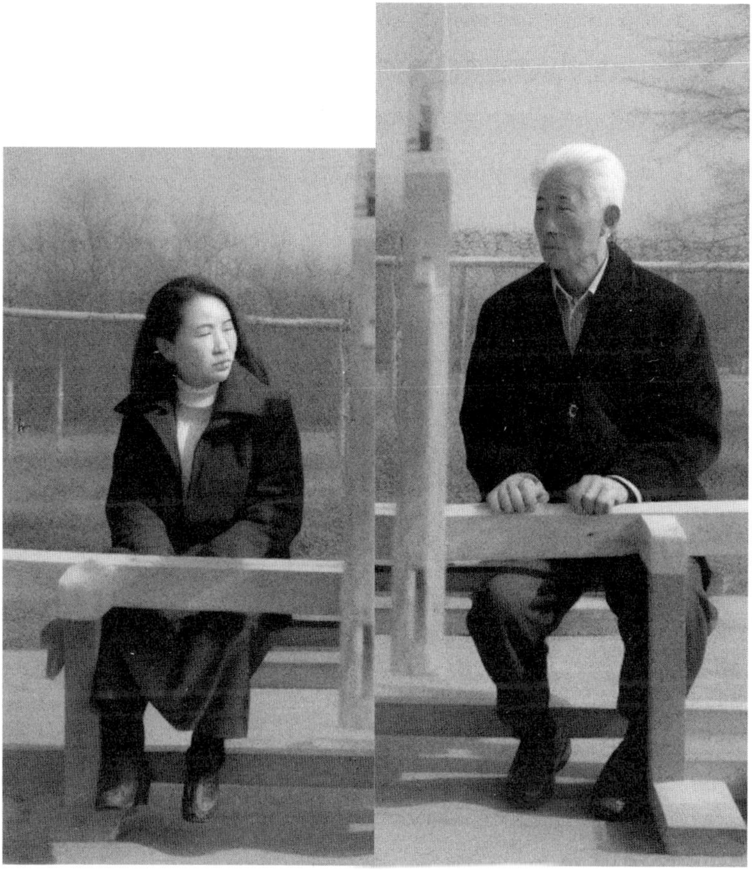

三十年内都不可能。作为医生,他不会去治不可治之病,这样会影响他职业的成功率。成功率,一串有效率的数字,比一个真实的活人更重要,这就是我们嘴边常挂着的话,不管什么话,说得太多就会成真。小男孩想,她肯定需要一笔不小的钱。小男孩很想帮她,但他也拿不出钱来,无论是在这高空之上的密闭玻璃空间,还是别的什么场合,他都是个穷光蛋,他的亿万财富一部分随着实验室里的化学反应消逝在空气中了,一部分被没收充公,最后一部分,也是最关键的一部分,还留在他的大脑里,取之无禁,用之不竭,是造物者之无尽藏也。如果可能,小男孩愿意把大脑给她,哪怕给个十分之一,她也能用上几辈子。这绝非诳语,不知道有多少国家都想得到他的大脑,黑市的价格,一克已经炒到了六万美金。一旦他的大脑出现在市场上,《防止核扩散条约》将成为一纸空文,这足以改写人类历史,但就是这么稀罕的一颗大脑,只是被她用来采集报道的素材,当成拼凑她那篇文章的积木,未免有点可惜。小男孩一直跟她强调这个,她何必这么执着于写作呢?就算这篇报道轰动了一时,又能带来什么改变?再怎么着,这也不过是一篇文章,老掉牙的媒介形式,文字不会再深刻影响人的任何感官，相反它在稀释所有人的心灵，腐坏他们的脾性，让他们从日常的紧张生活中获得一丝毫无意义的放松，论实际效果，还不如一块切猪蹄筋的砧板，或者是在电商售货架里打八折的烤箱。毫无意义。还不如让他们持续机械的日常，如此机械下去，生生世世，机械的大脑互通宇宙。她就是把这样的工作当成了宇宙。小男孩看着她想，这说明这个社会对她的教育是如此成功，他眼下能做的，只能是尽力配合她，完成这篇报道，好像她一完成她的工作，丈夫的病就马上能好。此时座舱正缓慢下行，旋转即将终结，小男孩一边想，一边感到了一种眩晕。她在他对面，脸颊贴在铝合金的边缘，若有所思，瞳仁里的黑色过一会儿才抖一下，小男孩才发现她的眼睛很大，超出了正常的比例，风景都能倒映在她的眼球中，他能借此看到地面的景色从另一个方向和他们运行的轨迹相反，直接插进她的眼角膜。一声响动，摩天轮停了。人们陆续从座舱下来，他们也跟着下去，汇入人流，热浪徐徐向他们脸上扑来，通向场地出口的狭窄小路两旁，有一些中年人在卖菠萝和荔枝，还有一种浸泡在冰水中的青杧果，蘸上辣椒盐特别好吃。他们在小摊前停留了一下，她观察到小男孩咽下唾沫的样子，于是她掏腰包买了一点，装在袋子里拎着，小男孩被这香味勾住，跟在后面，她边走边心里暗笑，觉得自己像个小偷，偷窃了独眼巨人的装备，她故意加快脚步，让巨人没那么容易追上她，她一会儿东，一会儿西，一会儿快，一会儿慢，她突然停下来时小男孩差点把她撞倒。她从来没跟丈夫玩过类似的游戏，近似的只和老爹玩过，那时她还是小女孩，老爹则是一个蹒跚的巨人。他们玩瞎子摸人，她躲在楼下的鞋柜里，从缝隙的余光里，看到老爹正准备下楼来找她，一只脚正迈过楼梯的台阶。我在这里，她喊道。蒙着眼睛的老爹一激动，一脚踩空，从楼梯摔了下来，把腿摔断，打了半年的石膏。这件事过去很久，她都不能确定自己最原始的动机。也许只是为了赢。只是为了赢得某样东西很简单，但你不能赢得一切。走到环球飞车下面时，她把手中的袋子递给小男孩，小男孩接过去，有点犹豫，接着把水果放进嘴里嚼起来，热带的酸让他皱起鼻子，脸上的肌肉更加松弛，似乎一阵流动的空气就能带动这些帆布似的褶皱。她越瞧越觉得亲切，那些令她觉得亲切的瞬间都不是小男孩的正常状态，或许他从未有过正常，他的正常很早之前就被剥夺了。酸食可以使小男孩成为正常人。

她在心里默默记下这一句话，又是一个可以展开的角度，又可以写两千字，甚至五千字。体量在不断扩大，她最早接到任务时，觉得不过能写个千把来个字，应付一下得了。自从丈夫出状况后，她对工作的热情顿时减退，初次见小男孩时，她的眉毛就画了一半，口红在唇上凝固干裂，惨兮兮。铁墙内的那人也差不多，因为脊椎发病强忍着疼痛，那就是一个有强烈自尊的人忍受疼痛的模样，富有魅力，如此交往越深，她就越发觉，小男孩所忍受的简直是无法计数，因此他所散发的魅力也同样是无穷无尽的。他每天只睡眠三个小时，小男孩对她讲述说，他会上二十个闹钟，轮番提醒他清晨六点起床，迅速投入快乐的工作中，他会先打扫实验室，整理毛发似的拂拭夜晚受潮的金属导芯，检查超声波清洗器里的污垢，让蒸馏水器的冷凝管和恒温水浴锅的不锈钢托盘闪闪发亮，刚好能够反射从窗户照进来的第一缕阳光，马弗炉是一定要看看的，是他的能量源泉，伸手在上面还能感受到前一天的时间燃后的灰烬，然后到餐厅里用早餐，在院子里放松肢体。早晨工作最有效率，喘不过气来，中午用餐后他才会歇息一下，游泳二十分钟，接着躺在椅子上读卡尔·波普尔的《猜想与反驳》，那

"世界3"的理论让他陶醉,有时候在读张东荪和胡塞尔,此外他还对分析哲学和语言学感兴趣,并且写了厚厚两千页的笔记,但最终被他烧掉了,理由是他无法忍受自己的文字。他唯一承认自己无能的地方是文学,他对文学和文字没有信心,天生如此。下午他一般会埋头到各种资料、卷帙、论文里面,夜晚会继续白天的实验,此时他的感官最为敏锐,随着时间推移,钟表敲响零点过后,他逐渐深入的敏锐却带来了另一种困扰,连几百米开外的青木瓜发酵的气味,云气挪移把月影暗中遮蔽的响动,螳螂跳跃到配偶背上旋即滑落,以及人们在床榻上翻滚时皮肤和被褥摩擦的讯息,他都能感知得一清二楚。这其实是很要命的干扰,他硬着头皮干下去,直至工作完全无法继续为止,那时大概是凌晨三点,驱动大脑从最高挡减速至最低挡,渐渐熄灭,对他来说也不是简单的事情。上床,闭目,一些遥远的梦仿佛黑色的骏马,一路驶近,嗒嗒响,从后院到走廊到玄关到客厅到卧室,把来自荒野的温热鼻息吹到他脸上,然后等待下一个工作时刻的到来。他不信奉超人,小男孩说,他做的每件事都是出自本能,他做的就是普通人本该做的事。实际上,普通人做的事和超人做的事都是由现代社会来界定的，目的是把一小部分人捧举到高处，把他们从同胞里独立出去。我们现有的社会，是一个虚伪又脆弱的结构，它无法承担所有人的潜能被完全开发的风险。虚伪又脆弱。只要认清这个本质，就不难理解他何以能够像超人一般工作，绝不浪费一秒钟，并且忍受着那些数不尽的粒子在体内冲撞的痛苦。他一停下工作，胸腔和胰脏就有如被千万根针刺，大肠和精索打结并翻转三周，他说，当然最可怕的是脊椎，有时深陷入背部，有时凸起来，由于长期磨损，它已经不知道成了什么形状，可能是椭圆，也可能是菱形，最终会从体内消失，距离那一天也不会太久。倘若他继续那样工作下去，将来发生什么谁也不知道。小男孩所做的只是在和时间赛跑。他赢了，在录音中他声称自己提炼出了高纯度铀235，在法庭上他也这么说，但没人能找到他的罪证，无论如何审讯，小男孩都说他炼制的铀就在实验室里。他一口咬定，口气带着懒洋洋的骄傲，说服所有人认定他有罪，包括法官也相信他的罪，因为从未有人如此急迫地想把自己送进牢狱里。审判员也觉得，不过是做个顺水人情。但他们都想错了，小男孩自述说，他绝不是想到监狱游（恰恰相反），小男孩只是想保卫那个事实，也就是他真的炼出了铀，那是他一生最大的成就，不容抹杀。这比自由什么的要重要得多。一定要把这句话放到报道最显目的位置。作为标题。小男孩对她强调说。她说当然，可能是一句屁话，回答小男孩时，她的大脑一片空白，可能是因为他的塑料普通话，可能是采访远超她的预想。过几天，她对小男孩有了更大的隐秘的兴趣。可能连她自己都说不清楚，说出来就会令她胆怯。若是小男孩说的那个铀真的存在，她的任务就是把它找出来，借小男孩之口。像小男孩所说的，她也不过是在用自己的方式去保卫那个不容置喙的事实。吃完水果，他们沿着人工坡道爬上去，本来想玩太空滑板，却还是放弃了，体力不足以支撑下去。小男孩开玩笑对她说，这就是人生中你不得不服老的时刻之一。她也笑了，因为小男孩虽然是在开玩笑，但他还是很严肃。就如同他穿带衣领的短袖格子衬衫，裤脚把一双表皮有点发皱的靴子裹得严丝合缝一般严肃。她找了一张石凳，小男孩也跟着坐下，那里视野开阔，可以看到还有另外几条小路顺坡而下，有些业已荒废，满是石头杂草，堆积着建筑材料和刨起的黄土，后者像一块巨大的布丁，温暖可爱，背后是一排黄皮果树，顶端的枝条挂了被遗弃的风筝，透明的尾翼融入日色，散发同样的白光。这时大概是下午四点，气温并没有下降，他们坐的那个地方可能是唯一稍显荫凉之处，偶尔有风，夹杂着潮湿的热，从他们脖子和腋下擦过时带走的水分极其有限，但每次都是新鲜、细微的刺激，他们仔细品味着，眼神在四周游动。这时小男孩突然指着某个方向，说，看那里。她顺着他的所指，看到地势低洼的远处露出的红墙黄瓦，那是一座庙吗？她问，并不确定自己是否看清楚了。妈祖庙，小男孩告诉她，那是珠江口地区第二大的妈祖庙。她想知道为什么小男孩这么肯定就是第二大，不是第一大也不是第三大。他的讲述的权威总是不可抗拒，照理说她当记者这么多年来，也跑了不少地方，可小男孩就是有资本说，他走过的桥比她走过的路多。小男孩接着说他想起很多年前大学刚毕业，他没有去分配好的机关上岗，去了深圳一家公司当饮料销售员，一份被人睇低的工作，饮料也不好喝，他却借此见识了许多地方和人士，因为他是最不起眼的人，也是最被需要的人，他运行在城市的血管里。他见识过在广州码头来回穿梭运送香蕉的木船，有时候还能碰到越南女老板穿着拖鞋，歪歪扭扭地沿着河道走，对面的白天鹅宾馆在水面映出墓碑般的倒影，某一年的圣诞节他在里面住过，和霍英东的表舅在一楼大厅的吉祥物前合影，还吃过玉堂春暖餐厅最早的鱼翅煲，那时的鱼翅还是货真价实的。当时他和一个外省来的姑娘谈得火热，那姑娘住在惠州会馆，也就是廖仲恺被刺杀的地方旁边，分手后她还去深圳找了他几次，他们去了世界之窗和锦绣中华，目睹那些可笑的微缩模型被人群围得水泄不通，还有很多天真的小孩子，手里挥舞亲手制作的紫荆花旗和国旗，在夜里通明的街道激动奔跑。他从那个世纪走来，那个世纪离他而去，他清清楚楚，汕头的四十亿骗税案登上报纸头条的当天，他正走在海关钟楼之下，那些穿着西装皮鞋、骚乱的人群从大厦中走出，越过他，趴到海边的栏杆上啼哭，他不知如何安慰他们。年轻之时，他流过的泪不比他们少，亚洲金融危机那年，他还亲眼见到一具自尖沙咀新世界酒店二十六层跃下的尸体，恒生指数的广告牌就在路对面，他的菲律宾富商朋友，站在旁边，惊呼，声音在嘴巴里共振，第二天他们就成功签下合约，那次是他最成功的谈判，完全压过在澳门收购威尼斯赌场的履历。他还记得第一次下注是在公海的夜航船上，黑暗似铁，船似梭，一位陌生大佬在赌桌旁叮嘱他，手稳气平，该晒冷就晒冷，那晚他把自己的手提箱填满，跟着大佬到房间里吃早茶，大佬手指上的大钻石，就那样射进他眼睛里，连带着那些枪声、雨衣、失踪的汽车、撕碎的电影票、湾区五十年一遇的十七级大台风，他当时看着大佬，就像她现在看着他一样无辜，后来他拜大佬作契父，在马来西亚操弄了两年的烟草公司。他也许会一直做下去，如果不是契父在巴西被一粒子弹送走性命，爆破了他的虚伪生活。谢谢那粒子弹提醒了他。最根源的东西。此时小男孩突然停下讲述，也许是觉得自己讲得太多，这些东西，在他那里无非是一些内在的噪音，小男孩担心会偏离采访的主题，虽然他也不知道那个主题是什么，留给他们的时间不多了。小男孩希望自己在她那里是一个见证者而不是讲述者，因为亲眼见到一个东西，比描述起来要难得多。描述一个东西总是不经意的。哪怕是像他这样精密谨慎的思维，有些话一出口，它就不再可信，而观察那些事物需要更高的理性。三十年来，他一直通过观察去理解它们的变迁，把它们植入记忆，咬合为自身的一部分，并使它们不受岁月的腐蚀，其实很困难。为何旗帜举起又落下，为何大厦建成又倒塌，为何琳琅满目的商品和条条框框的道理，集聚又离散，变成虚幻的互联网代码。理解了这些，化学公式就不过是给小孩子的家庭作业，他只用了半年时间，就学会了把铀炼出来的全部诀窍，可是要付诸实验，需要的是无穷尽的时间，就算炼出了铀也不是终点，一切才刚刚开始，小男孩说。他人生的下半场，或者说，他整个人生才刚刚开始。这些话要让她领会还需要时间。他们已经离开石凳，从一条小路下坡，然后绕过一侧，经过五米高的垃圾山和漂浮着蝌蚪尸体的水坑，重新绕回游乐场崭新的场地。在这之前，他们要弯腰穿过栅栏，几乎是同一时间，他们从头顶到尾椎骨的直线低垂下去，探进栅栏空隙，她听到一连串噼里啪啦的声响，她认为是小男孩身上发出的，小男孩却说不是，他可能并不想说谎，他可能听不见。声音确实存在。小男孩和她在路上继续争辩，可是谁也不想承认自己在变老，承认自己弯腰的一瞬间，确实比几年前延长了那么几拍，甚至，跳出了尴尬的切分音，"不存在的音响"。就像小男孩口中的那条狗，无可奈何地老去，他也不甘心自己在她眼里就成了那么一条狗，最终被她斩首、埋葬。于是他们走到大摆锤下面，小男孩突然冲她大声喊，别说那么多，来比一比就知道了。小男孩的意思是坐上去，看谁先闭眼睛、谁的胃先受不了、谁先叫喊出声。输的人要讲一个秘密。她想也不想就答应，缘由可能是她觉得自己没有什么秘密，可是小男孩就不一样了，他身上大大小小的秘密，少说也有几千个，有一般秘密，有超级秘密，也有终极秘密。没有这些秘密，她的核弹新闻就无法完成。来做个交易。做交易时大脑才会停止思考，让它放松一会儿。她觉得小男孩一直都太紧张了，仅仅因为如此，他说的话才没法让她明白，可能这就是他的活法、他的紧张、他的裸命。排队等待时，她就在想这些，刚才小男孩为什么反应这么强烈？她最初只是想开个玩笑，所谓玩笑就是两个人走在路上，突然毫无征兆地定下一个目标地，开始赛跑。谁都玩过这个游戏，跟你的亲人、爱人、朋友，越亲近的人你才越无顾忌，可小男孩把越亲近的人越看作是最大的敌人，好吧，放马过来，她回忆起老爹那条打满石膏的腿，论相爱相杀，她也不会输给任何人。游乐场的服务生差点阻止了他们的比赛，因为小男孩的高龄，他已经不再适合玩这个项目，服务生说，但小男孩是听不进去的，小男孩只会反复向服务生证明他就是个小男孩，心理或生理，他都是独一无二的小男孩，陷入僵局时，她帮了他一把。她告诉服务生，她是他的监护人，一切问题由她承担。最终服务生屈服了，他们顺利坐上大摆锤，在尾部的环形座舱缓缓准备死亡摆动之前，她问小男孩之前有没有坐过，小男孩回答说，当然，二十多或三十年前，他带儿子坐上去过，那时儿子考了全校第一，而他醉心于实验，已经半年没见儿子了，那段时间儿子蹿了十公分，超过他的肩膀，说实话他也吓一跳，儿子很可能会比他高，也会比他聪明，恰好说明这种基因的强大，注定不会被什么外来的基因所打败和摧毁，而只会越来越强劲。祖荫庇佑。这时摆锤开始启动，小男孩的话停在这里，她其实挺想听他讲儿子的事情，因为他是第一次提起家庭，如果不是他提，她不知道他还有这个概念，还不仅是概念，是他所得意的成就。她还在想象他儿子的长相，突然，一股力令她后仰，脑袋按向皮椅，她不自觉地张开手脚，做出保护的动作。小男孩在笑，她看到了，笑声立即被周围人的喊叫掩盖，他们已经进入状态了。放松，她心里说。她侧过头去，小男孩用眼神示意她向下看，地面的轮廓逐渐变形，被视线磨成哑光，有人打着阳伞，有的手举过头顶，还有人扎着头发像锃亮的蘑菇云，虽然她也不知道他们是谁，换过来，他们在底下向这边观望，也只会看到一群蚂蚁般的生物，被绑在线圈上晃来晃去。谁会在乎蚂蚁在想什么。接着摆锤一甩，接近一百八十度，她差点叫出声来，就算不是从喉咙发出，也是从胸腹间发出的，而小男孩似乎什么也没听到，她的胃好像给这么一下移动了几公分，悬浮在半空，漫长的停顿，马上随后向下俯冲，坚实的地壳向她撞击，紧擦着她的影子，心脏怦怦跳，还没跳够，又被甩到另一端的空中去，这次，她只觉四肢似乎在脱离自己，整个人从圆环座舱中凸出来，别人都在位置上，目视着她，独一无二，只有她跟其他人不在一个位面，像阿姆斯特朗，回眸凝视破旧的星球，独一无二，也是孑然一身，最高级的特别也是最高级的孤独。随即她被翻转过来，血液流向大脑，肺压住了气管，再次以加速度下坠。这么几趟过后，她已经无法忍受，这场游戏、赌博、比赛，她根本没有赢的可能，因为邻座的小男孩一声不吭，几乎感觉不到他就在旁边，他玩这个游戏，就好比一个军人在医院挨了一针管，不会有什么反应。她这才发觉，小男孩并没有把这个当成游戏、赌博、比赛，他当成了一场战争，跟他在实验室里经历的战争相比，跟他日常所忍受的苦难相比，这个只能算是摸几把鸟枪、打几发铁炮的程度。小男孩可正是这样的战争狂人、不断地挑起生活里争端的人。几秒的真空中,她朝小男孩瞥了一眼,然后电话就在大腿间振动起来,只有她自己知道,振动充满焦虑,可她此时没法接听。等摆锤停下后,她从上面下来,走了几步,看起来没事,在椅子上一坐,胃酸马上反涌,她狠抓着扶手开始吐,小男孩站在旁边,冷漠地观赏着他的战果,一言不发。这时她的手机再次响起,更加焦急,她伸手到裤兜里,掏出手机,再掏出纸,仔细把嘴擦干净,然后走到一旁去接听,十分钟后她转回来,眼圈发红,小男孩这时有点无措,很难分辨她的反应有多少是因为输了比赛,又有多少是因为这通电话里的信息,怎么说他都有责任,他不该那么冷酷,他们也还没那么亲密,他们只是一场合作的伙伴,虽然在小男孩看来,这场合作很可能最终是无意义的,小男孩边想边来回踱步,等她情绪稍微稳定下来,他立即凑近过去,对她说,其实是他输了。她有点蒙。他认真地重复了一遍。他才是真正的输家,他会给她讲他的秘密。本来不是一件复杂的事情,小男孩的口气却让她怀疑起了事实,他总是有改变事实的能力,不管是不是她输了,小男孩都可以拍拍她的头,给你块糖吃吧,别哭了。包括接受她的采访也是对她的施舍。小男孩本来可以拒绝这份采访，像他这样的人，就算从监狱中出来，也并非一无所有。她等着他开口，他们并肩走着，尽量让谈话的氛围更舒适一点，他却想先知道那通电话到底是怎么回事。好吧，这时已经无法分辨是她在采访小男孩，还是小男孩在采访她。刚才的电话是她的小叔子打过来的，她说，小叔子告诉她，她丈夫刚刚被推进手术室，小叔子问她在哪里，她如实告诉他，得知她正和另一个男人在游乐场，小叔子气得破口大骂，花娘婆，她连小叔子的秽语都诚实转述出来。小男孩没想到他今天出狱的这个日期竟然是这么个情况，那么，她为什么要来接他呢，他们今天为什么要来游乐场呢，她为什么不去陪着丈夫呢？因为她也好怕，她沉默了几秒后回答，她回想起以前把老爹送进手术室里，同样的医院，同样的房间，出来后老爹的头发都被剃光了，苍白而安静地躺在那里，一道刀疤留在头颅上。她离他远远的，心想，以后再没有办法帮他拔那白花花的头顶了。他看上去像个假人，橡胶做的玩具，不合格的产品，在流水线上待命，很快就要送去火化炉里销毁，一刹那的事情，从大活人，到沉寂的玩具，远超出她最快的反应速度，她卡发条了，回想起几个小时前老爹在餐桌上还问了一句话，问她什么时候生小孩，温和、漫不经心，没有收到回应后他冷却下去，如同所有因衰老而减熵的老人一般，他跟其他人没什么区别，每天按时刷牙、入睡、散步，吃几粒鱼肝油，跟街坊邻居下下象棋残局，给狗洗澡，小心计算着剩余的日子，她和老爹都相信，只要坚持这么小心计算下去，日子就会无限延长，那个终极的警报就不会那么快来到。当然，最终证明这是一厢情愿，谁也没想到，一根不起眼的血管爆裂，就毁掉了一个人每天计算亿万次的大脑，随后被盖上白布，驱赶入冥府的马车。她当时在那里守了好久，一分一秒地流逝，倒没有特别悲伤，甚至可以说，离那种情绪还很远，她只是想知道，长久以来把他们这个世界和那个彼岸的世界隔绝开来的规则和链条是什么，一定中间有什么，一堵可随时开口的墙，或一张通行证，或一套异国口音的暗号，她想弄明白这些语言得不少时间，她的职业没法回答，虽然她也做过无数报道，东奔西走，记录下那些消逝之物，比如她专门坐长途汽车，去报道一只在揭阳老厝翻出来的几百年的榕树根，看着它一点点地在曝晒下死去，她还在江门拍过岸边坠落的过冬的鸟，被古惑仔小孩压弯的碉楼横梁，被推土机推倒的祠堂、大屋、会馆，收破烂的浪人在街头枕着状元的牌匾过夜，有时候领导一个电话过来，她又会立即出现在粤西，两条村子为了各自尊奉的海神，聚众火拼，在笔记中她写道，这些人看起来比《喋血双雄》里的成奎安还要狠。她还录了一些隐秘的声音，有婴儿学语时艰难吐出不成文的地方话，有庙祝喃喃念经，有郎官训斥娘婆，有偷渡过来的越南女人在水泥地里拖着鞋走路的响动，有做海人拉纤的口号，各种各样，爬满了她的光碟、存储卡、U盘、移动硬盘，不知有多少TB的容量，最终存下来的不足十分之一。有的被家猫抓烂了，有的搬家时遗失了，就连这些也在死去，记录死去之物的载体也在死去。这是个最容易保存的时代，也是最容易弄丢的时代，她没法搞懂这些逻辑，所以她好怕，怕丈夫也跟老爹那样，动着进去，静着出来，最终变成一堆粉末。理性这时候帮不了她，她试过，老爹走后，她发了一条悼念的朋友圈，很多人在下面评论、安慰和关心，她从来不知自己有这么多的朋友，后悔了，想删除这条状态。如此轻易。她想不透的是，仅仅通过社交媒体就可以将一个人埋葬，只是发出简单的一串字符，就能够立起一座墓碑，任由人们追悼行礼，照这

🙏🙏🙏震惊!

怎么会这样

😮🙏🙏🙏

🕯️🕯️🕯️🕯️🕯️🕯️🕯️🕯️

🕯️🕯️🙏🙏一路走好

样，她可以用这种方式，杀死并埋葬任何一个人，任何一个人也可以这样杀死并埋葬她，如此来往，直到生命的死活变得无关紧要，所有人都习惯且接受了这一点，她说，在周遭的自由的虚伪的轻率的粗糙的浮夸的时代的毒气中渐渐麻痹。只要想到这，她就没法在医院里多待一秒，这就是她要离开丈夫身边，跑来跟小男孩共度这个周末的原因。工作，工作，工作，愉快的工作。小男孩安静地听她讲完，好像并不在意她讲了什么，尤其是最后讲到工作，小男孩撇了撇嘴，这不是工作，小男孩说他不觉得他们达到了工作的状态，因为那是人类所能达到的最完美的状态，他们现在还远远不是，而是在晃荡，小男孩很无情，说这话时，他低低的嗓音恰好混合着花丛里广播的音乐，构成立体的和谐。他们经过一座白象的雕塑，几何块面的躯体，象鼻向上卷曲构成一道回环，夕阳刚好从中间穿过，周围人们匆匆走过，有些人停下脚步，拿出手机给它拍照，他们两人出现在镜头里，微张着嘴巴，谁也没有看对方，看起来就是毫无关系的两个人，因为一点微薄、廉价的情感捆绑在一起，而且在镜头里，这份微薄和廉价被放大了，包括他们的距离、步伐、甩动的手臂，他们之间的言语战争，从最早见面时就开始，长久持续地拉锯，她有时候多说一点，是为了引诱小男孩去讲述，而小男孩有时候故意让她多说几句，是为了把自己隐藏起来，就在这几句话的间隙，他们有丰富的空间，不像那只巨大、傻乎乎的摆锤，只会从左甩到右。她此时发觉，小男孩不是那么可怕了，他身上窜动的粒子流，会跟随着情绪而变化，若他高兴，它们就潺潺流动，温柔可爱，可是若他感到了沮丧或愤怒，粒子就会在体内横冲直撞。她当然希望小男孩的好心情能稳定下去，至少现在还不错，今天就没有白费。别看他满口理性，小男孩就是小男孩，要把小男孩哄开心没那么难，让他赢就好了，要是他还有什么不开心，刚才赢得的那场游戏已经解决了一切，就连他说起话来，也是满嘴糖果的香甜，而不是中年人的牙臭和烟味。他接着她刚才的话题，用社交媒体埋葬一个人没什么丢人的，小男孩说，他甚至都没办法给父亲送葬。父亲消失了，原子弹爆炸后一年，母亲改嫁，是同村的跛脚男，平时爱在村头的树下跟小孩们一块捉蝉。小男孩还记得这位继父迈进他家门槛时。是你，继父笑嘻嘻地说，一下子就认出了他，他顿时感到莫大耻辱，这耻辱是母亲给他的，母亲的耻辱是父亲给她的，父亲的耻辱是谁给的？当时小男孩的大脑里还没有太长远的逻辑，他离家出走了十来天，藏在牛棚里，牛被虻虫咬得闷雷般哞叫，总在夜里惊醒他，慌张滚下草垛，以为是又一枚核弹爆炸。当时小男孩老是朦朦胧胧觉得，世界在大战，美苏的导弹在太平洋上空相互打着招呼，没有什么安全的地方，哪怕在他们这个最不起眼的小村庄，也可能经历着比核弹爆炸可怕百倍的事情。那段时间里，小男孩还住过桥洞、防空洞、学校的仓库、看林人的棚子、废弃的米缸，饿了便去地里偷香蕉和木薯，渴了便捧前山的溪流来喝，清晨坐在草坡上，瞧着砍摘过的甘蔗林里焚烧的黑烟，那股特别的气味，混合了发酵的蔗糖、牛粪、露水和氧化的植物纤维的气味让他宁静。这种宁静属于无知者，小男孩那时候就想，自己可能从未在这里存在过，从未生活在这个山村，别人看不见他，有一次他睡在庄稼地里，放羊的赶着黑羊经过小路，他跳起来，想吓唬跟在队尾的几只羊，它们却悠然从他面前溜过去，小男孩被自己逗笑，又有点难过，想起了那只忠心耿耿的狗，可能是唯一在乎他的生物，却永恒地被他吃掉了。他想起住在海边渔村的外祖母，想去找她，得穿过一大片木麻黄林，耳边净是西风刮起的恐怖声音，泥水渗进鞋子里，又黏又痒，落日的红光从极远处掠过沙地，射在山头被剥得精光的岩石上，仿佛抹得油亮的面包，他馋馋地盯了好久，忘了时间，也迷了路，也不知是怎么回来的。他还去进山的路口守着，一有什么人影出现，他就以为是父亲，其实他都不知道具体是哪座山，也未必能认得出父亲，但那是他当时最后一根救命稻草。最后饿得撑不下去，小男孩爬回家里，母亲和继父看到他回来，也没啥大惊小怪的，当作什么也没发生。生产任务很重，他们每天起早贪黑干活，饭也顾不上吃，小男孩这才发觉，母亲正以惊人的速度精瘦下去，是一种向内的力，人变得沉默下去，言语在体内化作干瘪的结晶，甚至连一句关心也显得多余。又过了两年，村里乱起来，父亲这位"铀博士"，自然是第一位被斗争的对象，流氓、神棍、大毒草，大家决定把那条唯一通往深山的道路堵死，让这位老妖不再出来作怪，众人运起砖石和大树，填进那道垭口凿出的通道里，多年前也是这些人，注目着一群英雄的背影在那里消失，如今一切颠倒，他们要把那个恶魔的裂口堵住，像是个无底洞般，他们把所有能废弃的东西都扔进去，即便是那个匮乏到没什么可称为垃圾的年代，他们仍然献出了自己的那部分，就是为了要把小男孩的父亲永埋在深山之中。继父也在众人之列，依旧笑嘻嘻的，一手扛着木头，一手提着装石块的桶，热火朝天。小男孩远远地望在眼里，心底一点点变凉，恨意却渐渐浮上来，他转身往回跑，发誓记住在场所有人的名字，终有一日他会复仇。小男孩边跑边不自禁地兴奋颤抖，但他知道自己头脑清醒，回到家他发现母亲坐在门槛上，他走近，母亲转过脸问他，做完未？小男孩不知所指何事，只愣愣地点头。母亲抿紧了嘴，慢吞吞地起身，递给他一块饼，不声响，回屋里去了。多年后小男孩才理解母亲的微妙心思，那是更高明的、成年人的做法，而当时他还很生气，除了他自己，世界上已不存在可信任的人，他只信自己，所以拼命学习，立下新的希望，只有学习能使他强大起来，就连红宝书都是这么教的，只有强大起来才能去解救山里的父亲。新时代的刘沉香劈山。他多么努力，也多么幸运，毕业后，正好是恢复高考的第一年，他正是那五百七十多万考生之一，借用糖厂临时改造的考场，黑压压的人头按在凳子上，旁边热水壶一放，花花绿绿，凳子底下横插出来洗刷得灰白的军裤、沾泥的凉鞋，其中不乏有的人刚喂饱小孩过来，袖子染着饭粒和乳臭,有的人则刚劁完猪,脸上红扑扑的还带着搏斗的痕迹。这些场景远看过去,就是一幅伟大的波普艺术画。在其他人还在挠头磨笔时,小男孩早半个小时就提交了试卷,然后到大队去把自家牛牵出来,在草坡上遛,碰到的人都以为他没去考试,放榜结果一出来,他的名字排在第一,也是唯一,全村唯独他考上了大学。那之后村里人的态度又是一个大转弯,不过,这些已不再重要,小男孩借此从一个村了里跳进了城市,从一个阶层跳进了另一个阶层。现在回想起来,这是那个年代才可能发生的深刻改变,只要这质变发生了,这条路打通了,它自然会有一股推力,推着你不断往上走,你连拒绝的本事都没有,你想向左向右向下,都不行,你不会想念那个涨高的位置,因为一不小心跌下来,堕落、变质、腐烂。他认识很多由此而富的人都那样,兜里满满揣着钱币,肚子里是滚动的油脂,巨大的重量,从上面摔下来的结果就更残酷,小男孩说,但是他不一样,经受住了考验。等他再次回到老家的那座山村,用钱买通了那些人,也买通了那些挖掘机的机械臂,它们在山里的鸣响仿佛肺痨病房里回荡的咳嗽,足足三天,才把那个多年前被堵上的通道打通,他一个人走进去,开始很小心,

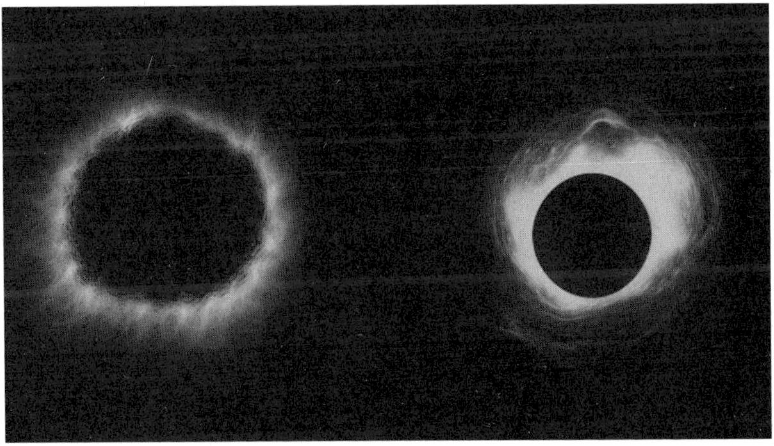

脚下是散落的腐木、石块和湿润的苔藓，景象和外面没什么不同，谷地狭长，后来地势向下，道路变得愈窄，很快出现了山洞，洞与洞之间有隧道相连，黄色的铀矿石四处可见，这些洞穴中间，隐藏着父亲的秘密基地，凭着血缘的直觉，找到它并不难，它就在此处，无时无刻不在招呼他，他现在给出回应，听见了自己的剧烈心跳，在黑暗中，碳氧钙铋化合物和磷的氧化物的光芒交织，他一一清点基地里的财产：作为浸出槽的几个木桶；地上散落着曾用来过滤沉渣的十几个麻袋，胶结在一块，硬邦邦如铁；有当成反应器的两口大铁锅，被厚厚的铁锈包裹，里头有重铀酸铵的粉末，混入沉淀二氧化硅的白烟；墙边还有许多的铁锹、锄头、锤子和锥子，瓶瓶罐罐，再往深处就是未炼的矿石，一层叠一层，一层比一层失败，逐级往上，自深深处，失败者的气息，单单站在那里就能感觉到，父亲什么也没炼出来。他的骸骨就在角落里，颅骨低垂，陷入胸骨，上半身靠墙而坐，股骨和腿骨向前呈一个角度张开，那就是父亲，再没有第二个人是这般模样，哪怕是完好的父亲，小男孩也未必认得出来，但他相信自己的判断，接着他还发现了骸骨上的伤痕，肋骨上几道，咽喉处是致命的一击，就在他认为要接近真相的时候，洞穴突然摇晃起来，说出来都不相信，地震这头怪物，在多年前那个空虚的夜晚，它放了全村人的鸽子，却偏偏这个时候跳出来。小男孩匆忙冲出基地，连父亲的骸骨也顾不上，只一眨眼的工夫，山洞倒塌，那个秘密基地就消亡于眼皮底下，那些外头的机械臂被滚落的山石砸成残疾，也伤了小男孩一条胳膊，他抱着头，蹲下去，等一切停止，万幸没有大碍，他站起来，好像得到了什么，又好像什么也没得到，他只记住了那个失败者的角色，好像是故意的，这就是那个所谓的"规矩"和"链条"在他身上干的好事，故意要把那个图像输入他的大脑中，好不残忍，跟玩把戏似的，所以，哪怕是为了抵抗这些，小男孩也要把铀炼出来，抵消掉血液里那些失败的基因，显然他成功了，大成功，他炼出的铀饼，比国家级的纯度还要高几个度，小男孩说着这些时，声调也比平常高了几个度，她期待听他说下去，录音笔在裤兜里已经就位多时，等待那些字音从他机关枪似的嘴巴中扫射出来，甚至于，他讲了什么，其实不重要，把他的声音记录下来，就是重大的历史时刻。她都没有防备小男孩会突然向她发问，他问她，是否觉得他的成功不过是依仗了道具的便利，

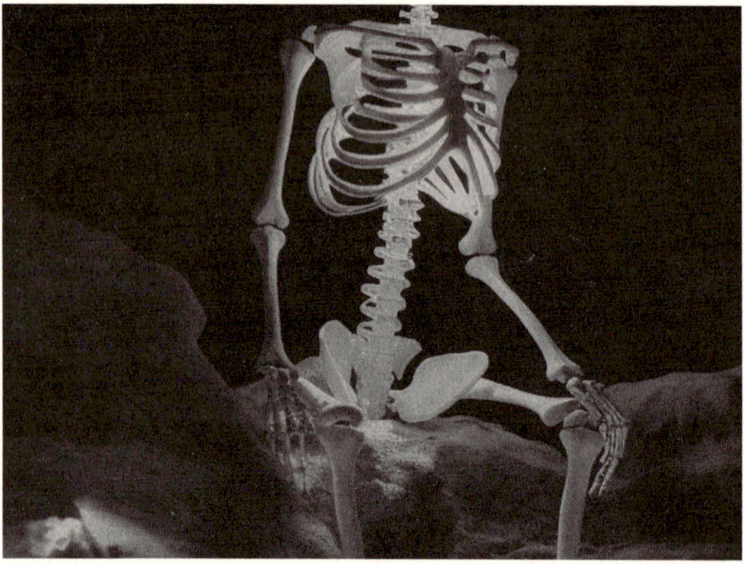

相较于他的父亲,他不过是享受了时代的红利,顺风顺水,单单是做实验的设备条件就不可同日而语,所以说小男孩并没有比他父亲聪明多少,还可以说,小男孩的才能远远不如他的父亲,在同等条件下,父亲能比他更快地炼出纯度更高的铀,只是父亲永远没有那个机会。他低下头,直勾勾地看着她涂了Burberry 97的两张唇,她的回答正从那里跳出来。她没法判断,正如她从老爹和丈夫的病床前退却一样,她和小男孩截然相反,小男孩是她所见过的人当中,意志最为坚定的,她说,他就不应该问出这样的话,这样的自我怀疑没有多大意义,意志克服才能,正是他一直以来所恪守的原则,默默忍耐一切,吞噬这个时代无以复加的噪音、表象和狂流,让他完成了普通人无法完成的事,这本来就超越了才能所度量的范畴,同样是她在报道中着力状写的方面,往这个方向上写,才会引起更多人的喜欢,当然不仅仅是为了让他们喜欢,而是能够真正影响到他们。这不是一件容易的事情,她觉得自己说得没错,但后半段激怒了小男孩,报道!采访!他生气的是她永远把职业挂在嘴边,永远把身份和角色看得那么重要,同时也要不停地考虑如何打造别人的人设,把虚假的碎片砌起一堵墙,把自己也砌进去，就为了那群毫无鉴赏力、连一堵假墙也能看得津津有味的观众。他在监狱里可是对着一堵真实的光秃秃的墙看了二十年，看着它由白变灰、凝聚尘埃，接着刷子就过来，带着飞舞的颜色和气味，有时候刷成浅绿，有时候是灰蓝，对他来说，就是播放幻灯片的幕布在变换，他半生的图像在此展开、轮播，所得的唯一结论是，他只是一个纯粹的人，天命如此，任何人只要自我视察过久，都能得出同样的结论。他长久地炼铀，同时也是长久地视察自己，他当然是最了解自己的人，知道自己的极限在哪里，而现在恰好是太多人逃避这一点。就像很多年前，大概是世纪之交，在县城与县城之间走动的杂技团里，有一个最火爆的项目叫环球飞车，特技演员骑着摩托，在银光闪闪的铁环轨道上越转越快，每个观看的人都想知道这速度的终点在何处，演员也更努力地驱动油门，无休止地和自己竞赛下去。一边吐血一边向前跑的马拉松。指数级增加的核弹头。光速印刷的钞票和跳跃的账目。这才是拴在我们脖子上最显目的链条，小男孩说。如果说他这大半辈子的工作、不知疲倦地超越自己，带来了什么结果的话，那也不是炼出的纯铀，而是这个道理。他最大的成就也是他最大的失败。小男孩在狱中悟出了这个道理，他庆幸自己有缘得见那个杂技团表演的现场。当时他和儿子正在客途中，是他提出的旅行计划，为了缓解青春期的儿子的轻生念头，他们从夏天开始了从城市到城市的长途旅行，仿佛也在追踪着杂技团的巡演，终于在某个珠江支流边上的县城他们追上了彼此。小男孩和他的儿子，观众席上的万分之一，和黑压压的人群连成一片，他们的眼里只剩下那颗发光的铁球，悬浮于绿色的夜空，星星点点从网眼射出，演员和摩托的连影仿佛丢进铁镬中的一柄坚硬铁锤，移动、翻滚，碾过一切的马达声音，尾气在拼命地排泄，轮胎摩擦过铁轨，释放出瞬间的热能，车头的装饰灯单单扫射过来就能把视力融化，每绕过一圈，观众就是一声叹息，这叹息同样也像奇观般闪闪发亮，环绕着白热的铁球内轨，他甚至不记得，那些穿着反光衣服的表演者最终达到了怎样的速度，那必定是超人的速度，完成这件事已经不能用人来形容，是一束束电子，绕着原子核旋转，或者最终是另一种结局，变成逃逸的中子，朝虚空而去，小男孩从中看到了，那是核裂变或核聚变的极限，也就是他的工作无法再往前推进一步的时刻，尽管当时还远没到那一步，他提前预判了它的到来，趁早缴械投降，他心里说，他就可以完全松懈下来，好好在泳池里游几个来回，尝尝午后樱桃点心，再美美地睡个大觉，该干啥干啥，弥补他被偷窃的人生时光，但是他儿子不这么看，儿子个头已经超过他两三公分，站在他胳膊可触及的地方，不到一米的距离，他却感到儿子的背影距离很远，又令人窒息，儿子三年前就解开了原子在不同介质中自发辐射概率的微分方程，两年前学会傅里叶分析，半年前测出低耗材料下的低氚滞留的临界值和等离子体的磁约束数值，是个比他更厉害的天才，也正是在儿子面前，他发现自己身上的平庸，以至于自我怀疑。就像刚才所说的，要不是沾了时代的光，他不比父亲好到哪里去。而儿子的天才血统比他纯正百倍，也可能炼出比他的纯正百倍的铀，做到他不可为之事。当他开始这么想，儿子就离他越远，从一个牙牙学语的婴儿，逐渐充气膨胀，脱离他手中的线。他想起儿子只有三四岁的时候，还是个左撇子，为了纠正过来，他让儿子用右手抓着凳子，然后举着儿子的小身躯转圈圈，儿子开心地大笑，奶声奶气，他也觉得亲切、快乐，这快乐是真诚的，不掺入任何杂质，高级的铀，有时候不需要刻意提炼，它自然会找到你。可这终究是人生中的稀少时刻，小男孩不可能借助这样的时刻来安心，他的心灵，那个缺口，需要持续不断、高密度的填充物。所以他在实验室里捣弄仪器的时候，儿子不知不觉地长大，还不知不觉地超越了他，就好比当晚他们都观看了那场环球飞车，他从中看到的是自己的极限，而儿子看到的是超越极限，儿子目光如炬，令他也感到害怕，他怀疑儿子能看到未来，身为一个炼铀者的悲惨未来，儿子能看穿所有细节，却默不作声。那晚他们看完表演回去，已经半夜，在旅馆住下，那里的墙纸潮湿卷缩，睡下两个小时，儿子偷偷起身，他紧跟出去，其实他压根睡不着，他跟着儿子从楼梯直上天台，光线昏暗，只看到一汪反光的池水，儿子脱掉衣服，赤条条地下去，开始游动，小男孩惊异地注视着这一过程，儿子下体初生的茸毛、线条坚毅的小腿，以及扑腾起的水滴，安静坠入四周的花丛里，似乎一下子被蒸干，他仿佛看到自己，是他在工作的间隙游泳的模样，因为他们如此之像，他看得入了迷，他原来不知道自己是这个样子，在儿子身上，他才看到这些特有的姿态，不知过了多久，儿子爬上来，蹲坐在游泳池旁，冷得发抖，却没打算穿衣服，他忍不住走过去，问儿子到底想干吗，儿子抽泣着,回答他,不想自杀了,咱们回家吧。儿子口气近乎乞求,小男孩反而有些失措,这几个月来他将炼铀抛到一边,全心投入陪伴儿子,也是为了弥补这段缺失的父爱,终于有了一点成就,他却感到失落,好像这点成就来得太快了。他没法确定他们是否要就此和解,对抗才是他最擅长的状态。小男孩不知道他们之间的关系最好是和解还是对抗,或许对抗的时候想着和解,和解了又会想起对抗,永不满足,永远运动。直到回去的路上,在大巴车中,他才想清楚,无论是对抗还是和解,对他都没有区别,对儿子也是,他们脑子里想的只有一件事,就是前进,为了向前一步可以不择手段,这就是他们三代人的基因,优良的竞争因子。也就是这时候,他才发现儿子身上重大的秘密,为了隐藏这个秘密且不断前进,儿子确实花费了不少心思。他怎么也预料不到,儿子身上竟然藏着一个可怕的核弹,或者说,儿子本人就是核弹,一旦引爆,周围几个城市都将化为齑粉,这不是比喻,也不是说着玩玩的,是小男孩亲眼所见,他以自己昂贵的大脑做赌注,这是真的,饶是如此,面前的这位女记者、女作家、温暾的女性主义者,仍然目瞪口呆,过了好久才反应过来。她问他这是如何实现的,核弹如何进入人体，小男孩纠正她，不是由外而内的进入，而是自内而外的生成，至于生成的过程，他也不甚了了，有可能是儿子解开符拉索夫 - 麦克斯韦方程后出现的，可能是儿子第一次偷偷探视他的工作室的时候，也可能更早，是他用浸泡过硝酸铀酰的手抱过襁褓中的儿子之后，或者他把受感染的精液射进那个人民教师的阴道中的时候（儿子他妈，小男孩一向叫她"人民教师"，这样会让他好受点，抵消掉一些被她背叛的不适感），这个危险的生命就开始形成。如果说小男孩是个足够危险的人物，那儿子还要比他危险万倍，以亿万计，就连这种稀有的危险，他们两父子都在竞赛着，看谁比谁更危险，当然，结果是儿子赢了，哪怕是他站在儿子旁边，都能清楚闻见那股临近死与毁灭的气息，是镰刀的腥味、焦土的腐臭、高悬的时钟指针倒计时往前推动嗒嗒作响，令他恐惧，做起噩梦，梦里只剩下一片光秃的土地。这一次，儿子完全超出他的掌控，这枚核弹，这个人，说不准什么时候会爆炸，这就是竞赛的最终结果，某日某时某分某秒，爆炸作为最高艺术形式宣布一切的终结，真的终结了吗？小男孩吞咽了一下唾沫，似乎在想着尽量延长谈话的内容，因为这次，很可能是今天最后一次。夜色四拢，游乐园内所有带轮子、转动的器材都逐渐慢下去、停止，星星亮了起来，云朵和月球开始移动，又到了晚间新闻的黄金时间，一切静悄悄，一切无变化，他们往出口走去，遥遥望见一群保安列队在广场的棕榈下，胖乎乎的队伍，进行着今天的工作总结，然后散开各自清场。今天结束了，她和小男孩心里同时冒出这一念头。他们即将进入广场，两个影子在地面上淡然交错，很快就要步入未知的离别，她的录音笔悄悄地，不知何时停止了记录，没电了，却还有太多的信息。这时小男孩开口说道，这才是他愿意进入监狱的真实动机，监狱能给予他十年二十年的囚禁，让他和儿子隔离开，若他们还在一起，竞赛就还会进行下去。不能这样下去了，一个人只要有理智、有良知，他都会做出这样的选择，不能引爆这颗核弹使成千上万的人无辜丧命。他应该对监狱和法律说一声谢谢，谢谢至少还有这么一条退路，并且在徒刑期间，他受了宝贵的教化，深刻反省，学习到许多东西，那不是知识但比知识更高级。他终于明白如何在这个蓬勃向上的社会里做一个好公民，做一个受人爱戴而不是危险的公民，他也从不觉得这二十年的生命是被剜走了，恰好相反，他变得更充盈，是值得的，即便要和儿子分离这么多年，让儿子成为孤儿，独自在社会里长大、变老，现在也是奔四的人了。经过这么久，小男孩相信儿子身上的核弹早已经消弭于无形，同样也多亏社会的教养。时间能解决所有问题，现在他做好准备去见儿子了，这就是他出狱后的归宿，他并不是无家可归的，他和儿子之间，将是一段全新的健康的关系。小男孩说到这里，她连忙补问他，是否知道儿子住在什么地方、如何能找到儿子。此时他们站在出口广场的边缘，三百米外大街上人来人往，在谈话的终结之处，他们同时感到脑袋空空，女记者求救一样向小男孩望去，她得仰起头才能够得着他上飘的声音，仍然口齿不清、声调怪异、无法理解，仿佛来自遥远的世界。她笔下的铀博士回答说，这也正是他最大的困惑，今天所碰到的每一个陌生人，看起来都酷似他的儿子。半年后她在那篇著名报道里如实反映了这句话。

女嗣

我舅舅的女儿，一位刚上初三的中学生，在学校附近的堤坝上来回走了三百五十七圈，第三百五十八圈的时候，她走到一半，停止，然后沿着梯子下来，汇入心态不一的围观人群中间，声称自己看到了四架飞往广州、三架飞往美国、一架飞往尼德兰的飞机，没人相信她，虽然这个学校的师生都饱受飞机不断升降的噪音困扰，但也没人对这个机场有异议，要说有什么的话，有些人在底下围观时，心里隐隐期盼着她一脚踩空，倏地摔下来，倒不是说有什么深仇大恨，仅出于一种猎奇的期待，很简单，对这个一丁点儿想法都没有的人，全世界只有她的父母，也就是我的舅父舅母，全程战战兢兢地盯着半空，就像是航天工程师屏息目送着冲向天际的神舟五号，确实，女儿是他们最得意的作品，即便不是他们造出来的，也是他们教出来的，他们从福利院里领回这个女婴，用十四年教成了现今这般模样,矜贵、好笑、极自私、不可理解、满口谎言,舅舅的女儿爱说谎,用我们这儿的方言来说,叫车大炮,她车起大炮来连她爸妈都忍受不了,她爸妈已经是我认识的人里最会车大炮的那一批了,对,舅父舅母,包括我父母,还有他们的同辈人,六七十年代的过来人,在无数的车大炮中存活下来,而我的舅父舅母还是其中最优秀的亲戚,仍然忍受不了她的谎话,每次聚会时,我们倒宁愿她是个哑巴,她也确实不爱搭理我们。任何人。只要一张口就是谎话。她只对电子设备真诚,她的iPhoneX、PS4、Beats Solo3,对了,她还是一个拥有十几万粉丝的视频博主,当晚回去就在主页上更新了一期,就是她在堤坝上行走的片段,三百五十八圈,她穿了一双琥珀色的圆头皮鞋、白袜子,在画面中心,两条修长的腿规律晃动,跟地面摩擦出一种毛糙糙的声响,过一会儿,视线从近到远,你可以看到下面聚集的人群,整齐的黑蓝色校服,还有一些从树丛里探出来的脑袋,由屏幕边框和堤坝边缘切割的镜头焦点上下变化,给人一种奇怪的感觉,她像只被系着脖子的鸽子,跳跃着,俯视着地上的米粒。有人在弹幕里写道:你真是个艺术家。我的表妹是艺术家吗?可能是个表演艺术家，她演技非凡，我记得几年前，她还是个小不点，他们家来我们家做客，来之前，舅母特意嘱咐我妈，做一盘表妹最爱吃的生蚝煎蛋，里面一定得放小香菜，结果我妈忘了撒香菜，吃饭时表妹一脸阴雨，没吃几口，就说菜里有毒，别说，她演得确实挺像那么回事，捂着肚子在地上打滚，脸憋得紫红，汗水把上下两层衣服都浸透了，不知情的还真以为她中了含笑半步癫什么的，真的，她这段戏应该拿去给电影学院当样板，我们两家人给演得团团转，她爸妈赶紧送她上医院去，检查完，医生说咩事都没有，还说，这是他见过的最健康的人体，如果表妹的身体出问题，那我们所有人的身体都会先出问题，听起来挺幽默，不过没说错，她从小到大，连感冒都没怎么得过，舅父舅母更是龙肝凤髓地喂她，喂成了一米七几的大个，两条大长腿就那样杵在地里，往上接着微微隆起的胸部、立体的锁骨，肩膀温柔的曲线向后背和两边延伸，不知何时，她已经长成大姑娘了，在某个阳光明媚的聚会日，某个瞬间我才反应过来，一个如此蓬勃、健康的人体，在外婆家庭院的网床上躺着，两只穿皮鞋的人脚盘挂在尾端的绳子上，淡淡的香水气偶尔传来，原来在那些大人相互谈笑的间隙，表妹悄悄长大了,我这么迟才发现,因为我之前都在阴影里注视她。如今,她站在我面前,气势都压我半头,看上去她才是我姐。她也从不叫我姐。我只是关注她视频博客的十几万粉丝之一。当然,表妹也不是我唯一关注的博主,她也是我的十几分之一,她更新得也不频繁,一周两次,相当规律,符合她的学生身份,在她当晚更新的视频里,我留意到一些以前没有的东西,比如,影像背后有别的声音,若有若无,我都不确定自己是否真的听见了,像是旁边有人在说话,陌生的语言,这门语言首先让人无法听清,然后才是无法听懂,我戴着耳机一遍遍听下去,这时,画面上出现的一个影子吸引了我,很隐蔽,在屏幕的角落,在堤坝下面围观的人群中间,这块图像一直随着表妹来回踱步的镜头上下晃动,我好容易才辨认出其中的一道身影,某个穿着校服的学生,看不清样貌性别,竟然和表妹一样。步伐完全一致,三百五十八圈。唯一区别是一个在堤坝上,一个在堤坝下。这个人确实让我好奇,这也不是什么巧合,我觉得,可能这个人和表妹相互认识,可能这个人隐藏在她的粉丝列表里,十几万分之一,和我一样,我、表妹和这个人的共同纽带,秘密的纽带,曝光死,我很了解,生命中不可言说之事,甚至比生命还要深,只是相对意义上的区别而已,我比她的父母,比所有的大人,都多了一条跟她连接的纽带,有次和舅父舅母吃饭时,他们随口冒出一句,让我帮他们多照看表妹,我差点以为自己听错了,他们怎么会瞧得起我呢,饭桌上的话怎么能当真呢,那是世界上最大的谎言温床,这句话更像是一句反话:离我的女儿远点。他们巴不得我离表妹越远越好。他们大概察觉到了什么,凭借多年来、在一次又一次的行骗中所获得的敏感,他们知道,他们不说。我知道,我也不说。有人知道,有人也不说。保持这样下去,就是有利的循环;不刻意盯着看,影子自己就会消失。只是没料到,几天后的星期五,太阳热辣辣的,每个人头上都顶着某种形状的蒸汽,在这种天气里,我竟然在世贸大厦里闲逛时碰到了表妹,表妹竟然也在这栋大厦里闲逛偶遇了我,当然,"闲逛"只是我们的说法,我们都有各自的目的,我其实在等一个在网上勾搭来的男友,这个男人号称器大活好,我们见过几次,而表妹也在等她的男友,从我们一打照面的那刻,我就了解了一切,多么尴尬,就像那首歌的歌名,《给亲戚看见我一个人食吉野家》,这一对亲戚在这个场合相遇,竟还不如两个陌生人相遇，是我先跟她打了招呼，因为我确实没法扮演得像一个陌生人那样，然后我们沿着每层的环形步行道一起走，绕完一圈，再顺着自动扶梯去上一层，有一搭没一搭地聊着，聊天很艰难，这是可以预料的，我问一句她答一句，话题库很快就清零，但暂时谁也没法离开谁，这个奇怪的联系是我刚刚才发现的，因为她在我旁边，她和我一道被传送带输送上去，离我的距离只有几厘米，我们离得越近，这种感觉越明显，熟悉、淡淡的香水味，她的香水不止一种，但显然用起来还比较生涩，没穿校服，穿的是一件黄色条纹的连衣裙，梳理过的短发刚好整齐地中止在肩膀的弧线处，妙哉，青春洋溢，我们手臂外侧有过几次接触，像闪电一样，我也曾有过这样的年纪，感觉是一个遥远的梦，难以描述，就像面前的表妹，对我来说就是难以描述的，我对她来说也是难以描述的。今天没有课吗？我问她，她说是的，我知道她撒谎，她逃了课，我问她来这边做什么，她说，来做指甲，又一个谎话，这里并没有什么好的美甲店，随着我们越上越高，她的谎话也逐步上升，一个不可限的终点，这时，我提起了前几天的事情，为什么要在那么高的堤坝上走，为什么要让父母担心，她有点惊讶我知道这件事，我说这件事情大家都知道，就在当晚就知道了，我们这个大家族，亲戚之间是一个看不见的共同体，现在通讯又这么发达，谁有什么事情，一传十，十传百，就全通知了，最后我说，别小看这些上了岁数又无事可做的家伙，他们知晓所有的信息，表妹没说话，嘴角向下撇了撇，意思大概是，这就是为什么她要向我们撒谎，她这时不太想跟我说话，但我坚持逼问她，为什么要上堤坝，终于她耐不住透露，却跟我预料的理由不同，不是为了发视频博客，而是因为机场停机坪上的某个人，她说，只有站在那个位置，才能看到那个人，我以为她说的是视频里跟她一起踱步的那家伙，不过很快我知道自己想错了，表妹指的另有其人，你肯定没发觉，她说，虽然坐过很多次飞机，但你肯定没注意到那个穿着橙黄色工作服、在停机坪四处走动的人。有这么一种人存在吗？我回想着，好像有点印象，不就是机场的维护人员吗，打扫卫生什么的，表妹马上否定我，不不，他的工作不是打扫卫生，他没有什么工作，或者说，他的工作就是目送那些飞机离开。一架，两架，三架。像是数着绵羊入眠的人，他比任何人都了解飞机的数量、形状、大小和航班信息，但没有人留意他。他也从不坐飞机。好吧,我没法确定这是不是表妹编的又一个谎言,又一个即兴表演,她能力很强,如此严肃地表达着这些,鼻翼因紧张而向两侧微微外扩,这是我们家族的鼻子,熟悉的鼻子,无论在世界的哪一个角落,我都能第一眼认出这个鼻子,跟照镜子似的,我没法逃过这个群体幻术,里面的每个成员都无法逃脱,可是,面前这个稚气未脱的少女,跟我们一点血缘关系都没有,"不知道从哪个垃圾堆里捡来的",我们父母经常这样骗自己的孩子。她为什么也有我们的鼻子?这等于说,我们的鼻子不受基因支配,而是文化所导致的,因此,瞧着她很容易感到怜悯,怜悯这个词听起来有点过,我知道,可这也恰好是我关注她的原因。我们岔开那个"停机坪人"的话题。陷入沉默。电梯到了顶层,上面无路可去了,事实上整栋大厦都没啥可逛的。每个城市都有一个世贸中心,过时的建筑、没落的大厦,九十年代末、新世纪之初的记忆,每个城市都有这么块地方,短暂地辉煌过一阵子,所有人的心头肉,逛街的首选之地,然后很快就冷落下去。这是我的记忆,却不是表妹的,她出现在这里,本身就有点奇怪。顶层只有一个电玩城的入口,里面很吵,电子音夹杂着翻滚的人声,进去玩一把,我提议，表妹没说话，却也跟着走进来，我们在里面转了一圈，她的眼神有些冷漠，看上去对这些游戏没感觉，也是，它们对她来说有点落后了，而且这大厅里大多是男孩子，含男量太高，让她感觉不适，而我就不一样，这就是我所舒适的环境，小的时候，我就故意表现得像男孩（这个可笑的表达！），因为我爸妈希望家里唯一的孩子是个男性，所以我就要比男孩还男孩，二十三岁前一直剪着五厘米长的短发，从小学起就给人叫"男人婆"，打架冲在第一，学抽烟，穿球鞋，也比那些男孩更会打游戏，不信可以问，当年霞涌区海滨三路第一八神庵是谁，是我，在那些逃课的午后，在那些游戏厅叮咬着蚊虫的褐色布帘背后，我日复一日地用游戏手柄锻炼着自己的手速，用一枚币就可以随便通关《拳皇97》，把大蛇打得满地找牙，不信，我可以证明给你看，为了证明这个，我在前台买了一枚游戏币，让表妹帮我挑对手，她选中了一个染绿毛穿夹克的哥们，十七八岁吧，她觉得这种已经看起来够流氓了，说实话，对我来说就是小菜，我当年见过比这个流氓一百倍的，在我手下也讨不到一点好，当然，说的是打游戏，我在那绿毛旁边坐下，把币扔进去，他看了我一眼，我没理他，直接点了2P

对战，角色三对三，我把暴走八神庵放在第一个，其他角色选什么都无所谓，我手一摸到摇杆和按键就兴奋了，似乎是解封的肌肉记忆发热发烫，表妹在身后紧盯着，游戏开始。游戏结束。前后不到一分钟，勾脚下轻脚站轻脚前轻拳轻葵花两段接八稚女，我还以为会操作生疏，并没有，这些手部动作已经融入生命里，成为我的一部分了，绿毛几乎没怎么抵抗，不需要抵抗，说起抵抗这件事，他和表妹一样，十几岁的年纪，跟我三十几的人比起来，那是微不足道，他们只是我的后辈，还没遭遇到生活更大的抵抗，毕竟，我也是一位人到中年的女性了，见识过各种各样、更深刻更痛苦的抵抗，怎么能跟这些小年轻较真呢。从游戏厅走出去时，表妹跟在我后面，她的眼神有些变化，带着点仰慕，从楼梯扶手的反光处看见的，我们顺着原路下楼，下到半路，她突然问我，可不可以看看我的文身，我其实吓了一跳，她怎么会突然问这个，而且她竟然知道我有文身，忘记是哪一次了，她说，在外婆家的海边看到的，当时我正脱了衣服，在海里游泳，我说她怎会看到呢，原来是那次，因为我的文身在肚脐下方，子宫的表面，不算太开放的位置，正常情况下很难看到，除非是那样特殊的场合，她提及这件事时也有些羞涩，一个画面顿时在我脑海里浮起，带着金黄的色彩，胶状的发热的氤氲的神秘的视角，当我在水中漂游时，像一条无尾的金枪鱼，在阳光和热浪里交替隐现，而一个十几岁的小女孩，这个刚刚发育的女猎人，正偷偷躲在木麻黄的树洞里，暗中观察着一切，就像我在偷偷关注她的成长一样，她也在偷偷关注我。不知从何时起她就在那里了，也不知道何时离去的，她对太多东西都有强烈兴趣。这条鱼很迷人，她想，全身上下都很迷人，最迷人的是那道印记，她想知道印记的秘密，也想有那样的印记，我竟然没有察觉她这种想法，如果我提前预料到，就会毫不犹豫地阻止它发生，从最开始就阻断它，它可不是什么好东西，绝对不是。虽然我是这么想，奇怪的是，我的做法却完全相反，我把表妹带到一个隐秘的紧急出口，楼道里没什么人，我把上衣掀起来，松开腰带，那道文身就迫不及待地跳出来，进入表妹的眼睛，只是那么一瞬间，我立马整理好衣服，好像什么也没发生过，那记文身的内容就是没内容，没什么意义，就是一记文身而已，证明在我的子宫上方存在。疼不疼，她问我。这个问题可以有两种答案，如果她指的是用针在皮肤上刺，或者是，双腿张开，给人用冰冷的金属，一把钳子，挤进那道缝隙里，也可以说是挤进那个洞里，生或死的闭合里，然后把那个黏糊糊的小怪物弄出来，我甚至都不想看它，只是一泡液体，如果她说的是这种痛苦，那根本不算什么，真的，一点都不疼，仿佛飘在云端，晕晕乎乎的，身体的某个不起眼的部位给分离出去，就像平时剪掉指甲、理完头发，作为生活的废弃物，扔掉，告别，绝缘，直到过了很久，某个时刻它突然隐隐作痛，如果她指的是这种痛，那它就是难以忍受的，因为它也许不存在，不知道在哪里，或者说只是一种空虚的感觉，我希望表妹永远都别有这种感觉，而是，永远保有好奇，虽然很难，否则我会后悔，后来我已经后悔了，跟她告别后，回到家里，在浴缸里泡澡，出神了好长一会儿，有点后怕舅父舅母会找我算账，他们的宝贝女儿要是给我带坏了，也去给自己文一个图案怎么办。监守自盗。要是只是这种程度的好奇，倒也还能接受。我们今天不约而同地放了男人的鸽子，好好笑，都怪这热天气，我确信自己从大厦里走出来时，已经失去了那种兴致，可就在泡澡的时候，它又回来了，甚至比早前更强烈，吃晚饭时、在阳台上歇息时、做瑜伽时，它一直在那里，我躺在床上，翻开《月亮与篝火》，这本书我已经反复读了不下二十遍，过了一会儿，就连帕韦泽的词语对我也不管用了，我想念那个男人，安静的，在床上，一个旧的低沉的梦，上次的感觉超棒，我们缓慢得像上世纪日本 AV 里的主角，马赛克画质，在狭小的温泉旅馆里，边做边喊着对方的名字，然后在对方的身体上睡着，这是最好的睡眠方式，若非如此，今晚我就得眼睁睁到天亮了，我越想越精神，坐起来上网，打开表妹的视频博客，果然更了最新一期，在她的小房间里录制的，她百分之八十的视频都诞生自那里，一个十来平米的空间，第一眼能看到天花板上菠萝状的白色灯具，门后的吊兰，浅黄色的墙纸，左边墙上贴着巨大的 The Who 乐队的海报，右边墙上挂着一个砸烂的仿制吉他，而直对着她的书桌，也就是她常坐的位置，墙上挂着她四岁的照片，戴小圆帽，皱着眉头，眼睛形状像两个螺丝钉头，嘴巴撇着，完全是个丑孩子，也是，否则她就不会出现在福利院，第一次见到她时，她才两个多月大，可怜的小玩具，眼睛睁得大大的，里面全是泪，还以为她是来还泪债的，结果混成了混世魔王，这位魔王正出现在镜头里，屏幕中央，我的面前，看上去刚洗完澡，头发还没干透，穿着简单的T恤，素面朝天，她经常这样出镜，脸上凸显的苹果肌以及满屏的胶原蛋白不由得让人嫉妒，在进入正题前，她先聊了聊今天的经历：天气好热，出门逛了商场，连吃了两条雪糕，做了美甲，等等。她在屏幕前展示指甲，淡朱色的，原来她真的做了，她絮絮叨叨讲了十分钟，但没有提到我，没提到如何偶遇了我这位亲戚，也没提到去了电玩城，预料之中，提到那才是怪了，我也希望她最好别提，接着是表妹的节目时间，她用几种语言来唱一首网红歌曲，对了，表妹有很强的语言天赋，相对于我们来说，我们这些人连普通话都讲不好，她却讲得字正腔圆，跟中央电视台的播音员似的，我们没这种命运，除了普通话，她还会东北话、陕西话、上海话、四川话、福建话、广东话，还有我们这里的方言，介乎闽南语和粤语之间的一种口音，也是她的母语，但对她来说是最难的，她说自己十几年来坚持在学习这种语言，却也没完全掌握，我们也不信她说的，她不可能不会说，只是不想说，她打心底里觉得我们的方言是全世界最粗鄙的语言，没有之一，说方言的我们，则是全世界最粗鄙的一群人，所以她不和我们交流，就算有交流，也是讲普通话，越讲普通话我们就越觉得她装，因为我们没人讲普通话,我们最德高望重的外婆,甚至连一句普通话都听不懂,那次她老人家八十大寿,聚会庆祝,我们全部人都去了,每个人都约好给外婆准备一个小礼物,表妹的礼物是她的表演,俄罗斯歌剧中的某个唱段,在兴趣社学来的,表演时,我们把她团团围住,如同在观看着一个从遥远的异国进贡而来的珍兽,珍兽在仰面,颔首,打着响鼻,盘旋,呢喃,踢蹄子,时而向东,时而向西,看起来那么陶醉,可我们没有人知道她在唱什么,可能连她爸妈也不知道,看着他们笑眯眯地点着头,我们也就跟着晃动脑袋。后来是外婆终止了这场表演,哞,她像头牛长叹了口气,我们都安静下来,她说,这咋姊仔唱的是什么歌咧,我一个字都听不识。有些人开始笑,表哥家的媳妇就说,不如唱首雷州歌,外婆爱听,大家都爱听,然后我们就怂恿她唱一首我们这里耳熟能详的民谣,表妹涨红了脸,感到极大的耻辱,冲着我们大声说,她永远也不会唱这种歌,然后就跑了出去,因为这件事,半年内她都不愿意出现在我们面前,不过,她的表演其实很精彩,当我隔了一段时间再回想起那个场景,只会觉得是一种奇异的美,她不是我所认识的那个表妹,是另外一个人,树影在脸上变换,袖子闪耀，如同成熟清香的菠萝蜜，那么一瞬间，忘记了她长什么样子，歌喉也很迷人，充沛的元音自腹部往上挤压出来，我从不知道原来表妹唱歌这么好听，在视频里，她也用了俄语去唱那首网红歌曲，俄语也好听，她一直在学习，考了C1证书，据说以后要去读莫斯科的大学，很有前途、喜闻乐见，体现了两国几十年来的深切友谊，并且在未来的几十年，还将继续世代交好下去，这同样是舅父舅母的夙愿，这颗种子几十年前就播下，当年在乡下当知青时，两人因偷偷收听苏联歌曲而结识，一块板凳大的收音机在监视的阴影下传来传去，约会时，他们相互教对方刚学会的曲子，在月下，在操场上，谷垛旁，小溪边，糖厂生锈的铁墙周围，压低声音笨拙、细细地吟唱着，不敢大声，恐惊天人，那个巨大的声音会跳出来喝止他们：打倒苏修主义，让他们难堪，噤声，闭口，直到解冻期到来，舅父骑借来的自行车带着舅母在田野上欢快地奔驰，高唱《喀秋莎》，直奔民政局，痛快把证书办了，尘埃落定，接着就是满怀希望地造人，他们觉得自己的孩子一定像钢铁般的保尔·柯察金，而且一生下来就会唱《黑桃皇后》，弹得一手漂亮的拉赫玛尼诺夫钢琴协奏曲，他们这样期待着，舅父还梦见普希金走到他面前，亲手递给他一个婴儿，然后舅母的肚子就一天天大起来，四个月后某一天，恰好这天舅父没去接舅母下班，舅母就自己坐车回去，走到楼下的巷口时，黑咕隆咚的，她突然就摔倒在地上，剧痛让她失去前一秒的记忆，她不记得究竟是自己摔倒的还是被推了一把，那只手，巨大、不可名状的力量，始终在她的记忆里缺席，而且永远也找不到那个人，那个可能是前来报复的人，因为在城里的计生部门工作，舅母确实得罪了不少人，所以这种猜测很合理，在医院里她产下死胎，哭到虚脱，出院后整个人瘦了一大圈，再也无法生育，他们试过很多办法，不奏效，某块东西在生命中被勾除，孩子变成他们聊天的死穴，他们小心翼翼，不去触碰它，一年年过去，显痛转为隐痛，渐渐归于岁月的静美安详，熬过漫长的更年期后，舅母不再因为回忆起那个死去的孩子而在深夜痛哭，而是屈服于孤独，人类的最强杀手，孤独，再强的人也无法抵御，再加上我们亲戚间的挑唆，在我们这个地方，无子无嗣的人，死后灵魂注定要到处漂泊，空中、水里，无处安放，所以他们决定去领养一个孩子，就是我面前这个幸运的女孩，虽然不是一生下来就会俄语，但因为她的语言天赋，似乎也暗合了舅父家孩子的命运，他们爱她，加倍爱她，远胜于那个死去的孩子，为她报语言班、钢琴班、舞蹈班，表妹确实很多才多艺，这是她明显的优点，就像她的缺点也很明显一样，我们不能紧盯着她的优点，不看她的缺点，也不能只盯着她的缺点，不看她的优点，当她在视频里用各种语言唱歌时，她就是百灵鸟的化身，自然界完美的造物，令人艳羡，我还没见过她跳舞，不过一想到这个，大脑里就有画面，她的身材，站在舞池中央的样子，注定是一个特别的标本，我应该记录下来，这本来就是我的工作，然后，机会第二天就来了，那天晚上我不知道什么时候睡着的，趴在桌上，可能是听着表妹唱歌就睡着了，清晨时，我被手机上的消息提示音惊醒，是表妹发来的，她邀请我去观看下周的排练，学校的兴趣社组织的芭蕾舞剧，她在里面饰演黑天鹅，希望我能去，在短信里她一再强调，于是我回复她，当然乐意去，实际上我回完消息后就开始激动了，我这才意识到，这是我们第一次线上联系，也是第一次主动的联系，抛开那些不可避免的聚会和偶遇，我的这位表妹，跟所有人都不对付，竟然主动邀请我，窗外阳光照进来，我差点以为是从西边照进来的，或者是一直都弄错了屋子的朝向，虽然有点夸张，这就是我当时的感觉，直到几天后准备出门时才放松下来，我还精心化了妆，选了一身显得年轻的衣服搭配，喇叭牛仔裤加一件轻薄小礼服外套，喷上最贵的香水，尽量让自己看起来就算不是职业的观众，也是一位真诚的观众，还提前四十分钟到了现场。在学校的音乐厅里，几乎没几个人，射灯注入舞台木质地板中央，像一汪盈满的池子，余光向上反射到现场的几百个红套座位上，散出柔软的幻影，六七个穿着白色舞服的少女，分布在台下四周，吃零食，嬉闹着，在过道里练脚步，里面没有表妹，她发消息来说她在二楼东出口的栏杆上，让我过去找她，我顺着方向走过去，见到她时，她正跟一个男孩在一起，两人手里都夹着雪糕棒，她在视频里说过，紧张时会吃雪糕，她的小怪癖，有一次期末考前连续吃了六条，是她的最高纪录，结果题还没做完，就拼命地拉肚子，在视频里她什么都说，现实里却完全相反，她指着男孩，向我介绍说这是她男朋友，虽然刚才一照面我就认定他就是那个男孩，她这么一说，我反而有点怀疑，要是她是在视频里介绍自己的男朋友，我会绝对相信。男孩的长相跟我预料的完全不一样，很普通，剪着平头，没有我的初恋帅。初恋的图像一下子从脑子里蹦出来，我已经很多年没有回忆起这个人了，确实是个帅哥。没有对比没有伤害，可为什么会突然冒出来这种对比，我也解释不清楚。表妹不应该找这样的男生，或者，这个男孩就喜欢说谎的她，说的谎越夸张，他就越喜欢，这种被骗的感觉很享受，我们在栏杆上聊了一会儿，他们都很小心，把握分寸，语气中甚至含着点钦敬，不知道表妹先前是怎样向男孩介绍我的，其实我很自卑，那些亲戚是怎样看待我的，我清楚得很，现在这个场合，反而有点不习惯，在类似陌生人的两人面前，我却获得一个较高的地位，聊得越多，这个男孩越显露出他的浅薄，一个小卖铺家庭之子，我觉得，或者一个隆江猪脚饭店店长之子、鹅饭店之子、烤生蚝店之子，都行，这种家庭的小孩我见得太多，就在十几年前，现在也没有一丝变化，不知不觉间，他们舔完了雪糕，留在手里的小棍等风干了，用打火机点着，火苗在旋转，看着它，渐渐低矮熄灭，然后往楼下扔去，那里恰好有棵南洋杉，直坠入那绿惨惨的怀里，在枝叶上拐弯，终于消隐。楼道里有人叫表妹的名字，大概是舞伴来催场，她的眉毛皱了下，很不情愿地朝着声音的方向走下楼梯，我们跟在后面，像她的随从，像捧着洁白、长长的衣服下摆，我也很好奇，我是怎么把自己放到那个位置的，本来是那个男孩独有的位置，他很擅长做这种事，他站在表妹身后时，几乎让人感觉不到他的存在，近似空气中的透明，尽管他离我很近，步伐在楼梯上的响声清晰可闻，反而有点怪异。我想起在表妹的视频博客里，这个男孩在坝下来回踱了一千多步，很认真地，完成了一个任务，看不出有任何受逼迫的意思，他自愿去做，源于最纯粹、本能的机制，请继续下去，想到这里，我停下脚步，让他们先走过去。五分钟后，表妹走到舞台上，开始合练，男孩消失了，我回到观众席，找到一个前排的位置坐下，足够近，能清晰地分辨出她们起舞时的羽毛，还有脚尖和地板摩擦的声音，女孩们一个接着一个，独舞试练，唯独表妹跟其他人离得远远的，僵硬地站立，没人搭理她，她也不去搭理别人，她有这个资本，不知为啥，我心里铁定这一点，否则一个让全校人围观的怪女孩不应该出现在这个舞台上，在等待她表演的时间里，我左顾右盼，突然定住，瞧，我看到谁了，竟然是舅父舅母。就坐在我斜背后不远处。此时他们也正好看到我，连躲避的时间都没有，他们的眼睛里顿时闪过好几种神

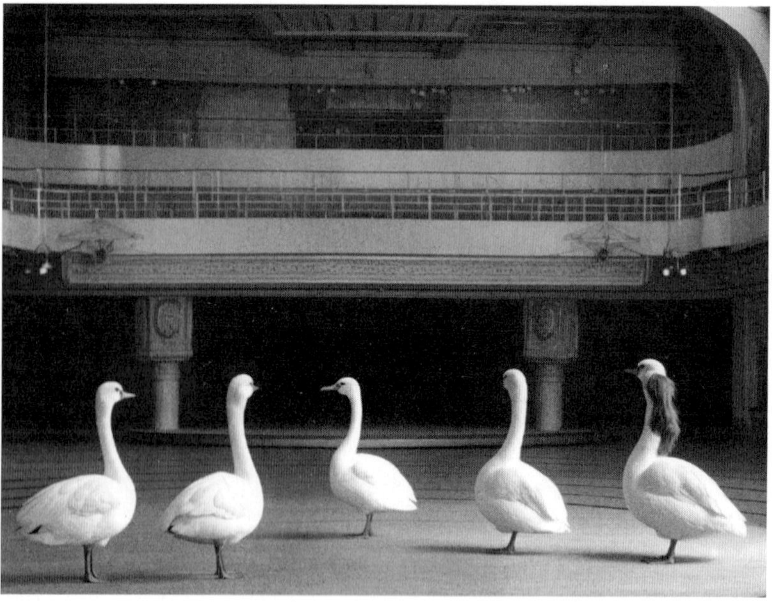

色，惊讶、生气，又有几分迟疑，不用看到这些，我心里都明白得很，在他们眼里，我是一个怎样的角色，出现在这个场合又意味着什么，在这一瞬间，我猛然意识到，这很可能是表妹的诡计，她的计划、她的恶作剧，跟她十几年来所熟练的车大炮本领一样，她故意把我们约在这里，却不告诉我们对方会来，她在舞台上似乎已经忍不住发笑了，我能想象得出，她嘴角是怎样抽动的，接着我离开座位，硬着头皮，走到舅父舅母那里去，跟他们打招呼，他们让我坐在身旁，脸上已经堆起了笑容，老干部式的笑容，对两位来说，同样是不经过一点思考就能发生的肌肉反应，也是家庭聚会上，每个人都能拿得出手的技术动作，这东西靠些天赋，当我们聊天时、吃饭时、打牌时、合影时，脸上都挂着笑，当我们什么也不干，坐在一起面对面时，还是挂着一样的笑容，长时间地保持笑不是一件简单事，有次我们几家人在黑沙湾的港口渔村里吃火锅，从中午吃到傍晚，又碰上了场暴雨，没人带伞出来，也没人舍得花钱打车，于是滞留在那个小房间里，十几个人面对面微笑了八九个小时，肌肉都僵了，回去后不得不往脸上针灸，折腾好几天才缓过来。这就是我们长久以来烙在脸上的宗族文化，不论男女，生下来后，除了第一声的啼哭，余下的时间里只能训练去笑，男人在屋外头是谄媚的笑，女人在屋里头是顺从的笑，倘若把这种笑刨除，我们就不知道该干什么，不知道对方是谁，不知道对方长什么模样，就像眼神不好的外婆常常认不出我，因为我不笑，亲戚在外面的场合也认不出我，因为我不笑，我从小就不会那样笑，也不好好读书，跟人鬼混，高中没毕业就跑去珠三角打工，二十年来没存什么钱，勾搭过很多男人，却没一个成事的对象，这年纪看着也快四十了，在我们这里，完全是失败的女性范本，四十岁的女人如果还没嫁人，对这里的人来说，就是最大的怪物，怪物中的怪物，史前的怪物，应该被关入洞窟，这样的反例典型，不是该写进学前教育的课本里，就是应该记入胎教的程序里，让每个尚未成形的女婴在小海马阶段就开始引以为戒，这就是我存在的意义，对前辈，对后辈，对亲友，对陌生人，对所有人，在这片红土地上，我走在街上，所有看到我的女孩应该感到脸红，一个羞耻、符号、冲击神经系统的脑电波、致命的毒素和瘫痪，只要我出现在亲爱的亲戚中间，聚会或独处，他们都会感到呼吸困难。我想起舅父舅母之前说过的话，帮他们多照看表妹，这语气还在脑门里荡漾，太假了，假到虚无，但这甚至都不算是我听过最假的话之一，因为我从他们那里听过太多的假话了。刚一接触，他们眼神里就暴露了所有，怎么会放心把表妹交到我手里呢，他们的宝贝女儿，垃圾堆里淘来的天使，一只不甘心当配角的黑天鹅，就在我坐在舅父舅母旁边，气氛尴尬之时，她开始动了，轻快地，溜到灯光下，其他人都默默退下去，只把目光留在她身上，从头到脚，她踮起脚趾，好像比平时又挺拔了几公分，黑裙反衬着明晃晃的大腿，一只手臂弯过头顶，另一只水平指向台下，整个人像陀螺般转起来，著名的三十二圈挥鞭转，我知道，在电视上看过，她能完成这个动作，跟电视上的好像也没什么区别，她那条向外挥动的腿，似乎不知疲倦，永远都不会停止，远远不止三十二圈了，三百二十圈，这个数字，多熟悉，她在堤坝上大概也是走了那么多圈，所以这才是她的目的吗？那个什么停机坪人是骗人的鬼话，她只是在练习，不知疲倦，不会停止，谁知道练成这样得花多少时间，让人着迷，她那条腿，频繁地从自己画出的圆圈里甩出，跟着沉默的音乐的节拍，因为她的腿，我想到了别的东西，不知道为什么，我的性欲就来了，比上次还要急，比任何一次都急，跟月经一样，它也是从阴道里涌现的，但比月经频繁得多，两者是双胞胎姐妹，你捆着我，我绑着你，它是我一生的困扰，不合时宜地在想男人，想那个房间、那个床罩、那个窗帘和灯光，还有一丝丝甜蜜发泡的气息，不可视的缭绕，飘游，汇合于上空，是梦的金色轮廓，自眼耳鼻舌身意入，潮水顺着脊椎俯冲，在屁股湾歇息，吸口冷气，酝酿着下一轮的风暴，幸亏这时候表妹突然停下来，把腿收回去，动作比刚才还要快几倍，似乎是出了差错，她提前收起舞步，有点生气，退闪到舞台后面。我应该感谢她的失误，否则身下的椅子会很难堪。我听到她父母惋惜地叹气。大厅里本来就很安静，这一刻我感觉再也无法跟他们待在一块了，于是站起来，说去上厕所，就在入口的过道两侧，女厕里光线昏暗，表妹就站在镜子前，还有她的小男友，我刚一进去，她就跟我说，你都看见了吧，我问她看见什么了，她说是她跳舞的才能，显然她没有这种才能，不管怎么练，用过千百种办法都没用，她始终没法完成那个动作，不说百分之百，连百分之十都达不到。我安慰她说，那本来就是很难的动作，正因为她跳得好，他们才会选她来跳这段舞。她马上反驳说，不是因为她跳得好,而是她父母花钱买来的,黑天鹅值两万块,就是因为让她来跳,才值这么多钱,难道你感觉不到吗,她对我说,当她在跳舞时,其他人是用什么眼神在看她,表妹边说边瞟着镜子,眼角一动一动的,别当她是小孩子,她早就不是了,她什么都知道。她还知道什么?小男友站在那里,木偶似的,从裤袋里一顿一顿地掏出纸巾,又一顿一顿地放回去。我问她为什么要故意把我和她父母约到一块儿,她有点得意,没什么特别的理由,就是好奇,这种相遇的化学效果,单单想一想,就能让她兴奋,接着她反问我,舅父舅母不是她真正的父母,她是被领养的,对不对,听到这里我脑子嗡了一声,本不应该吃惊,她很想知道答案,尤其是从我口中,看得出来,我的答案是她唯一信赖的答案,她的眼神里写得明明白白,一丝沉重、起起落落的希冀,全维系在我的嘴巴上,但那个器官没有动。动不了。我不想动。她说不用我说,她都知道,她早就查探过自己的生父母,他们是谁、住在哪里,这些信息都印在脑颞叶上、记在手机里、写在纸条上,由她和小男友共同保管,只要有机会就去找,说不定,等一会儿排练完,他们就会去,一定能找到,当找到亲生父母后,一切就拜拜了,跟这个家庭、这个家族说拜拜,她早就想说拜拜了,所以我就是她最后道别的人,她说,仍然是掩盖不住的得意,那舅父舅母怎么办,我问表妹,她说,管他们呢,反正他们并不爱她,这话从她嘴里说出来,恐怕是我听过最荒谬的语言,比我们的方言还要荒谬十倍,但表妹很严肃地强调,她的养父母并不爱她,如果爱她的话,就不会逼着她跳这种傻不拉叽的舞,在这个年代,白痴才会跳这种舞,她却六岁就开始练,启蒙老师来的第一天,那老女人从她家门前喷水的草坪经过,影子印在她房间的窗户上,像极了动画片里的科学怪人,她忘不了那一幕,刚开始的两个月,她被不停地训斥,用棍子矫正,脚趾肿大得站都站不稳,舅父舅母却在门后偷看着,大气也不出一口,有一次老女人骂得实在厉害,说表妹是她见过最蠢的学生,舅母这才从门后走出,表妹以为是来求情,舅母却说了一句,陈老师,指责这孩子没有才能不是你的任务,你的任务是教好她跳舞,说完又钻回门后,继续他们冷静的科学观察,难以相信,这就是她慈爱敬爱的养父母,这就是他们十几年来的爱,表妹说,连她生父母的一根汗毛都比不上,所以再见吧,最后她喊我家族里的小名,细娘姐,这个称呼我已经很久没听她提过了。表妹和小男友走出卫生间，顺着一侧的通道到出口处，悄悄溜走了，我跟在他们后面，看在眼里，然后往座位的方向走，舅父舅母还在等着排练的下半场，完全不知情，没过多久他们的小天鹅又会出现在舞台上，他们这样想。这两个在机关单位待了半辈子、衣着光鲜、正儿八经的老人，在我眼里变得好渺小，渺小得装不下一句真话。我当然什么也没说，也不会说，因为我从他们眼里又看到了鄙视，当我出现在他们面前，他们就想把我弹开，抹除掉，好，如你们所愿，我跟他们告辞，理由是约了别人见面，那就去吧，他们说，以后别来这里了，听到这句话，一股怒气直冲脑门，脑盖热乎乎的，火山口最后濒危的关卡，我瞪着两位老人，话到嘴边却又咽了下去，垂下头，向大门退去，毕竟快四十岁了，不再是十几岁的热血少女，路上我在想，这一路是怎么走过来的，是怎么从窄走到宽，又从宽走到窄的，只有一点没有变化，就是我的性瘾，在别人眼里，就是不断放大的污渍，他们没有想过的是，其实我也是旁观者中的一员，我只能眼睁睁看着它越来越大，我掏出手机，找到那个男人的号码，拨过去，对方似乎才刚起床，嗓音迷糊，更吸引人了，我让他订一个房间，立即马上，刻不容缓，他不知道发生了什么事，有点慌，我安慰他，像安慰自己的孩子，没事的，一切都好，好得不得了，他按我的指示订了房间，离我比较近，我马上叫车开过去，在二十八层楼上，是想象中的样子，一样的天花板、墙纸、地板、床单、窗户、灯光和气味，我比他早三十分钟躺在床上，听着外头呜呼的风声，狠揉着窗户玻璃嗡嗡作响，好像风越来越大了，我才想起前天的天气预报，说是今晚有热带风暴登陆，每年都有各种各样的风眼从我们头顶飞过，留下一片狼藉，我们却欢呼它的到来，因为夏天的旱热早已让我们无法消受，再也撑不下去了，热汗不断从我的头顶、胸脯、胳膊窝、大腿涌出来，怎么擦也擦不干净，床单已经湿透了，男人赶到的时候，他也快融化了，朝我扑过来，膝盖抵在我的腿上，头低下去，钻进我的肚子里，我挥出右胳膊，勾住他的脖子，他的后颈跟我的臂弯形成经典的三角，他感到痛，向后仰去，露出喉结，以及重心压向尾骨，尖锐的刺，危险的幻肢，他刚好坐在我的脚掌上，维持不住平衡，摇摇晃晃，荡来荡去，我顺势把他推到一边，他的上半身子从我这里脱离，两只高抬四十五度的腿却盘起来，成一个圈套，套住我的首级，力气巨大，我被拉得弯下腰，喘不过气，下巴伸进床垫里，滑行，他掉下床，也拖着我的下巴移动了二十厘米，我注视着他，隔着脑袋在地板上形成的阴影，他回视，仿佛那双控制的手离开了游戏键盘，接着我也着陆，头发掉到他的舌头上，嘴唇和牙齿爬进他的胃，他用双腿把我裹住，我伸直手臂，刚好够着他的耳朵，从上往下摸，直至锁骨，触及一个坚固、威风凛凛的岸，退回或搁浅，我抱着他，四处翻滚，把每块地方都搞得湿漉漉的，无地自容，或者说，每块地方都是我们的容身之处，这是草薙京和八神庵的终焉之战，我和他，在一个潮湿的下水道躯壳里，不断使出无限连招，谁的动作中断，谁就是输家，我们谁也不想当输家，现实里却把所有的硬币输个精光，一枚接一枚地投进游戏机的凹槽里，一次就是叮咚地一响。这就是我那些夏天的记忆，把家里装硬币的储蓄罐清空，被父亲发现后，换来一顿毒打，揍我就跟揍一条狗没区别，我不仅忘记了自己的性别，还忘记了自己的种族，我什么也不是，我只是漂游着，蝌蚪一样，在炎热的蓝色夜晚里，从南走到北，从东走到西，追赶自己的影子，最终还是回到原点，回到自己的故乡，闭塞顽固的小土地。我惊醒过来时，已经是半夜，我们之间不知道是什么时候停止的，他的腿还压在我身上，像具发臭的尸体，我轻轻地挣脱开，走下床，窗外传来暴风雨的奏鸣，网上说风暴几个小时前已经登陆了，在离我们不远的小镇，那时候的风雨声最吵闹，我们却睡得最香甜，现在我很清醒，打开房间里的电视，调成静音，只剩下画面在闪，剩下几种颜色，人的肤色、植物的绿、任何情形下的黑或白，只感到熟悉，一切都可归因于似曾相识。我想起表妹的视频博客，那些好几百条的影像记录，我竟然一次不落地全看过，每晚入睡前，必须打开电脑上网，检查她有没有更新，如果没有新的可看，就会陷入生理性的难受，她是怎么让我上瘾的呢：各种根本听不懂的语言、乱糟糟的脑洞、中二的发言、变来变去的发型，不是游戏就是动漫，日常分享的赛博美食，都快溢出屏幕了，还有，爱化魔鬼的妆，周末的换装舞会，一边自弹自唱，一边盘点校园里的帅哥，随手一个DIY，就是一个布娃娃，还是市场上买不到却特别想要的那种，如此种种，我好像全经历过，又好像全然没经历过，两年前，第一次发现她的视频博客时，她发了一条在游乐场的记录，标题叫"争啲破纪录！琴日食咗五条雪糕"，那天穿了一件黄澄澄的T恤，露出汗津津的手臂和脖子，镜头特写到手里的雪糕，乳白的，冒着奶泡，融化的液体滴到地面上，她准备登上旋转飞机，紧张得原地转圈，最终还是被推上去，机器呜呜叫起来，她大声尖叫，闭上眼睛，似乎整个宇宙都在升降，风把她的头发重重抓起，轻轻放下，抵达最高处时，她已不再害怕，跟着其他人一起发出催促、刻意拉长的呼声，她是否看见了什么，那个停机坪上的人，或者说，她就是那个人，向往飞机的人，向往飞上太空的人，哪怕是在这种玩具上折腾，也能令她兴奋，过一会儿，时间到了，她从上面下来，蹦蹦跳跳，像只吃饱了的猴子，如此可爱，现在我回想起来，才发觉表妹原来是这么可爱，太迟了，我们已经告别过了，如果她真的已经找到亲生父母，她昨天一从音乐厅离开，消失在门后的光线里，我就能想象出她和亲生父母见面的情形，相顾无言，惟有泪千行，然后钻进怀里，几条手臂箍了一圈又一圈，电视剧重播过无数次的老套桥段，自那刻开始，我便已经失去她，我们家族也失去她，这样一个我们讨厌着、跟我们毫无血缘的外来客，想到这里，我突然想到，我们如此讨厌她，也许正是因为她和我们实在太像了，不光是鼻子，是由内而外的像，我们痛恨她，也正因为我们痛恨自己，我们痛揍自己，揍得鼻青脸肿，想把自己从人群里赶出去，扔出家族的门槛，却又一次次地、慢吞吞地爬回来，哪怕走到世界的任何一个角落，哪怕是挣扎着，也要回到故土，没有这个宗族的文化黏液，我们无法赤裸着活下去，一代接着一代，越抱越紧，越恨越深，终于每个人都变成膨胀又空虚的泡沫。表妹从我们这里离开，很难说，她可能只是从一个坑里，跳进了另一个坑里。在这个热闹的台风之夜，我的身体却瑟瑟发抖，下体突然传来痛楚，就是那个文身的地方，那天表妹亲眼见过的，一个无害的烙印，一点也不疼，我这样回答过她，现在却有一种古怪的感觉，非常沉重，从皮下五厘米的地方，如同悬挂着几十斤的铁球，把我直拉回地面，把我撕扯得剧痛，喘不过气来，那个孩子来报复了，我知道，不只有他，他还带来了他的兄弟姐妹，他们抱在一起，原来他们是这么重，我才明白，记忆复苏，那些画面返回了，他们是如何从我身体的通道里分离出去的，相互碰撞，绒毛缠绕，被冰冷的铁手攫取，如此清晰，如此痛楚，根本忘不了，就算在那个地方文上印记，也封存不了那段记忆，每次跟新的男人睡觉前，他们抚摸着我的文身时，我就会跟他们重复那个故事：在很多年前，我是如何失身的，在某个夜黑风高的草地上，我是如何进行那段马虎、脏乱的第一次性爱的，然后意外怀孕，连这个也是羞耻的，所以这个文身是为了记住羞耻，不让它重演。这个故事我讲了太多次，讲得太多的坏处就是，到头来我忘了什么是真、什么是假，说不定我才是家族里最擅长车大炮的人，大炮王，打炮王，都是我，所有都是我。这时我已经全身贴在地板上，呻吟着，声音很大，那个男人却在床上呼呼大睡，呼噜声和我的叫声交杂在一起，是圆号和双簧管的复调，是圣·桑献给萨拉萨蒂的切分音回旋曲，是马勒在草稿上写给阿尔玛的痛苦独白，这些乐章一直持续到天亮，我的肚子才渐渐恢复平静，连同窗外的风雨，好像什么也没发生，除了一地的树木残肢。我穿好衣服下楼，走在路上，小心地避开它们，它们很快就会被装进垃圾车里，运走，不过半天工夫，然后在垃圾山里慢慢腐烂消失，而它们的母体还在原地，光秃秃的，不必担心，很快新的嫩枝又会长出来，但它不会再高大，我们这里没有大树，每年夏天台风到来，它们无法存活。活下来的都是些微不足道的东西。我在路边拦了辆车，直奔舅父舅母家，必须告诉他们昨天发生了什么，她是他们唯一的女儿，就算有什么选择，也是发生在他们之间。我不知道表妹失踪以后，他们度过了怎样的一夜，总之不会比我好到哪里去，可能都报过警了。车子一停下，我就马上冲到电梯里，一个刚下楼遛狗的大妈被我吓了一跳，嘟嘟囔囔，狗把屎拉进草丛里，我快速按下键钮，在上升的密闭空间里，我有几秒钟的时间准备好要说的话，事实上，对这些话我一点信心都没有，出了电梯，按响门铃，脚步声传来，我心快跳到嗓子眼里了，门一打开，出现在我面前的竟然是表妹，我们隔着张开的缝隙对望，她显得也很惊愕，她穿一件宽敞漏风的吊带睡衣，头发还没梳，脸上挂着几绺，皮肤泛红，似乎刚从一个甜美的梦中醒来，就这样相互看着，谁也不开口，这时舅母的声音从内屋传来，一边叫表妹喝完茶几上的牛奶，一边问她是谁来了，听到这里，我忙不迭地转身溜开，都来不及打招呼，找到楼梯，一口气从十几层溜下去，像个慌不择路的逃犯，我觉得自己被摆了一道，又被表妹摆了一道，已经不知道是多少次了，但这一定是最后一次，我发誓，再也不管她的事情了。回到家里，全身扔在沙发上，过了好一会儿，还是很生气，生气得肚子咕咕叫起来，昨晚到现在都还没吃过东西，于是我把冰箱里的所有东西都掏出来，燕麦面包、鱼子酱三明治、速冻饺子、羊肉片、火腿、酸奶、两串提子、昨天泡了一半的生菜，厨房里还有一袋米，煮熟了，吞食下去，也不知道为什么这么饿，这就是我这辈子最饥饿的时刻，自八十年代出生以来，我就从未饿过肚子，我们这代人不比上一代，要什么有什么，天上飞的、地上跑的、水里游的，只嫌肚子太小装不下，这一次却全反过来了，我吞食到一半的时候，顿时感到了惶恐，照着这样吃下去的速度，很快就能把我的存款吃得一干二净，本来就没多少数目，再吃下去，余下的半辈子可能都得去还债，我没有后代，难道最终连自己一个人都养不起吗？还好后来我停下来了，吃完这些后，差不多也有八成饱，心存侥幸地躺在地板上，一股奇怪的预感渐渐浮起，手脚都不在它们原本的位置，有什么事情忘了做，我打开电脑，找到表妹的视频博客，狠狠地点下取消关注，删除网页历史记录，文件被硬盘分解、吞噬，我能听得见，声音永远都这么动听，只有听到这个声音，我才能快乐起来，如释重负，表妹的一切都和我无关了，我又变回了那些憎恶她的人群之中的一员，回归冷冰冰的观察，隔着一道网床、一张饭桌，或者一道门缝,看似很近,其实比两颗恒星之间的距离还要远,我们就像用望远镜看星星那样,观察她一步步地长大,每一寸发肤、每一个行为都扭成我们讨厌的样子。我想起我那第一个被取出来的孩子,性别已经无从知晓,但我相信是个女孩,如果活到现在,跟表妹也差不多大,可能比表妹还要大一点点。不知不觉,那个魂灵竟然这么大了,而我的年纪永远停留在那个时候,无法再和她交流,我得重新学习和那个魂灵对话,从牙牙学语开始,从齿里进出最简单的几个元音,总有一日,能学会他们的语言,然后告诉她,那个魂灵,我的女儿,让她远离多年前那黑暗的一晚,那片学校后坡的草地,远离那个喜欢穿黑夹克、染着一绺黄毛的家伙,我的初恋,只要我想起这个名词,就能马上联想到夕照下的墓碑,一股腐臭的气味,还有泥土在身上堆来堆去软软的感觉,他那张漂亮的脸在我身体上方晃动,直到天色渐暗,棱角都变得模糊,他开始亲吻,我们本来没想这样的,只是在草坡上聊聊天、抄下作业、交换下零食,他还带来新租的碟片,徐克拍的恐怖片,还说周末一起看,刚过去的那个暑假,我们确实一块儿看了很多电影,像《孔雀王子》《阿修罗》《霸王卸甲》《原振侠与卫斯理》，还许诺说以后每个假期都要一起看电影，但那晚聊天时，不知怎的就聊到了我可能会辍学，跟着一个亲戚去深圳打工，他马上就接着说，要是我去深圳打工，他也跟着我去，然后我们都不说话了，似乎感到了一点羞耻，随着太阳沉下去，他的动作越来越大，胡茬快把我的脸扎出血，我反抗着，他用一只手把我双臂都反捆在身后，我们沿着坡滚落，他的拳尖碰到我的额头，髋骨击打在我骨盆上，一点细碎的风声从头顶穿过去，随即好像什么都听不见了，大片安静的黑暗悄悄包围过来，只剩下裂开的疼痛，持续很久，仿佛扑不灭的烟和火，憋了一段此生最漫长的气，再一点点地放出来，每放一点就要筋疲力尽，他停下来，趴在我身边喘息，宛如一张老藤椅，也没有多大的快乐，快乐已经永恒地从我们身边溜走了，新的生命取代了那个位置，她进入我的体内，使我的皮囊充盈、鼓满、滞重，长出了森林，三个月后又被钳出来，当时我却懵懵懂懂的，只是呆滞地躺在那里，疼痛还没有减轻，他穿好裤子，伸出手想拉我一把，没有拉动，就转身走下了草坡，我让他先走，这才起身整理衣服，四处都是黏黏的，回去的路上，我还感觉有东西不停从两腿间流下来，钻进鞋袜里，一个礼物，不负责任的玩笑，神奇的化学反应，回去后我把衣服洗了很多遍，风干，干干净净的，似乎没发生什么，直到真的辍学那天，我也以为是应验了预言，而不是因为变大的肚子，我甚至都没办法回到教室去，我爸把我关在房间里，他就是这样，暴怒起来谁也劝不动，原因是我怀孕这件事是他看出来的，而不是我主动说的，一周后我妈把我偷放出来，她不知道那时我已经偷了家里的几千块钱，除了这叠钞票，我一无所有，接着，孤身坐上北上的汽车，到医院做了人流，然后在佛山的一家酒店打工，跟许多操着字正腔圆普通话的北方女孩，一起泡在无边无际的消毒液的空气里，我的工位从厨房到大厅，花了一年，穿着制服戴着迎宾条带站在前台时，看看云、日光的明暗、迎风抖动的白色桌布，听听皮鞋亲吻地板的响声、挤来挤去的方言、玻璃缸内给各种海生动物输氧的气泡声，日子真是漫长，我当时想，我才十七岁，还有这么漫长的日子要过，漫长得让人沮丧，没想到，又一个十七年过去，这次却像只是放了个屁，屁一放完，我已经是这个年纪了，跟小时候同院子的那个越南女人有什么区别，挺着个粗犷的腰身，每天到晚在院子里蹀来蹀去，在我出生前，她就存在了，从两千公里外偷渡过来，安身在我们大院里，给一个跛脚汉生了两个儿子，多少年来，她就是我父母在饭桌上的谈资，她也一直在我们的眼前晃荡，除了那么一两次，她溜回自己的国家，说实在的，我不知道哪个才是她的国家，无论法律上还是情感上，此岸还是彼岸，我都不知道她到底是越南人，还是中国人，或者两者都不是，越南女人只是我们对她的叫法而已，我们也不知道她叫什么，那种语言，听起来仿佛燕子在呢喃，她也会我们的方言，但她很少说话，整个世界除了她的两个儿子，只剩下跛步了，小时我不懂，现在我才意识到，她那粗壮的双腿走动交错摩擦出的声音，窸窸窣窣，包含了多少无可救药的荒诞和孤独，这声音持续在院子里回响，我们所有人都笼罩在这声音之下，psychoacoustics（心理声学），我就是在这声音的影响下长大的，将自己一步步丢进垃圾桶里，她好歹还有两个儿子，这两个儿子把她拴在院子里，不管怎样，她也溜不回越南，那我呢？是什么把我拴在这块弹丸之地？无可救药。父母和我很少来往，比那些亲戚还要疏远，住在同一个城市里，两个月见次面，在大排档里吃顿饭，然后挥手再见，每次吃饭，他们都精心打理过头发，似乎跟上次没什么区别，在我们见面的间隙，他们可能已经打理过好几次，但这些我全然不知，反而在表妹身上，哪怕一根由于贪睡而压弯的头发，都在我的掌控之中，透过那些视频，我每天坐在电脑前，反复检视着这个女孩的变化，变化隐藏在荧光的闪烁间，我们同时起着微妙的变化，时间流逝，这变化令人色盲，我对她的关注超过了一切，超过了自己，而取消关注这个动作又是如此痛快，发生在半秒之内，类似于一次轻率的抛锚，只要绳索还在，船和锚也都在原处，几天后，我收到表妹的信息，她给我发了一段视频，这段视频可以解答我的疑问，她说，希望我不要生气，看完这个视频，就会真相大白，看起来，她没有把这段视频放在网上，以后也不会，这是我们之间的共享秘密，收到视频时，我有些犹豫，却还是按捺不住好奇，把它点开，滴答，它马上把我带回了几天前的那个台风夜，她和小男友从音乐厅离开，坐上去往她生父母住址的公交车，她出现在画面里，坐在靠窗的位置，风扬起头发，一道晦暗的背影，应该是小男友从她身后的角度用手机拍的，画质没那么好，他们心情却还不错，疏疏落落地聊几句，还聊到等会儿和长辈见面时，该说什么话，该摆什么动作，他们把这个当成重要的仪式，这个确实是重要的仪式、只有一次的机会，窗外的风景起落，也只有一次，一瞬间，从高架桥上的一片绿榕顶坠下，露出城中村里被烟熏黑的屋瓦，五金店和衫裤行的招牌，肠粉店外头一夜未收的彩伞，麻雀在上头不安地散步，绕过匝道，继而上升，从铁路上方穿过，桥洞里的鱼反射着粼粼波光，车子继续往前，越来越远离市中心，出现了糖厂的大烟囱，风把那些酸甜的烟气挤成一条条的，它从更远处的海滩刮来，大王椰被吹得东倒西歪，他们从海湾边上驶过，潮光涌动，屏幕里铺满高光，直至抵达那个小区的柏油马路中间，才渐暗下去，他们下车，沿着马路走了一段，他们要进入的小区是新建的廉价小区，还没多少租客，很荒凉，这时候风越来越大，雨点开始卷进来，表妹奔跑进咖啡厅前的遮雨棚下，镜头跟在后面，蒙上一层水汽，他们站在那里，心情忐忑不安，虽然事先已经约好在这间咖啡厅里见面，见面也是精心布置好的，看得出来，唯一的意外在于这场热带风暴，让他们显得有点狼狈，额角上的水珠还在发亮，他们推开门，是一种奇怪的声响，两块木板夹着铁轴挤压出拉长的低音，接着被屋内的轻音乐冲淡，表妹第一眼就看到了坐在角落的两位，其实里面也没什么人，显得每张桌

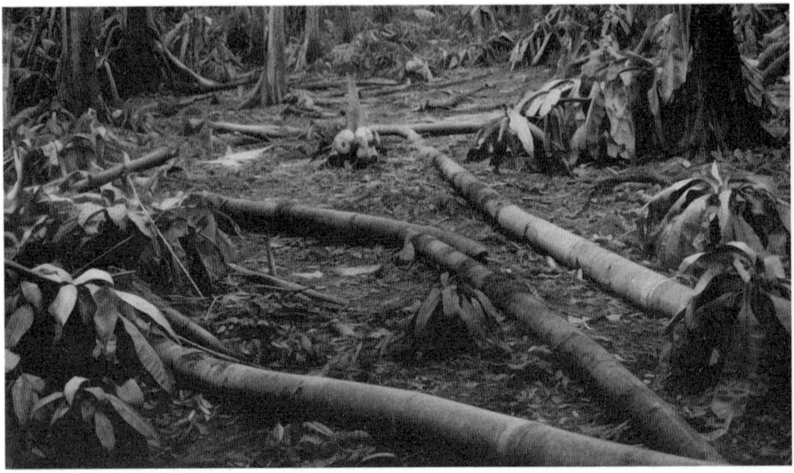

子都特别大、特别空旷,他们走过去也在这些大桌子旁坐下,和她年轻的父母面对面,如果是和舅父舅母比较的话,这一对夫妇过分年轻,年轻得让人大吃一惊,不只是表妹和小男友,连我也吃了一惊,他们看起来比我还要年轻,头发和皮肤一样黝黑,穿着朴素,男人粗大的指节带着烟熏的泛黄,女人戴着发夹,身形瘦弱,米白色大圆领衬衣凸出有力的肩骨,他们一定对面前的年轻人也很好奇:张口就来的普通话,拿着手机也不知道在拍什么。他们从乡下来,这对夫妇自我介绍说,用一口浓重的本地话,比我们之间流通的口音还要浓重十倍,我们自以为我们的口音已经含有了城市的优雅,而他们还停留在二十年前,甚至三十年前,那是我的童音,对表妹来说却是无法理解,她一声不发,听她的年轻父母讲下去,她还没跟他们打过招呼,这可能才是最艰难的一步,比起爸爸妈妈,他们更像是哥哥姐姐,当这对夫妇焦虑地提起,今天辗转了几个小时才坐车到城里,没想到碰上这场风暴,他们一边望着子弹般的雨点射在窗户上,一边说,新种的几亩香蕉林要遭殃了,不只是香蕉,还有甘蔗、虾塘,只不过香蕉的损失会更大,香蕉比任何东西都脆弱,每次风暴一来,它们就被拦腰折断，有的头部的茎叶甚至被扫到十米开外，绿油油地伏了一地，全部死亡，他们希望明天表妹能和他们一起赶回去，早点回去就能多挽回点损失，听到这里，表妹突然慌乱地站起来，离开桌子，转身冲出咖啡厅，镜头马上跟着跑了出去，小男友叫着她的名字，等一等，声音刚从嘴巴里出来，就马上被风抹除掉，痛快有力的消除，不留一丝痕迹，画面同时变得潮湿，透明一片，表妹由此消失，一个新生人类消失于画面的格式单元里，这段漫长的视频终于看完，我却出了一身汗，倒好像里面的主人公就是我自己，在雨中奔跑，全身被浇透，全身冰凉，被大风推着一会儿往左，一会儿往右，歪歪扭扭、慢吞吞地往前跑。我能理解表妹为什么会冲出去，来自乡下、没读过什么书的年轻父母，生下她说不定也是归因于十几岁的一时冲动，跟那一对把她宠溺上天、唱《莫斯科郊外的晚上》的暮年父母相比，谁都知道她会选哪个。我走到浴室里，歪歪斜斜地，往瓷缸里注满水，将身上的衣服一件件地脱下，跳进去，水逐渐从下半身覆盖到脖子，它把我包裹起来而非使我沉下去，半个小时后，我才感觉自己干净了，平静下来，这些日子来到底做了多么可笑的事情，哪怕你做得再可笑，也不能使这个环境更可笑一点，而你越想让它改变点什么，自己就变得越发可笑，无休止地可笑下去，在这个圆形、苍白的卵里，我按时吃饭、活动、睡眠，非常安全，不用担心在外头漂游时被人扔石头，不用担心各种陌生语言的侵蚀，接触的每一个人都是兄弟姐妹，每一份友爱里就含有一份毒素，我在这份友爱的保护之下，同时也生吞下这些毒素，并不是说没有意识到毒素的存在，而是它们让我感到安全，安全第一，其他一切都是次要的，哪怕它可能是幻觉，哪怕很早以前我的妇科医生、我的高中同学、我的挚友，在一次手术后拿着弯头圆钳对我说，我这辈子都没法再怀上孕了，听到这句话我信以为真，我相信，从此将永远安全下去。两天后，也就是风暴过后的一周，却发生了戏剧性的一幕，在卫生间里，验孕试纸得出了完全相反的结果，完全推翻所有，从来没有发生过的，仅有这次，刺破了外部的所有屏障，我怀孕了，仅有这次，我想要把这个消息告诉那个男人，电话打过去，对方却提示是空号，一遍遍地反复提示，就像以往在我身边出现过的男人一样，他们潇洒转身，无法再接受我的任何消息，接着我打给表妹，她是我下一个想要告诉的人，或者说，她才是我最想告知的人，接通电话后,气氛改变了,此时她正在后台的化妆间里涂着口红,一点点地把黑色的羽毛填充到身上,舞裙齐胸的部分正发出金色的弧光,她马上就要出场,接受那些来自剧场暗处的掌声,当我把这个消息告诉她时,这位陌生的亲戚、外来的天鹅压低声音,装作毫无感情地说了两个字:恭喜。

乡村博物馆

说来也巧，和一位十多年前的故交在博物馆门口偶遇，他是我高中同学，名叫张钴，其实我都不记得他的名字了，他先给我递过来一张名片，上面就写着这两个字，后面估计还有"房地产经理"之类的，不过这些不重要，我记得他这个人，长着一张标准的方脸，简直就跟《我的世界》里面的人物造型一模一样，也许我曾无数次偷偷嘲笑过他这张脸形，就如他也多次暗中嘲笑过我，我们相互嘲笑过对方，只是没想到，十多年后我们会在这里相遇，在一家新开张的博物馆门口，认出了彼此，并且在此之前，我们同在门口站了二十分钟，都不想进去，只有站在这间博物馆门前，我才能确认自己并不想走进去，收到邀请函时我还犹豫了好久，要不要回老家一趟，去观摩观摩这项业已完成的工程，它谈不上浩大，却也万分艰难，尤其是和当地政府的几年拉锯战，算是这项工程最艰难的部分之一,直到今年年初,这座博物馆才建成,我理应去看一看,即便是它的某些设计理念跟我有相左的地方,我还是买了当晚十点的火车票回去,折腾了八个小时,躺在卧铺上,听着车轮与轨道撞击的声音,间杂着泡面和烤花生的香气,我脑海里不断浮现着童年在乡下时的画面,蝴蝶穿过午间的森林——闪亮的鱼钩——终日不化的山顶的雨雾——泡沫船在浅浅的池塘上面翻滚着前行,一幅又一幅的画面如幻灯片闪过,同时,某种忧虑而亢奋的情绪从心底升腾,这座新建的博物馆,是否真的如同它的初衷一样,跟它本来的名字一样,还原并容纳下那些已经消逝了的、关于乡村的美好记忆?就如我们所有人都知道的,我们的乡村,是一种消逝的美学,早已不是王维或者陶渊明的笔下所描绘的那样,我们所拥有的乡村已经不是以前的乡村,我们把乡村放进博物馆里,或者说,围绕着乡村建起了一座博物馆,把乡村当成一种化石、当成一种艺术收藏品去对待。给这座博物馆命名为"乡村博物馆",通过这样的方式去纪念我们的乡村文明,一方面来说,在我们国家里无疑是一项创举,特别是这座乡村博物馆的选址还是在我的老家,一座偏僻的广东西部山村,鸟不拉屎的地方；从另一方面说，当我知道这个消息以后，每天都关注着手机里推送过来的新闻，关注着这间博物馆是如何一步步地无中生有，一步步地从定址、动土、兴建、封顶到最终完成，一张张的图像隔空传送到我的手机屏幕上来，我的心情时而欣喜，时而焦虑，但渐渐地，被更大的焦虑所填充。我没有办法参与到博物馆的建造中去，这点确实让我很生气，没有人打电话或者发信息给我，询问我这里应该怎么设计、那里应该怎么布置，我会很乐意告诉他们的，把我最有创造性的想法都毫无保留地告诉他们，可是没人那么做，这间博物馆跟我的任何想法都无关，而且，就这么完工了，就在我眼皮底下，我敢肯定，没有我参与的这间博物馆是不完整的博物馆，没人比我更懂乡村，更懂它的美。这间博物馆，它什么也反映不了，只是一件徒劳的造物而已。怀着这样的想法，我下了火车，刚过清晨六点，在路边的早点小摊上买了两个莲蓉包，便直奔博物馆而去，在山路上绕了好几个弯，头昏脑涨，我都快不认识这里的路了，自从族里几个老人过世，五六年没回过老家，如果不是因为这件事，鉴于和家里人的矛盾，我应该也不会回来，找到博物馆的时候，门还没开，我就在门外站着等待，等了差不多一个小时,二十分钟前我才发现,同样站在门口等待的,还有另外一个人,一个跟我年纪相仿的男子,他也许更早就站在那里了,他一会儿站在墙边,摩擦着自己的鞋底,一会儿走到路对面的竹子丛旁边,仿佛那丛竹子中间有什么有趣的东西,他蹲下来,长久地注视着那里,就是这样一个简单的动作,我觉得似曾相识,直到他后来朝我走过来,他那张方脸投在墙上的影子,才让我猛然想起,自己有过这么一位高中同学。我们寒暄了几句。接着,他就很直接地问道:你怎么不进去?事实上,博物馆已经开门很久了,但我们只是在外头站着,他说这话的目的,也许不仅仅是提醒我,也是一种自我提醒,于是我反问他,你自己为什么不进去。他笑了笑,回答说他根本不必进去,因为这座博物馆就是他造出来的。什么!他这句话让我隔了几秒才反应过来,我紧盯着他的脸,确认他并不是在说谎或是开玩笑,也没必要那么做。马上的,我感到了嫉妒。他看出来我并不想进去,提议绕着博物馆四周走走。于是我和他沿着白墙边走边聊,他告诉我,建造这样一间乡村博物馆的想法由来已久,他本来应该在三十岁时把它造出来,却没有实现,直到四十岁的这年,他才有足够的资本去把它建成，因为拖了十年，也正因为这十年，使他有足够的时间去充分思考这座建筑，完善它，等真正建好的时候，目前这座博物馆和十年前的构思相比，不仅仅是修补和改良，应该说，完全是两种风马牛不相及的东西。他在跟我说这些时，我却在想着另一件事：我们有着同样的建造这间博物馆的想法，难道只是巧合？也许是我影响了他，或者他影响了我。二十多年前。读中学的时候，我被车撞过，丢了一段记忆，长久以来我都觉得那段记忆无关紧要，甚至是帮了我一个大忙，驱除了繁重的学业和周围人际给我带来的深刻痛苦。车祸以后，我反而奇迹般地掌握了一种罕见的口音，南越古国的口音，比粤语或闽南语悠远得多的口音，与其说是口音不如说是一门语言，这种语言比苏美尔语还要罕见，以前也有过类似的案例，这种病叫"外国口音综合征"，我当时身上的症状，或许比"外国口音综合征"更加离奇，后来我就去了北京，进了国家语言研究中心，在那里，成了一群专家研究的对象，他们也教我去自己研究自己，因为这种上古的口音，或者说语言实在是太过珍稀，我说出口的每一个字，都在弥补着语言学上的空白，他们谁也不想错过这种好机会。一年后，我的口音渐渐消失，变成了普通人，我的研究成果却保留了下来，凭此我在首都扎稳脚跟，当上了研究员，后来还去了国外深造，拿到了语言学的博士。一切都是源于那个离奇的病症，源于那场车祸，如果不是那场意外，我现在可能就是个乡巴佬，跟着我大伯在地里种山姜和青椒，就算不这样，当时和家庭的矛盾也会把我逼疯，多亏车祸让我远离了这些，远离了故乡，远离了一段记忆。我不记得当初和张牯在一起时，是否向他透露了关于博物馆的信息，我甚至不记得我们以前是不是好朋友，而二十多年后的现在，我们这样边走边聊，聊得越多，我就越觉得，当初是他告诉了我博物馆的构想，并非我告诉了他，他才是这个构想的创始人，而在我头脑中盘桓多年的只是他留给我的幽灵而已。想到这里，我心里越来越不是滋味，我忍不住问他，以前我们是好朋友吗？他有些惊讶地看着我，说，毫无疑问，毋庸置疑，我们当然是最好的朋友，彼此之间唯一的死党，考试互相给对方递纸条，一起上网吧通宵打机，给校长室门口贴大字报，一起看从家里偷出来的黄碟，穿过同一条裤子，一起睡过无数次，张牯说，难道你都忘了吗？他提起这些，我脑海里却没有半点印象，我如实告诉他，确实不记得了，因为脑袋被撞击过。他马上接口说,他知道这件事,出事之后,他就再也没见过我,只是听说我去了北京,给人当宝一样供着,学校里所有人都在传这个事情,从后山圩到罗湖寮,大家提起这件事时,都带着一种敬畏感,他渐渐发现了这一点。"你根本不知道,"他说,"同学们有多崇拜你,所有人都是,他们之前有多鄙视你,后来就有多崇拜你,你退学以后,教室里空出来一个座位,就在我旁边,大家把这个座位当成了一个神圣的空缺,没人敢靠近这个座位,大概每个人目光瞟到这个座位时,都会产生一种幻想,幻想自己也能遭遇那样一场车祸,获得神奇的能力。"逃离这块地方,就连班上成绩最好的那几个学生也那么想,除了张牯,这个真正了解我的人,他说这些话时,再次强调了我们关系的亲密,因为这种亲密,他保持着难得的清醒,不过他这番话却让我大为吃惊,发生在我身上那场事故,竟然给班级带来了这样的影响,我却丝毫不记得他们,包括和张牯之间的友谊,想到这,我不由地往他的方向靠近了一点,这时,我们远离了墙边,朝着树林走去,他告诉我,那边有一个咖啡馆,也是按照他的意思建的,在一个凸起的土包上面,正对着博物馆主楼的卷涡状拱顶,在那个角度，可以观察到整个建筑的正面，其实我知道那个咖啡馆，在它还没建好前，在手机上看过草图，我知道他的想法，风水学上叫"案山"，所谓"犹嫌无案山，衣食必艰难"，不过，这个咖啡馆是所有设计里面我最讨厌的部分，甚至连"之一"都不用加，当然，我不会告诉他这个，我们走到那里，在前台要了两杯拿铁，然后在凉亭中间坐下，凉亭很小，得亏也没多少人，高台上三面是栏杆，粉刷成白色，再靠外一点，种着密集的棕榈，把这里包裹起来，只留着朝向博物馆的一面，坐在这儿确实能清楚地望见围墙之内主馆的正面，一道银灰色的剪影，以及最上面那层青色的拱顶，因为云层移动的关系，那里反射过来的日光忽明忽暗的。和张牯坐在一块儿，我得以仔细地观察起这个人，我曾经的密友，穿着一件薄薄的黄夹克、发白的牛仔裤，脚上是一双沾了红土的布鞋，他的鼻子和嘴巴挨得很近，说话时，唇角两边的肌肉向后缩，制造出一种紧张感，还好，跟他交谈时我未必要直视着他的脸，说也奇怪，即便我坐在他身边，端详了这么久，除了他那张方脸，我还是回想不起其他任何关于他的信息，对他这个人、这个名字，我仍然十分陌生，反而是对于这间咖啡馆的厌恶感越来越强烈，在这里坐得越久,就越厌恶这个地方,就如同在故乡,在这样一座贫穷闭塞的山村待得越久,就越厌恶这里一样。为了消除不安,我只能尽量和他聊天,幸亏他挺健谈,在某个瞬间,他突然不再用普通话跟我说话,而是换成了家乡的雷州话,我们共同的母语,他甚至问我还会不会讲雷州话,我说,应该还会讲一些,我没骗他,而且他确实讲得比我好很多,我在广州待了快十年,粤语讲得都比家乡话好,可能跟二十多年前那场失忆也有关,我的母语反而是讲得最差的语言,就这样,我们艰难地聊了一会儿,我告诉他,我好像记起来了一点点以前的事情,也许是用了家乡话聊天的缘故,因为喝了咖啡,我们俩的神志都非常清醒。这时,云层渐渐消散,几百米开外的博物馆主楼,显露出不可逼视的白晃晃的颜色。从这样的距离去观察这栋建筑,我突然产生了一种虚假的感觉,好像那里只是一片海市蜃楼,原地根本就没有,也不可能诞生这样的一座博物馆。它的"不存在"植根于我们的内心深处,它从来就没打破过我们的怀疑,即便是对于我来说,四十岁的生命里,一直在构想着如何把它建造出来,同样也在想象着如何把它毁灭。在这个时代,我们还没有条件去拥有这样一栋建筑,一栋内含着深刻理性的建筑，这恐怕才是我们心里隐隐担忧的地方。张牯接着之前的话题，继续给我讲起博物馆内部的构造和设计，我一边听着他讲，一边好奇地想到，他并没有带我进入博物馆，而是在这么远的距离下向我讲述，他可能早就知道，我并不想进去，以他对我的了解，以及我们曾经的亲密程度，他比任何人都要敏锐地捕捉到我的想法，又或者是，在这样一座咖啡馆内，远远地观望着博物馆，只有在这个位置，他才能最清晰地表达出自己的设计理念，一切都是他算计好的，连同他的讲述，他问我是否留意到，围墙大门的正面和主楼的正面并不在同一个方向上。事实上，这栋建筑没有标准的正面，他说，我们在这个角度看到的，也不是它的正面，在主楼内部，还有一个次楼，这个次楼的朝向，又跟外边两层建筑的朝向完全不一样，次楼之中还有更次的楼，如此类推，整个建筑的结构就跟卷心菜一样，一圈一圈地往内改变着自己。他边说我边点头，其实他说的我都知道，从网上搜刮到的新闻和资料，比他现在跟我说的还要详细，不过，我可不会在他面前捅破这层窗户纸，我不会告诉他，自这座博物馆动工开始，每天我都关注着它，见证着它从零到一的过程，我同样不会告诉他，每次发现建造和我的构想不符时，我会大发雷霆、又喊又叫，把身边的纸张都撕得粉碎，气得几天都吃不下饭，之所以这么生气，又恰恰是因为它的建造和我的构想实在是太像了，一旦出现微小的差池，我马上就会感到极大的冒犯，若不是因为这层相似性，我才不会对这件事这么关心，不过，现在我已经知道，建造博物馆的构想，是他二十多年前传递给我的，不是单纯的巧合，和这个人接触得越多，我就越来越相信这点，就跟他那娴熟的家乡话一样，让我越发地误认为，他从来就没有离开过家乡半步，他在这个地方生长了四十年，将来也会在这个地方过世，所以，这个博物馆由他来设计建造的话，也必定会比我更合适，比我心中的博物馆更能全面而细致地展示我们的乡村，我们唯一的故土、童年的天堂。听着他的讲述，我渐感困乏，咖啡对此也无能为力，我偷偷地打了好几个瞌睡，我有一种在别人面前打瞌睡而不被察觉的能力，模糊之中，我似乎飘了起来，连带着脚下的土地、这片故土，在半空我向下望去时，陆地和水域都变成了白色，后山的水库和周边的桉树林也融进这片白色里面，凝视得越久，就越觉得其中有什么东西，可能是被遗落在里面的一件形体巨大的东西，只是一瞬间的幻觉,可能持续不到几秒钟的时间,在这几秒钟的前后,我还隐约察觉到张牯从我身旁走开,去接了个电话,然后重新回来坐下,因为这个电话打断了他的话题,他就问我要不要离开这儿,到别处走走。我当然很想离开这间咖啡馆,即便在此处待了这么长时间,还是感到浑身不自在。我们从咖啡馆后门离开,沿着小路走到一个交叉路口,一边可以走到村里的后山,另一边可以走到博物馆的正门,他问我想往哪边走,我说想找回以前的记忆,最好的办法就是去一个我们都熟悉的地方,留下了深刻记忆而不被年月扭曲的地方,博物馆肯定不是最好的选择,因为它虽然基于某种一致,却也放大了冲突,哪怕是很微小的部分都会被放大,他应该也明白这点,他踢着脚下的石块,想了一会儿,说了几个地方,但都不太合适,我就跟他说,不如去你家试试,接着他露出了一丝为难的神色,他尽力隐藏得很好,答应了我的要求。我们朝着后山的方向走去,我当然已经不记得他家在哪里,就算是以前去过很多次,现在他随便指着任何一栋房屋说是自己的家,我也会无条件地相信。在路上,我们谈起各自糊口的生计,他突然向我透露,说自己这个"房地产经理"的身份是冒名顶替的，顶替的是他的一位好兄弟，那人因为犯了点税法，暂时去国外避一下，或许这个也只是借口，他根本只是想给自己放个假，一个"long vacation"，有钱人的想法总是让人猜不透的。更何况，这个好兄弟，张牯知道，并非一般的暴发户，而是一个独特、富有修养的人，一个物质和精神双重丰厚的人，现在最缺乏的就是这种人，要么是物质丰厚而精神匮乏（这类人最常见），要么是精神丰厚而物质匮乏，要碰到两者兼有的人，恐怕一辈子也没几次机会。他估算起来，这样的人在全国范围也就十个以内，跟十四亿人口比起来，就是一亿四千万分之一，而在此概率之外的其他人，他的好兄弟只是不想和他们为伍，只是想逃离这个地方，因此找了别的借口，直接把家里和单位的钥匙邮寄给了他，让他来代替自己上班，并且说，一切都已经提前安排好了，等他到了公司，正式上班后就会发现，坐在这个职位上的人到底是谁，根本不重要，这个公司、这个社会需要的只是一个符号而已，谁都可以充当这个符号，哪怕是截然不同的两个人，放在那个位置也没有什么区别。张牯说，正好他当时穷得叮当响，也没工作，就试着去上班了，结果真的如他好兄弟所说，没人在意他到底是谁，其他人就跟没事一样,还是把他当成以前的总经理看待。这件事本身,好像本就不存在什么奇怪的逻辑,理所当然。在白天,他是另外一个人的身份,在夜里他才是自己,但其实两者也没有什么不同,他还是同一个人,还是张牯,或者是正慢慢地变成他的好兄弟。他的好兄弟不知道何时才会回来,可能这辈子都不会回来,他也无休止地顶替下去,因为这种乐趣,并不是随便就能得到的,他的好兄弟对于他来说,不但是截然不同的人,而且还是他的榜样,是他长久以来想要成为的人,借着这个机会,他就能不断地改变自己、提升自己、完成自己的愿望。张牯跟我说起这些时,我心里暗暗吃惊,我可没想去了解这种私密的信息。尽管他在强调,冒名顶替这件事,对他来说是一项乐趣,不过,从他的叙述里,我反而能感受到某种迟缓、喑哑的憎恶。他不会喜欢那份工作的,也不会想变成别人,没有什么乐趣比得上建造这样一座博物馆,把它从构想化为现实。他借此来标记自己的存在。因为这才是他的东西。除此之外只是达成博物馆的手段而已。我们沿着后山的一条溪流走了好久,以为走不到对岸去了,总算出现了一条简陋的小桥,是用几根竹子并排搭上去的,沾着泥的桑树叶子贴在桥面，亮闪闪的透着水光。"我们以前常在这里散步，也钓过鱼"，等我们走过小桥，他突然冒出这么一句。我说，不记得了。又转了几个弯，穿过水田，远远地看见一栋三层高的灰房子，他指着那房子说：那是我家。那房子好像没什么特别，走近了看，却是简陋得特别，表面连一片瓷砖都没有，整个都是水泥坯子，门口的对联也掉了一半，进了门，里面的装修倒挺正常，值得注目的地方可能只有墙角的柱子，每根都是平常人家的两倍大，正四处看时，从楼梯下来一个人，留着胡子，戴着顶黑色鸭舌帽，三十来岁的样子，张牯介绍说，这是他表弟，我们相互打了招呼，目光相对的瞬间，我能感觉到他是认识我的，我却不认识他，这也不奇怪，只是他的方言对我来说有点刺耳，因为他说的是真正的乡下话，是我们二十多年前说的土话，而我们现在早就不会那么说了，哪怕家乡话说得再好，比如张牯，他说起话来也是精心修饰过的，带有一种城市的思维，反而是我所习惯的。他表弟话不多，简单打过招呼就出门去了，张牯继续带我逛上面的楼层，从二楼到三楼，每层都是两室一厅，二楼大厅左侧的房间是他表弟的，右侧的是他爸爸的，三楼大厅左侧的房间是他姐姐的，右侧的是他妈妈的，他一个个地跟我介绍，十分认真，但所有房间里都没人，一个也没有，里面的家居物件样样俱全，在里面还能闻到一种香味，来自山上的樟树林，他带着我在每个房间里都转了一遍，好像没什么不方便的，他是想让我早点恢复记忆，可以理解，只是这反而让我产生了错觉，怀疑自己当初是不是跟这家的每个人都产生过联系。要真是这样也太吓人了。在这栋楼里转悠得越久，就越感觉到恐慌，之前在咖啡馆那里，只是厌恶而已，现在更多的是对于未知事物的联想，能联想到很多东西，而我又是一个如此敏感多动的人。我还发现，这栋楼里没有他自己的房间，并不是因为他漏了向我介绍，而是根本没有，他介绍了半天，这房子却跟他一点空间关系都没有，有的只是血缘的维系。我们走到阳台上，在那里待了一会儿，阳台朝南，风从山谷吹过来，他从口袋里掏出烟来抽上，我不抽烟，就自觉地站到上风口去。时间将近中午，影子在我们的脚下，快给我们踩没了，他问我要不要吃点什么，我说不是很饿，其实那两个莲蓉包在我的胃里连一点面屑都不剩了，他还是下楼到厨房里弄了点面条上来，我们两人坐在阳台的水泥护栏上，吸溜起面条，发出了两种不协调又相互嵌套的声音，这时我回想起某些类似的场景。很多年前，至少这段记忆是清晰的，我和家人也曾在阳台上，度过许多特别的午后。我用了"特别"这个形容词而不是"愉快""轻松""美妙"之类的，因为只有这种模糊的词语才能准确地传递那些记忆。对我们来说，阳台就是一个避难所，不知道张牪的家庭是不是这样的，这也是我想了解的方面，因为以前我的家里，也是这样的六七口之家，不仅仅是我和张牪，在这个偏僻的粤西乡土，所有人的空间都和血缘捆绑在一起，血缘创造了我们的空间，而我们又相互憎恶，尤其是我那个家庭，我妈妈讨厌我的小叔，我的婶婶又鄙视我的爷爷，而我憎恶家里的每一个人，我们常常用家乡话对骂，我们的母语，属于闽南语系，没有什么语言的元音能比它更粗鄙，比它更能表达我们自身的粗鄙和憎恨。不过，只要吃过午饭，在阳台上面对面坐着，似乎所有的恨意都刷新了，refresh，renovate，reset，按下了重启键。我想知道，张牪的家里是否也有这样的按钮，我提起这个事情时，他的面条刚吃了一半，他停下来认真地思索着，好像这是多么值得思索的一件事，过了好一会儿，他才告诉我，他们家并没有那种问题。他们不相互憎恨，相反，还和睦亲爱，其乐融融。我没再说什么。他也没把剩下的一半面条吃完，大概是，在我看来，撒谎已经用光了他全身的精力。张牪收拾好餐具下楼，气喘吁吁的，再次上楼时，浑身上下已经结了一层汗珠，他说自己要午休一会儿，这是多年来的习惯，不折不扣的"不午睡会死星人"。他还问我要不要也休息一会儿，我说不用了，他就转身走进了客厅左侧的房间，那是他姐姐的房间，他自己说的，可他更不能走进客厅右侧的房间，因为那是他妈妈的，而且，这栋楼里就没有合适他的房间，权衡比较之下，他走进姐姐的房间，锁上了门。其实我刚才就已经浏览过那个房间，如果说那是一个男性的房间也不会有人怀疑，那里根本没有任何女性的痕迹，相当的粗犷简陋，虽然我不算见识过太多的女性的房间，但张牪姐姐的房间，是我所见识过最粗犷、最简陋的，除了基本的家具物件再没别的，连一面镜子也没有，散发着持久的霉味。我不由得思考起来，他的姐姐到底是个什么样的人。说也奇怪，当我开始往这方面想，脑海里就隐约浮现出一张带有稚气的、假小子的脸庞，虽然很模糊，但也许能证明，我和他姐姐之间并不是一般的关系，至少我们之前是相互熟悉的。除了这点，我在张牪的家里就找不到任何可回忆的地方了。趁张牪在午睡时,我来回在楼层之间走动,察看过每一个可能的角落,想象着十几岁的自己在沙发上空腾飞,在墙上踢上几道脚印子,用打火机把楼梯扶手烧出焦痕,在某处松动的地砖里埋下一首诗,但这些只是空想,找不到现实对应的点,刚才我就问过张牪,他告诉我,以前我每周都会来他家做客,因为我一直在试图逃离自己的家庭,而他的家是最合适的地方。当时我就在作文里这样写道,"张牪的家就是我的天堂,只有去他的家里,我才会觉得快乐,每次和他父母相处,都会有一种由内而外的亲切,那段时间我在不断地怀疑,张牪的父母才是我的亲生父母,而我是一个被医院调包的孩子。直到一天下午,我和张牪的父母趁他不在家,彼此交换了这种怀疑",这篇作文还被语文老师作为典范,当着全班同学的面读了一遍。我们的语文老师,经历过上世纪八十年代,曾经的文学青年,还模仿过余华、苏童和莫言的小说,这样一位非常规的语文老师,发现了这样一篇非常规的作文,他还特地把这篇文章贴到了学校的公示栏里,让全校的学生观摩学习,丝毫没有考虑到它会伤害到张牪和我之间的情感。张牪说,因为这件事,我们曾经有一周没说过话,不过,这些我也都不记得了,他倒是把这件事的每个细节都记得清清楚楚,包括作文里的那段话,如果有可能,我还真想跑回家里,翻箱倒柜也要把那篇文章找出来,仔细看一遍。在那时候,也许我身上已经显露出了一点文字上的才能,也可以说,一点艺术上的才能,但这点才能跟建造出一间乡村博物馆比起来,还差着十万八千里,是本雅明和瓦尔堡之间的距离。我说的距离,还仅仅是他们方式上的距离,一个只能造出文字上的拱廊街的人,一个有着狂烈追思和迷恋的现代人,他不可能造出一间现实里的博物馆,只有瓦尔堡那样的人才可以。我现在可以确定,自己身上并没有这种才能,如果说有,那也是二十多年前张牿传递给我的一些碎片。下楼时,恰好碰到张牿的表弟从外面进来,手里提着个袋子,我跟他说张牿在休息,他点点头,搬了凳子在厅里坐着,我坐在他身后的沙发上,和他聊了几句,这时我感觉,他那种乡下口音不那么让人难受了,而且跟张牿相比,他不是那种咄咄逼人的家伙,也不会拒人千里之外,而是身上有种丰饶的宁静。过了一会儿,他把那些木块从袋子里掏出来,边掏边数,一件一件地检阅着,完了才转过头来对我说,这些木头毛料,都是他从村里木工那里要回来的，我问他要这些东西有什么用，他说，要用它们来制造一个模型，一个足以让他表兄吃惊的模型，还说，这件事要对他表兄保密。否则，他表兄会在模型完成之前破坏它。他说这话的语气之确凿让人不得不相信。我问他，为什么一定要制造这样的模型呢？他说，因为他从来就不认同表兄的建筑理念，表兄既不是专业学建筑的，也不懂手工，连砌一块砖都费劲，四体不勤五谷不分，这样的人怎么能建造好一间博物馆呢，只是表兄自己不承认而已，说着，他从毛料里挑出一件，指着侧边平整的刨面说，看到这个刨面了吗？真正懂行的人，看到刨面的形状就知道用的刨子是什么，你知道吗？我摇摇头。他接着说，这是"公嬷刨"才能刨出来的平面，只有用这种刨子，而不是铁蟹刨、子母刨、边线刨或者别的什么，你不知道这种刨子，表兄也不知道，但恰恰是这种刨子，"公嬷刨"，应该被放进博物馆里，成为博物馆的一部分，因为博物馆是客家人的博物馆，"公嬷刨"是客家人的刨子，一个逐渐被人们遗忘的刨子，它就应该待在客家人的博物馆里，这才是客家人的博物馆里应该容纳的东西，但是表兄并不知道这些，他不认为自己是客家人，长期和广府人、潮汕人和粤西人待在一块，他忘了自己祖先是谁,从出生到现在,一直被周围的环境所同化,是一个不折不扣的不肖子孙,没有资格去建造那样一间乡村博物馆,就算造出来了,也是广府人、潮汕人或者粤西人的博物馆,而不是客家人的博物馆。我能理解张牯表弟说的这些,不管是我还是张牯,都没有把自己当成是客家人。我们的祖先在明末清初自福建南下,翻过武夷山,又渡过了珠江,像是受着某种无名之物的驱赶,一直逃到了半岛边缘,望洋兴叹,这才定居下来,和当地的越人生活在一起。这些历史我知道得一清二楚,因为我的祖父,这位眉毛有三寸长、长久地穿着同一条军裤的严肃老人,从小就不断把这些信息灌输到我们的大脑里,我、伯伯家的堂姐、姑姑家的表姐表弟们,都给他逼着去背诵那些家规祖训和乡歌民谣,还要进行比赛,第一名才有饼干吃,垫底则要受惩罚。我还清楚地记得,有一次,因为背不出"月光光,秀才郎",我和青梅竹马的堂姐被罚站了一个下午。当时下着小雨,我们并肩站在大堂和厨房中间的昏暗甬道里,全身上下都湿透了,头发上的水珠顺着脸颊掉下来,和着屋檐的雨滴掉进桶里,滴答滴答也不知响了多久,透过面前的窗户,可以隐约看见大堂里靠在床上抽水烟的祖父，烟雾缭绕，如同一枚从旧报纸上抠下来的图章。这时堂姐突然搂住了我，跟我说她不舒服，因为眼前的景象使她感到不舒服，我那时还小，不知道她是哪一个部位出了问题，而她比我大上好几岁，身体已经开始发育，被她搂着时，那是我第一次感觉到，这是一个跟自己完全不同的、潮湿而丰盈的躯体，却又是如此的沮丧无力，后来我回想起这一幕，才觉得这不是她无意识的举动，而是蓄谋已久的，正如多年后我才明白，沮丧是更高级的愤怒，在我还只会生气和吵闹的年纪，她就已经学会了沮丧，为我们这块不毛之地上的传统和权力而沮丧，比我更早地远离了家乡，跑到珠三角打工并且嫁给了一个深圳人，而我只是追随着她的脚步，还是被动地、无意识地接受了那场车祸，变成一个跟家乡毫不相关的人，即便深刻地了解这里的一切，也要假装成一个不是客家人的人。我相信张牯和我是完全一致的，无论我还是他，都没有可能造出客家人的博物馆，我们造出来的，只是那个美化了的、抽离了一部分感知的童年图景，它不属于任何人，不属于客家人，而且也不属于广府人、潮汕人或者粤西人，它被我们共同拥有。我不知道该怎么跟张牯表弟说这些，瞧着地上这些各种形状的木头，就不知道该说什么。他也没有错，站在民间艺术家的角度来看，千真万确，和我们这个社会的方向一致。他问我，有什么方法可以毁掉表兄建造的博物馆，我摇头说不知道，他马上接口说，唯一的方法是，再造一个更好的，比表兄的好上十倍的乡村博物馆，就相当于毁灭了表兄的博物馆，当表兄看到新的博物馆时，会因为自己曾造出过那样的东西而羞耻，恨不得大扇自己几个耳光。可是，每次表兄都识破了这点，总是会抢先一步，把他还未完工的模型毁坏掉。听他这么说，我忍不住反问，是真的吗，张牯真的会这么做吗？这位表弟马上肯定地说，不骗人，张牯这人就是这样的，不管是纸料或者木头做的模型，还是电脑里的3D建模，表兄都有办法找出来，毁灭得一干二净，一次又一次的，他一边把模型制作出来，表兄一边把模型摧毁，反复这个过程，自始至终，他头脑里的积木就没有在现实里真正成形过，最多也就完成了一半，立即就会遭到摧毁，不过，经历过这些，不断地破碎和重塑，他脑海里的影像反而越来越清晰，如果说，一开始他的构想只完成了百分之三十的话，那么现在就是百分之百，已经是一个足够成熟和完善的模型了，但还是得把它制造出来，避开表兄的万般阻拦,因为他们关系的亲密,他的一切都处于表兄的控制之下,现在只有我能帮到他。张牦表弟突然对我恳求起来,问我是否愿意帮他,一个小小的忙,不会花费太多力气,可我觉得他在骗我。这一定不是什么省功夫的事,要瞒过张牦,肯定不简单,何况我们关于博物馆的理念完全相左,和他相比,我和张牦之间的对立简直不值一提,于是当场就回绝了他。他那张黝黑的脸马上涨得通红,开始嘟囔起来,是那种熟悉的乡下人的口音。我就知道,他说,你们俩就是一伙的!二十年前就是……到现在也变不了……说到这里,我才意识到,他确实以前就认识我,只是我忘了而已。我问他:那时候我们见过的,是吗?他盯了我半晌,笑起来,不过那可不是愉快的笑声。"我们当然见过,"他说,"第一次见面时,一起在河里捞过鱼,你忘了吗?我们打了个赌,赌谁捞的鱼多。那时候我才八九岁,比你们俩都矮一头,可我捞到的鱼比你们俩加起来都多,你们就使坏,趁我不注意在背后来一下,把我推倒在河里,我可是跌了一个倒栽葱,当然了,篮子里的鱼也都没啦,你们就开始哈哈大笑,你不记得自己当时是怎么笑的了吗?"他边说边笑,仿佛在模仿我当年的笑声,但我知道,那肯定不是我当年的笑声，那样的笑早就销毁了。就在这时，上边的楼梯传来一声轻微的响动，张牸表弟的笑声戛然而止，我抬起头，刚好瞧见张牸从楼上下来，休息一阵之后他的脸色红润许多，比早上见面之时那种烤锅盔的颜色要好得多，由上而下地，他的眼光朝着我和他表弟身上一扫，接着，张牸表弟就低下头，迅速地把地上的木头毛料装到袋子里，提着袋子走进了厨房。你醒了，我对张牸说，他点点头，问我在他家感觉怎么样，我告诉他：没有什么有价值的收获。他的眉毛十分隐蔽地抖动了一下，似乎早就预料到我会有这样的回答，从他带我来到这里之前，他就已经笃定，在这里我并不会寻回以前的记忆。观察到他表情的一瞬间，我突然明白了这点，忍不住说：这里没有你的房间，你根本不住这里，这不是你的家，对吧？他伸出一只手拍拍我的肩膀，打断了我。这有什么关系呢？他说，我确实不住在这里很久了，不过，这里确实留下很多我们以往的记忆，只是对你没有效果而已，我已经想到了一个更好的地方，就刚刚，我午睡时做的一个梦，刚好就梦到了这个地方，它跟二十多年前一模一样，丝毫变化都没有，你一定能记起些东西，我们现在就走，相信我，这次准没问题。他边说边把我往门边推去。我们穿好鞋,沿着跟来时相反的方向,离开了这栋房子。在路上,张牯突然问起,他表弟为什么那样笑。我说他只是在模仿我们而已,就把刚才张牯表弟跟我说的话复述了一遍,张牯听完,马上否认了这套说法。"别信他,"张牯说,"你们之前从未见过,他这几年才搬到这边来住的,爸妈两人都吸过毒,他妈过世早,他爸现在还在牢里蹲着,要不是我奶奶临终前惦记着这外孙,叫我们多照应他,我们家倒也不会留着他在这边住。他这个人——"张牯边说边指着自己的脑子(张牯的动作让我想起某个科幻片的场景,可能是《星际迷航》或者《异形》),"这儿有点不清楚,说得正式点,就是精神分裂。要么是他妈怀孕时吸白粉给他落下的病根,要么是他爸给他妈留的毒种子,或者两边都脱不了干系,共同制造了这么一出恶果。只是两边各自对外统一口径,他爸那边的亲戚会说,这个家庭的毒源是他妈,也就是我的姑姑,所有的灾难都是她一手造成的,而我们这边会说截然相反的话,一切的毒源是表弟他爸,我的姑父;自从这个家庭崩溃以后,两个家族就相互攻讦,都认为问题出在了对方而非己方,直到现在也是这样,从未改变过,而这位表弟迟迟没有表明立场，要是他能早一点表明态度，站在他妈妈这边或者是他爸爸那边，不管是哪一边，他都能立马得到那一边的抚养，可是他没有，有人劝过他，他也没那么做。我们家的老人说，这位表弟，准是脑子有问题，才拎不清东南西北，可我那时候不这么觉得，他只是在观察而已，这种观察需要很长的时间，消化它也需要很久，当时我还相信他是因为有着超乎常人的敏锐而非精神错乱，但其实两者也没什么区别，因为两边不站队，他整个少年时期都是在流浪和混乱中度过的，连中学也没读完，后来通过自考，在东莞那边读了个建筑工程的专科，一直也没什么工作，直到三十岁那年，他突然停止了他的观察，也不知道是什么原因，站在了我们这边，主动和我们来往，并且和他爸爸那边的亲戚断绝了关系，虽然说，这是一个迟到了十多年的举动，他这时候怎么着，对两边来说都已经无所谓，不过，对我们而言，至少也是薄面上的胜利，奶奶挺高兴，跟我们说，等她死了，房间就让给这位表弟住，说完这话不到一年她就过世了，表弟就顺理成章过来这边住，霸占了奶奶的房间。"张牯用方言提到"霸占"这个词语的口气，体现不出任何的浊音，也给人一种前后语义毫无纰漏的错觉。那本来就不是表弟的位置，张牯说，是他奶奶的位置，位置就是房间，他奶奶在家庭中的位置无可替代，她的房间也不应该被其他人占有，可是，表弟搬进来住的时候，他们全家人都没说什么，因为老人的遗嘱在这个地方具有最高的权力，在年老的权力面前，我们都会保持沉默，但那不代表认同，张牯说，他们全家人都不认同表弟在家庭里的位置，就算他在这儿住上了几年，以为自己就是这个家的一分子了，其他人也只是把他当成那个房间里的幽灵而已，就连张牯自己，最同情他的表兄，后来也改变了看法，这位表弟是真疯，而不是什么超人的睿智，他是真的有偏执型分裂症，竟然妄想建造一个博物馆来和张牯对抗，可是，张牯知道，那根本不是他的主意，很早的时候，建博物馆的主意还是张牯告诉他的，而且他要建造的博物馆，跟张牯那间毫无差别，根本就是一模一样的东西，可表弟偏要说，它们完全不一样，这是他的发明，这才是真正的乡村博物馆。出于好意，张牯劝说他好几次，叫他不要再做徒劳的功夫，他反而到处跟别人说张牯陷害他，一直阻碍他完成工作，显然他精神不太正常，张牯说，所说的那些话，十句里面有一句真就很不错了。说着这些时，我们正走在水库边一

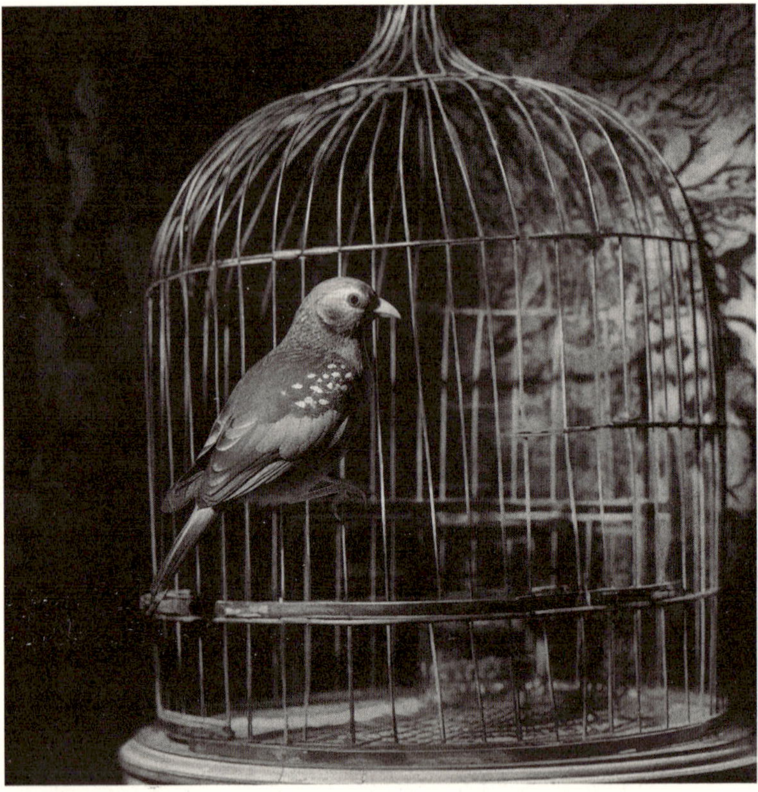

道长长的堤岸上，路不宽，两边没有护栏，勉强容下两个人并排的步子，我一边琢磨着这两表兄弟的话哪个更可信，另一边又在想着，到底是我还是张牯会从堤坝上掉下去，顺着灰白的砂石往下滚，直到光秃秃的底部。我总觉得，会有一个人先掉下去，只有掉下去了，这两条线索才能变得明朗起来，可是现实里什么也没发生，我们安好无损地走过了那条窄坝，一条悬置的疑问之绳。说实话，我对博物馆这个话题已经有些厌倦，还是几个小时前，没碰到张牯前，我怀着雄心赳赳的蓝图回到家乡，还妄想着有一番作为，可现在我对它一点兴趣也没有了，设计稿纸还在我兜里，得亏我刚才没拿出来给张牯看，现在，我只想把它掏出来一把撕碎，碍着张牯在一旁，不好发作而已。我只是厌倦这种战争，我和张牯之间的、张牯和他表弟之间的、我和张牯表弟之间的，或许还有别的什么人加进来的，毕竟在我们这块地方，总会有人跳出来，说自己才是真正的博物馆学家，就跟全国遍地的民科民哲一样，这里也不缺这种人，而我们这里，恰好又是如此的传统，是传统观念保留最完好的地方，大伙儿平日里看起来没什么，一到特别的时刻，就纷纷站出来发声，恨不得让其他人都认同自己，从中得到某些微薄的虚荣。建这么一间博物馆，肯定会有人说三道四，认为自己理解的传统才是真正的传统，即便现在不说，以后也会有人说的。想到这里，我就不禁为张牯捏把汗，也暗自庆幸自己逃脱了这个深渊。但也许张牯不认为这是深渊，他比我更会处理这些事情，就像先前跟我提到的，代替他的好哥们去运营一家房地产公司，嵌入一张陌生的关系网里，也能应付自如。他现在走在我身边，手里拿着手机，不断地跟遥远的另一头的人说话，自从我们的谈话中断，他就开始跟别人讲话，从头到尾都在讲话之中，他的嗓音低沉，不管是方言还是普通话，说起来都带有一股温存的魅力，而我就万万不行，每次说普通话，音调就不自主地变高，就算别人不察觉，我也觉得自己有股轻浮劲儿，远远不如说粤语更自信，而他不同，因为这种语言上的魅力，他也远比我更能享受诉说的欲望。在他说话的时候，我在一旁保持沉默，让他更舒适、旁若无人地跟对方交谈，但其实我在或不在，情况也是一样的。每次手机铃声响起，是理查德·施特劳斯的《查拉图斯特拉如是说》第一段，著名的电影配乐，如果不是这段而是别的段落，我还不可能立马辨认出来，恰恰是这段太出名了所以掩盖了其他段落的光芒，就像交响诗的成就之于交响乐的一样，不值一提，我宁愿去听理查德·施特劳斯的歌剧，他后期的作品，《阿里阿德涅在纳索斯岛》和《莎乐美》，尤其是"七重纱之舞"，在那支曲子里，我只看到了战争和死亡，以及一个人对这两者的疯狂迷恋，同样的感受我只有在马勒的《第九交响曲》第三乐章里面找到过，都是短暂的瞬间，稍纵即逝，可是张牯的手机铃声并不会带给我什么特别的感受，为此我还有些失望，甚至幻想着，每次他拿起手机时，响起的是另外一种声音，但其实没人会用这种音乐来当手机铃声，可能在我看来，张牯就不是一个那么真实的人，即便我们并肩走着，我也感觉彼此距离遥远。过了一阵子，他打电话的嗓音越来越大，显然，某股怒气在升腾，从言语里也能听出点端倪，等到这通电话挂断之后，他突然站住不走了，就在一棵木麻黄树下面，他告诉我，总有一些人想闹事，不管建造出了多么完美的博物馆，总有人说这不行那不行，每天都会有人在出口的留言板上留下咒骂的文字，只是单纯的咒骂而非建议，就算是建议也毫无价值，比如今天，张牯刚从电话里得知，有一个人直接到保卫科投诉，说自己是俄罗斯族人，从内蒙古那边千里迢迢跑过来,在馆内逛了一圈后非常失望,他心目中的乡村根本不是这样的,草原没有,湿地没有,列巴的化石没有,上世纪的内蒙古人和俄罗斯媳妇之间的定情信物也没有,算什么"中国第一间乡村博物馆",新闻和宣传真是恶心,这间博物馆应该回炉重造,因为它体现不了真正的乡村文明。真正的乡村文明就在内蒙古,在额尔古纳河沿岸,那里最原始,或者说,最落后,在中国只有最原始和最落后的地方能保留下最纯粹的乡村文明,其他地方则在加速着混乱的城市化,什么也没留下来,除了一堆历史的废墟,焚烧后在天空中化为毒气,污染着民众的神经,让他们都变得不知好歹,就像这座博物馆的建造者一样,分明就是一个被毒气污染导致神经错乱的家伙。这个人唠叨了一堆,其实也没错,只是没有价值,对于一座博物馆来说,最重要的是艺术和坦率的契约,而不是浅白的复刻,它面向的是过去,既不是现在也不是未来,张牯说,目前为止,还没有任何人领会到他建造这座博物馆的意图,这个二十多年前就存在的意图。每天都有几百个人进去参观,有当地人,也有外地的游客,可他们只是当作耳目之娱,用来填充他们日常匮乏的脑袋,没有人把这座博物馆本身看成是一种艺术，就是现实存在的艺术，而不是时空的幻觉。从这座博物馆的选址、朝向，到它的设计、建造，再到它里面所容纳的东西，全都是他经过深思熟虑之后的结果，是他把二十年前的空想，变成了深刻的现实性艺术，可是没人把这个参观过程当成艺术行为，没人能欣赏到这种艺术，这才是他感到最痛心的地方。说着说着，张牪的眼睛突然直视着我，说：这也是为什么接下来我要带你去那个地方，因为那里是一切的起源。你一定能记起些东西。说完他在树干上捶了一拳，接着，重启我们的步行，穿越这片木麻黄林时，靴子踩在混合了针叶和沙土的松散路面上，发出类似面包烘干机的声响。我跟在他身旁，更多的是好奇，我想知道他会带我到哪里，说实话，我也不对寻回记忆抱有什么期望，只是他一直在坚持，我更想知道的是，他这么坚持的原因是什么。我们在林子里左绕右转，距离山坳的铁路最近时，可以看见一截绿皮车厢，幽幽地透着光，看上去它像是静止不动，但和铁轨交接处的咔嚓声揭穿了一切，一辆列车正好驶过，而我们只能看到它的一部分，很快地它又消失不见。树林的尽头出现了溪流，对岸的小凉棚里，牛伏在地上，眼睛紧闭。我们绕了一条远路过溪，沿着溪边走时,我似乎听见了雷剧的音乐,从上游袅袅地飘过来,是记忆里的音符。我们这里已经很久没有像样的雷剧演出,上一次可能是二十年前,也可能是三十年前,那时候祖父还有一台老式的小收音机,在市集上十几块钱淘来的,一到太阳下山的时刻,他就会打开收音机,端坐在床上,静静地听着《秦香莲》或者《雷州义盗》,听了很多年,但他从来不开口唱一句,也禁止我们去模仿那种唱腔,因为对一个客家人来说,这种本地的唱腔是危险的,一旦学习了这种唱腔,就会变成一个粤西人,一旦学习了一个地方的文化,就相当于认同了那个地方,而客家人是不会被拴在一个地方的,他是漂泊的,也是自由的,是东方的吉卜赛人,当然,不管是我还是张牯,都不觉得这是什么高贵的血统,相反的,都认为它更像一个带有诅咒的镣铐,从出生的那刻起,就一直背负着它,同时,也不断地想要把它砸碎,甩得越远越好,如果我们要设计一座博物馆,来总结自己的人生,我们不会把这座博物馆当成是客家人、粤西人,还是内蒙古人或者其他乱七八糟的鸟地方的博物馆,它应该跟任何地方都无关,通过这种方式,我和张牯都能重塑自己的人生,获得自由。从牛棚旁边走过时,张牯的步伐慢了下来，低声地跟我说，咱们快到了，听他这么一说，我心里突然紧张起来，好像那里真的有什么东西，可以恢复我的记忆，张牤的话此时变得如此可信，很难解释清楚，这种紧张是因为我害怕自己的记忆被恢复，还是因为那个即将出现的客体，可能是一个人，或者是一个物件，它跟你有千丝万缕的关系，就像是你奶奶朝你掷来一个失控的棒球，根本来不及反应，我讨厌这种意外，张牤看穿了我的心思，但装作什么也不知道，他的行动却推着我不得不往前走，碰到一个草坡时，他蹲下，侧着身子从坡上滑下来，就跟小孩子玩滑板一样，虽然很好笑，但我不自觉地也模仿着他那样从草坡上滑下来，只有滑下来的那刻，才真的意识到这才是下坡的正确方式，既正确又好玩，等我也滑到了坡底，张牤告诉我，他说的地方就是这里，我吃惊地环顾四周，可这里什么也没有，只有稀疏的几棵树，还有面前这个有点秃的草坡，阳光从张牤背后射过来，涂抹在他的后脑勺，清晰地显现出了那里密集的白头发，一根根地竖立起来。我从未那么仔细地观察过他那个位置，虽然说，老盯着那里看，会有同病相怜的恐慌，衰老无法避免和抑制，在我们这个年龄，半个身子已经躺在普洛克路斯忒斯的床褥上面，听起来很悲观，却也是某种事实。从去年开始，我就感觉自己的腿不太灵光，才四十岁，往后腿脚会一年比一年沉重下去，往后也是越来越重的漫长的旅程。张牿折了一根树枝，走到我们滑下来的地方，开始挖了起来，土还算松软，才挖了十公分的口子，他就伸手进去，从土里摸了一把铲子出来，用这把铲子在刚才的位置继续往下挖，我站在旁边，看着那些挖出来棕白交接的土在坡底越堆越高，心里的疑虑也在加深，最后挖出来的会不会是一具尸体？就像惊悚电影里的故事那样，而我又是蓝乃才的铁杆粉丝，所以，很容易会联想到他在上世纪九十年代那些冰冷、蠢动、磷光闪闪的镜头。不过很快的，一声清脆的撞击打破了我的幻想，是铁铲碰到了某样东西，张牿接着把它周围的沙土清理干净，这次很小心地不再让铲子碰到它，因为从那声脆响来看，它跟梦境一样脆弱，直到它可以从坑里被抬出来的时候，我才看清这是一件陶器，块头不大，表面大概是涂了颜料，黑乌乌的，最引人注目的是它的形状，乍一看很难描述得清楚。即便是用最熟悉的语言，也很难说得清楚它到底是什么形状，不圆不方，不是柱形也不是锥形，也不是几个基本形状的简单组合，总的来说，它根本无法用语言描述，也无法通过照片呈现，无论是通过语言还是图像来传递它的信息，都会失去原有的样貌，因为它只有在现场被观看的一瞬间，才具有那种惊人的力量，特别是张牯把它捧在手中的时候，两者是如此的和谐，彼此互为身体的一部分。也许张牯从土里挖出来的，就是他身体的一部分，不然怎么会连他的黝黑肤色和陶器的黑漆也这么相像，说也奇怪，他拿着这件陶器时，确实让我回忆起了某些片段，一闪而过，一个年轻人手里捧着这件陶器，在河边微笑，不过他没有眼前这副方脸，而且比这张脸要朝气、快乐得多，只可惜我永远也无法看清他的面目，之前在梦境里也出现过同样的场景，醒来后就会忘得干净，这时张牯问我，是否记得这件陶器，我说，好像有些印象，他说我应该知道的，这是一件伟大的艺术品，在他眼里，它就是世界上最伟大的艺术品，比大英博物馆、艾尔米塔什博物馆、卢浮宫和大都会博物馆所有藏品的总和还要伟大的艺术品，正因为它如此伟大，他才舍不得把它放进自己新建的博物馆里，事实证明，他的决定是对的，这件艺术品不应该出现在那种场合，即便是他建造的博物馆，一旦向公众开放，也就失去了最初的神光，所有的珍贵事物都是这样,想要它升值,就把它埋藏在地下,不见天日,想要它贬值,就把它推向大众,暴露在每个人的目光之下,"所以,"张牪说,"我把它埋起来,让它只为我们三个人共享,就像它诞生之初那样。"三个人?我露出惊讶的表情,第三个人是谁?到现在还没有想起来吗,张牪说,第三个人就是他的姐姐。张牪的姐姐!我脑海里再次浮现了那张带着稚气的假小子的面庞,比上次更加亲切和清晰,并且,跟刚才那位在河边微笑的年轻人的脸重合到了一起,原来如此,他们是同一个人,是她,张牪的姐姐,我已经忘记了太多东西,忘记了她叫什么,忘记了我们曾经的关系,不过,至少我现在回忆起来的一点是,这件陶器是她制作出来的,是她的作品。张牪把它交到我手里时,我能明显感受到残存的、关于她的能量,亲手拿着这件黑不溜秋又形状古怪的陶器,跟刚才远远地看着它的感觉又完全不一样,让我对张牪姐姐的印象又亲近了很多,虽然这件"艺术品"的造型仍然让我困惑,反复地把玩观看,还是没有任何头绪。我只能询问张牪,而他的反应已经开始有点不耐烦了,为我的迟钝而不耐烦,不管是过去的记忆还是现在的思维,这种迟钝都让人难以忍受。他觉得我不应该瞧不出来，这件陶器和他新建的博物馆之间的联系，因为，他大声地说道，这件陶器，就是现在那间乡村博物馆的雏形。"你的意思是，"我说，"二十多年前，是你的姐姐打造了乡村博物馆的雏形。"当然是这样，没错！他的目光停留在我手中的陶器上面，说，包括那个想法，二十多年前，那个建造一间中国的乡村博物馆的天才般的构想，也是源于他的姐姐，是她把这个构想告诉了我和张牪，在我们两人心里埋下了种子，虽然那个时候，我们俩对此一无所知，也根本无法理解她，随着岁月的流逝，那颗种子在心里生根发芽，才渐渐意识到，那个构想的天才性，中国确实亟需那样的一间博物馆，只有那样的博物馆，才能挽救我们逐渐消逝的乡村文明，挽救我们的王摩诘和陶五柳，所以我们俩才费尽心思地去把构想变成现实，即便在今天，博物馆建成以后，仍然是一项超前的、超越了大部分人认知的举动，更别提二十多年前，张牪的姐姐第一次把这个想法告诉我们，并且用陶土烧制成它的雏形，把这样一件怪模怪样的造物，呈现在我们面前，我和张牪两人瞬间傻眼，是啊，我都记起来了，一切都源于张牪的姐姐，那种敏感而叛逆的独特心灵，在我们这个地方，不，应该说，在全中国的范围内，都属于百年一遇的天才，所以势必会遭到大多数人的憎恶，哪怕是我和张牯，我们三个曾经亲密无间，即便是这样亲近牢固的铁三角关系，我和张牯也会感到，某种看不见的隔阂横亘在她和我们之间，就因为她的想法实在是超出我们太多了，就像一座金字塔，塔尖的宝石和塔底的尘埃之间，不存在交流的可能，那时候她跟我们聊起那些想法，无异于鸡同鸭讲，我们当时的脑袋里装的只有漫画书、网络小说、色情影像以及校门口五块钱一纸袋的鸡蛋仔，渐渐地，她也变得沉默了下去，放弃了同我们交流的愿望，不过我们现在能领悟到，那种和最亲密的人无法交流的痛苦，乃是世界第一等的痛苦，她一直以这种痛苦为食，因为她的天才性，遭到周围人的指指点点，就连她的穿衣打扮，家人们也不能忍受，当时她十六岁，个子高挑，却还是像个假小子，留着跟一截指头那么长的短发，穿着男孩爱穿的白恤衫灰裤子，说话也大大咧咧的，用现在城市人的眼光来看，也不觉得有什么，可是，二十多年前，在我们那个地方，保留了最纯粹的文化传统的客家乡村，这样的打扮和举止绝对是不合常理的，是绝对不符合一个女人的规范的，而张牯的姐姐，就是故意要挑战这样的权威，和家人矛盾最激烈的时候，她跑到山上去躲了两周，她每次都能躲很长时间，因为我和张牤会给她带零食，让她不至于饿死，每次放学后我们去找她，她都显得很开心，给我们跳上一段无聊时琢磨出来的舞蹈，或者，展示那些她用石头刻出来的壁画，现在回想起来，那真是一段古怪而快乐的时期，也许我们都预知到，这样的日子不会长久，尤其是张牤的姐姐，比所有人都要敏锐得多，更能捕捉到黑暗中蟹行的云霞，所以跟我们在一起时，总是迸发着最热烈的激情，又唱又跳又跑，嘴巴也从没停下来过，一直在拼命和我们聊天，故意逗我们大笑，而我和张牤也配合着她，因为如果我们不配合，她在世界上就再也找不到配合的人了。在这之后不久，我就碰上了那场意外，一场车祸让我忘记了这些，然后被送到首都去，跟这个乡村断绝了联系，我们最终会分离，但那次意外让我们分离的时间稍稍往前靠了一点。事出突然，我的少年记忆到此终止，很快被新的记忆所覆盖，我们三人甚至没有正式告别，而现在，二十多年后的今天，我们以奇异的方式重逢，也都是因为她的那个构想，建造全中国第一间乡村博物馆的构想，把我们绑在一起，而且构想现今已经变成现实，我手里捧着的,正是当年她亲手制作出来的博物馆的模型,在手中捧得越久,关于张牯姐姐的记忆就越清晰,直到张牯突然走过来,把陶器抢了过去,我才惊醒过来,注视着面前这个瘦黑的中年男人,问道,他的姐姐现在在哪里,他回答说,谁也不知道她现在在哪里,我不信张牯会不知道这个,因为他是她的弟弟,但是张牯马上反驳说,任何人对她来说都没有区别,当她决定切断所有联系,就是在她十七岁那年,也就是我出事后一年,她离家出走,没留下什么讯息,没人知道她去了哪里,一直到现在,就像从世界上蒸发掉了,即便不是真的蒸发掉,我们认为她蒸发掉了,那也就成了一个事实。说到这里,我顿时回想起刚才张牯指给我看的他姐姐的房间,那里一尘不染,所有痕迹都被清除干净了,可以说是他哥哥的房间,也可以说是他妹妹的房间,说是任何一个人的房间也不会引起怀疑,因为那里没有任何痕迹,如同他的姐姐,已经从他家人的记忆里驱逐出去。被橡皮擦拭过的铅字,不存在的人。但是至少我们记得她,我对张牯说。你曾经也把她忘了,只是十分钟前刚刚捡回来,张牯说。他没说错。善于忘却是人类的热病,不管是故意忘记的,还是出于什么意外。忘记真是太容易做到了,跟穿衣吃饭一样简单，过去的二十多年里，我确实一点也不曾记起她，很奇怪，又很正常。这时张牯突然说：可她一直记得你。我本来想说点什么，张牯却从陶器底部抽出来一个本子，跟变戏法似的，也不知道是怎么弄的，他说陶器里面是镂空的，类似储钱罐，底下有个口子，可以装进东西，接着他把那个本子递给我，是一册蓝皮的记事本，不厚，边缘有发霉的痕迹，拿在手里，那种熟悉的感觉再次袭来，这是他姐姐的日记本，张牯说，并鼓动我去打开它。虽然深感不合适，但我还是忍不住翻开其中一页，上面写满了她的字迹，好像我从未见识过她的字迹，特别是写在日记本上的、私密性的字迹，具有某种特别的魅力，吸引我往下读，一页页地往后翻，在我看来，她的日记里不外乎记录了两种事，一种是我不感兴趣的琐事，最日常最真实的琐事，她有能力去还原它们，比如吃香蕉，从外观、手感到剥皮、入口、咀嚼、吞咽，最后连废弃的香蕉皮的香味，她也记录得一清二楚，比拍摄照片还要真实形象，这部分我快速地翻过去；日记中的另一种事，则是我根本无法理解的呓语，或者说，严肃的思考片段，有的只有一句话、一两个词语，有的是密密麻麻的长段，每个字都是我认识的汉字，组合在一起就让人摸不着头脑，这部分文字我同样地快速翻阅过去，直到最后一篇，我停下来，盯着这些字迹，屏住了呼吸，因为这篇文字竟然是写给我的，里面出现了我的名字，准确地说是我的昵称，铁狗，用乡音读起来是如此亲切，这个只属于我们三个人之间的昵称，除了我，世上再无第二个人可指代，所以我紧盯着这篇文字，心跳加速地读下去，铁狗，张牯的姐姐在日记里这样写道，昨晚我梦到了洪水，这事不常见，特别是在我们这个干旱的半岛，我说的不仅仅是气候，我们的干旱在于方方面面，每个人心里都住着一个旱魃，从很早的时候就有了，每次跟人见面，我都能看到它那双青豆般贼溜溜的小眼，还有它笑起来时，比蟾蜍的叫声还难听。为了躲开这副丑陋的面孔，我只能尽量避免和人接触。笼罩在我们这块地方上空的所有血红的偏见和浮躁都跟这个怪物有关，几百年来，它越长越大，跟人的身体的联系也越来越紧密，要是有一天它不在了，大家反而不会说话、不会走路了，这正是我最伤感的地方，这种无形的杀戮，比现实里把一个不爱读书的男孩贬得一文不值，或者把一个婚后的女人关进家庭的牢笼里更加残酷，正因为能看得到它的过去，所以未来的图景也多少预料得到，它不会消失，只是会变成化石，隐藏在时间的花丛里，幸好，在和人们的认知的赛跑中，没有什么东西是永远处于上风的，人们最擅长的事情是忘却和重建，忘记昨天说的话、做过的事，然后今天再重新说一遍、做一遍，绝不疲劳地进行着关于重复的游戏，意义不在于重复，而是重复中所逐渐流失的那一部分，人心的旱魃也会如此，在一代一代的交替中褪去它化石的光泽，变成人们身上一个普通的疤痕，只有这样，我们才有理由去纪念它，用那些失传的语言，把关于它的记忆重组起来，把它放进橱窗里而不是身体里，只有这样观看它，才能免于它的伤害，就像被收藏起来的天花病毒，变成了某种意义上的艺术品，我不知道这样的情形什么时候才能实现，十年、二十年或者下个世纪，反正不会比这里的副热带高压持续的时间更长，在这块红土地上，大家每天都盼望着雨水而非洪水，他们的诉求跟几百年前没什么分别，所以旱魃能够控制他们的诉求，进而压抑他们的思想，也许这个梦是一个契机，有本书上写过，人一生中最多会梦见三次洪水，每次都预示着新的转折，只是这个转折对我来说，迟了那么一步。铁狗，我最后悔的事情，是没有及时向你表露心迹，在你还没有清空一切，远离我之前，把那个最纯真的奥秘告诉你，我每天都想你，尽管你的脸庞会随着时间推移，变得越来越模糊，但我相信，那场忘却的大洪水来临之时，它把每个人都荡涤得一干二净，而我仍然能在漩涡的边缘，抓住你向我伸出的手。璐。署名是她的名字，日期恰好是我去北京的后一年。张牯告诉我，这是她失踪前写的最后一篇日记，把它放进了陶器里，没人知道这个秘密，他也是在极其偶然的情况下，才发现了里面的日记，读到最后一篇时，他同样感到震惊，像我现在这样，手指颤抖地捏着这个本子，我确实没有想到，张牯的姐姐会对我怀有这样的情感，倒不是说暗恋这个事实有多么稀罕，而是隔了这么多年后，再来获知这个消息，能深切地感受到那种时间的力量，它本身也在提醒着，一切都无法返回，我们再也不是在乡间嬉戏的少年，正因如此，那个时候的任何消息，才显得如此可贵。暗恋在我们所有人都不知情的情况下发生了，张牯说，毫无疑问是暗恋，既是暗恋也是初恋，她从来没有透露过半点，哪怕是向最亲密的弟弟，因为那样会轻易破坏三个人的关系，她肯定知道，三个人的关系里面，平衡是最重要的因素，某种程度上，人际关系也是空间的艺术，是建筑的艺术，她比任何人都更善于处理亲密关系，所以也更能够设计出完美平衡的建筑，就是现在张牯手中的那件黑漆漆的陶器，我越往那里看，就越被它所吸引，如同有着某种磁力，刚才它带给我的更多是困惑，而现在它的造型，正渐渐和我心目中的理想造型重合，我越来越肯定，自己多年以来打磨的理想博物馆，正是眼前的这个模型，比张牯的博物馆更加接近它的本质。这时，张牯和我商量着，如何处置这件陶器和这本日记，我告诉他，我和他的本意一致，我也不想把这么珍贵的东西放进一个俗世的博物馆里去，哪怕博物馆是这个模型的实现，它也是大众的，不是个人的，而这个模型正好相反，张牯点点头，和我一道把陶器以及日记重新放入坑中，把土填进去埋起来，在这个过程中，我突然从刚才的对话里冒出了一个想法，一开始我并不打算把这个想法说出来，那样也许会伤及张牯的自尊，我们把土填完，尽量把地面弄得平整，像从未翻动过，然后我们往回走，再次经过溪流时，雷剧的唱腔已经消失了，顺着溪流往下走了三百米，这才发现，溪水在山坳处出现了分叉，其中一条绕到山坡背面去，偷偷地藏了起来，另外一条直至山脚，从公路底下穿过，站在这个角度，可以望见我们村南边的青椒田，绿油油的一大片，绵延到更远处的村小学的围墙边上，说实话，望见那道灰蒙蒙的围墙的瞬间，我顿时产生了某种厌腻，对这个村子的厌腻，不想再重新踏足这个村子。我今晚就离开这里，到县城去住宿，虽然这里有我的家，或者说，这里就是我的家，可我没有回家的打算，我把自己当作是一个旅人，也确实如此，拜访博物馆是我此行的唯一目的。市镇上的巴士最晚是傍晚七点，再过两个小时，我就要坐着那班车到县城去，赶第二天清晨的火车回到广州，而目前为止，我也只是今天早上在博物馆的外边转了一圈，还没有进去过，根本不知道里面是怎么样的。我在博物馆门口踯躅的情景，张牪全部看在眼里，不过他好像也没有表现出生气或者别的什么，他好像没有因为自己的作品受到了藐视而生气，至少在表面上没有，这也是我深感佩服的一点，因为从之前的谈话中可以得知，现实中的这个博物馆，已经不仅仅是源于他姐姐的构想，更多的是出自他个人的创造，它就是张牪专属的作品，如果是我自己的作品受到别人这样的对待，我肯定会当场翻脸，远远走开，不屑于跟那个人说一句话。我自知不是气量大的人，对别人的异常反应也要揣摩半天，所以我试探着问了张牪一句，要不趁还有时间，去博物馆里转一转。他漫不经心地嗯一声，像是没有反应过来，脚步有些停顿，我顿时超过了他一个身位，他却不着急追上来，继续往前走了十来步，前面的林子出现了一条水管宽的小路，他突然赶上来，堵住了我左侧的道路，肩膀不自觉在我的胸口一蹭，我侧过身去，差点踢到一块岩石，我们不约而同地停下脚步，这时他问我，是不是对他的博物馆有什么看法，是不是不喜欢他所设计的这栋建筑。我心里咯噔一下，觉得这是个机会，也是最好的机会了，我也应该诚实地把内心的想法告诉他，包括刚才填土时诞生的那个想法，于是对他说，早上我之所以不进去，是因为我觉得，自己比任何一个游客都要了解这个博物馆，我不想把自己变成那样的游客，就像他提过的那些人，仅仅是为了满足好奇心而来参观，完后又莫名其妙地发一顿牢骚，这些人同样是我所不齿的，事实上，我相当了解这间博物馆，每个细节我都很清楚，因为我从它诞生之初就关注它了，所有信息都可以在网络上找得到，在这个社会，一个人只要智商正常，他就能够通过网络，远程窥视他的目标，甚至比现场观摩还要清楚，所以，今天早上，即便我是第一次站在这间博物馆面前，我也不用进去就能了解到里面的所有情况。那种感觉很奇怪，是只有亲自站在它面前，才突然产生的一种强烈的感觉，仿佛自己有了透视眼，可以穿过外围的墙壁，观察到里面的每个角落，每根柱子、每件藏品、每粒灰尘在我眼里都纤毫毕现，它们从来没有这么清晰过，虽然它们都在我的大脑里，但只有我站在博物馆门口，才加深了这种清晰。我说的这些全是真的，当然我知道自己没有超能力，少年时期的意外不会出现第二次，但我也确实看到了博物馆里面的一切，仅仅是站在那里，我没有说谎，这种奇遇让我脚后跟仿佛焊接上了地面，一动也不能动，眼睛望着博物馆里面的方向，就这样瞧了快半个小时，说到这里，张牯忽然打断我的话，不可能，他说，我不可能看到里面的情况，同样的情形不会出现第二次，即便他作为我当年奇遇的见证者，亲耳听见我口中冒出来各种稀奇古怪的字音，他也不相信我站在博物馆外面，就可以洞悉里面的情况。如果说，当年的意外还可以用"外国口音综合征"来解释，那这次就不是一个人类该有的，哪怕我刚才跟他强调，是作为一个人类该有的"感觉"，而他也跟我一致地认为这不是感觉，而是实实在在的能力，他绝不相信世上会有这种能力。我没办法让他相信我说的话，但我也没办法让自己不相信自己亲身经历过的事情，感觉和现实之间的区分，同样使我迷惑。接着，张牯开始向我问起博物馆内部的构造，说实话，这些问题没什么意义，就算我今天没有亲自到场、亲眼见到这间博物馆，按照我之前通过网络对它的了解，我也能回答得丝毫不差，我在心中就能构造出他这间博物馆，甚至比现实里的这座还要真实。所以今天早上发生在我身上的事情，我根本无法分辨出那到底是一种感觉，还是一种现实，我是否真的透过外墙看到了博物馆的内部，里面的喧嚣与骚动、浮光与掠影，一只在裤兜里把烟盒捏来捏去的手，高耸的颧骨反射着水晶窗户上的光，两对高跟鞋相向而行时发出的响声，唾沫星子飘浮在空气中，在柱子上依靠了半个小时的严肃的人影，旋开 Dior 口红盖的细响，一双穿着沾了泥的解放鞋的双脚躺在花坛下面，休息厅里放着刘天华的二胡曲和蒙特威尔第的《世俗牧歌集》，这一切是如此的真实可感，我告诉张牯，正是因为心目中的博物馆如此真实，因为我如此的了解这间博物馆，所以才有资格去评价它。除了我，没有人有这种资格，那些每天来来去去的庸众没有这种资格，只有那个在门口站了半天而没有进去的人,才能对张牮的心血之作做出评价。我说,这间博物馆,确实没有达到理想的标准,我说的理想标准,指的就是他的姐姐最初的构想,一个天才般的灵感,见到那件陶器的那一刻,我心里就已经有了答案,不会轻易改变的答案,既不会 ritardando(渐慢)也不会 diminuendo(渐弱),不会 accelerando(渐速)也不会 crescendo(渐强),如同二十年后出土的陶器、被偷窥的日记、多年前在心里种下的想法,如果说这个急速变化的国家当中还有什么是不变的话,那就是这些东西,我们也应该守住这道不变的底线,把它们还原出来,仅仅是如此,而不是在这上面添油加醋。张牮的这间博物馆,显然加入了他太多后来的想法,他先前也提起过,从二十岁到四十岁,他的想法更加成熟了,与其说是成熟不如说是圆滑,这些想法或许能让这间博物馆更具烟火气,更接近大众,更容易在现实里操作,但是这已经不是它原来的样子了,或者说,跟它最初被创造出来的目的是相违背的,说它没有达到理想标准,还算客气的说法,它根本就是理想的反面,是世俗的垃圾罐里紧紧吸附的一块烂磁铁,没有任何价值。说到这里时,我的语气多少让张牮吃惊,他的唇角剧烈地向后缩去，显得更加紧张，他恐怕没有想到我会说得这么直接、不留情面，大概是超出了以往对我的印象，他把双手收到背后，伸直了腰腹，可我依然看出来，这副绷紧的身体背后所隐含的一丝丝颤抖。过了一会儿，他才开口说，这有什么办法呢，这完全是没有办法的事情，他用力地把嘴巴张大着说话，脚跟不断地磨着地面，只要它还是一间博物馆，就必然是世俗的，除非它是一件陶器，一件陶器又能说明什么问题？就算让他姐姐来设计这样一间现实里的博物馆，也未必能比他设计得更好，同样地，不可避免地变得世俗，忍受世俗——才应该是建造这间博物馆的第一步、最基本的功夫。他说的这些话我都能理解。不知不觉间，我们在这个下山的路口处停留了二十来分钟，就是因为我们彼此的情绪都很亢奋，都想尽力去驳倒对方，我们其实也都明白，这不是短短的几十分钟能解决的事情，几十个小时、几十天、几十个月都未必能解决，但也只有这样，我们才乐意争论下去，后来有人移动了脚步，可能是我，更可能是张牯，我跟在他身旁，一边说话一边思考着，走了半公里路才醒悟过来，自己正往山上走去，本来是要下山的，可我们调转了方向，按原路返回山上。他要带我到山顶上,从那个角度去俯瞰村里的博物馆,与其说俯瞰不如说是遥望,我心想,这么远的距离,比之前在咖啡厅观看的距离还要远得多,我都不敢保证自己能看到它,就凭我这双高度近视的眼睛,长期高强度的学术工作使我的视力退化严重,右眼视力只有0.3,左眼也好不到哪里去,戴着一副特制的近视眼镜,才多少让我看清世界的轮廓,不过,对我来说已经足够,看得再多就会成为累赘。张牯却不这样想,他说山顶上面才是观望这座博物馆的最佳角度,这是他经过多次勘察所得出的结论,给博物馆选址时,他把山顶的观望位置考虑了进去,站在那里,就可以看到一座完全不一样的博物馆,是一种完全的升华,他说这就是他的撒手锏,好吧,我没有想到他还留了一手,我确实完全不知道这个事情,这是在任何网络也搜索不到的、被他隐藏起来的信息。他说,很早之前,他就开始留意这座山,这座山是我们这个地方最高的山,所以它的顶部,也就是我们这里所能到达的最高之处,从最高的地方去眺望这个村庄有史以来最伟大的建筑,具有不一般的意义。按照这个思路,他偷偷地设计了山顶上的观测路径,没有让任何人发现,我就是除了他之外,第二个爬到山顶上去观测博物馆的人。说话间,我们经过刚才埋陶器的草坡,继续向上爬了一两公里路,最终气喘吁吁地到达山顶,到达那个"我们这里最高的地方",实际上我爬过比这座山还要高得多的山峰,五六千米的高度都登上过,跟那些真正的山峰相比,这座山只能算是小丘陵,也就只有在我们这里,地势低洼的粤西乡下,才把它叫作山,可就是这座小山,让我爬得筋疲力尽,坐在地上歇了好久才缓过来,也许是因为和张牪的交流消耗了太多的精力,张牪也累得不行,但他根本坐不住,没过多久就开始不停地催促我,让我到他指定的地点,朝着博物馆的方向眺望过去。山顶只有一些稀疏的草,四周散落着几块大石头,也不知是谁运上来的,背着夕阳的阴面显出幽深的钴蓝。没什么风,傍晚的雾气悄悄地朝南边,也就是我们的方向汇合,浮在半山腰的树林尖顶上,偶尔有一两只鸟从雾气中出来,朝对面的山坳飞去。远处的山岭像干瘪的嘴唇,山林茂密,隐约可见其中白色的信号塔。再往东去,就是一片谷地,我们的村庄就在那片谷地,当然,也包括那间博物馆,跟其他低矮杂碎的房屋相区别开,挺立在地势稍高的空地上,那里本来是几家钉子户的地盘,钉了好几年,最终还是让出来修建博

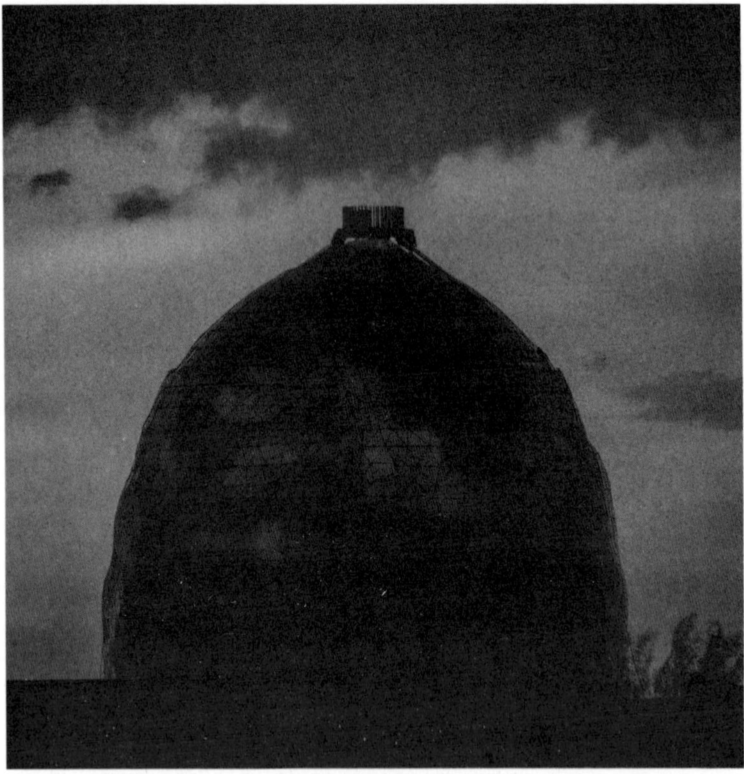

馆。我站在山顶边缘，冲着那个方向眺望，感到了某种危险，虽然也没什么可能会从上面掉下去，掉下去也没什么大不了，可是不由地产生了这种感觉，也恰好是这种感觉，才让眺望有了神奇的效果。张牯说的没错，站在这儿确实能看到博物馆，而且一点也不模糊，夕阳照过去的角度刚好把楼体的两翼暴露出来，橙黄的光打在一侧高耸的防护墙上，出现一个极其辨识度的亮面，顺着光线的方向，连接穹顶和楼体的部分有些虚化，穹顶看上去像是飘浮在半空，反射的是云层的颜色。从这个角度，能看清主楼的结构，就像张牯所说的，卷心菜一样的结构，色彩由明到暗向内层层转变，最里面是一座尖塔，恒定稳重的灰，在张牯的设计图纸里，写道，"一个人从塔顶坠落到塔底，需要两个小时"，资料在网上都可以找得到。塔内有无数的曲径和暗穴，经过这么多地方，确实需要两个小时，每个暗穴里还都隐藏一个艺术品，算上驻足的时间，可能一天都逛不完，这座尖塔是我对博物馆最感兴趣的部分，也是我唯一想进去看看的地方，而从这山顶之上望过去，它只是一个灰点，最直观的却是整个博物馆的轮廓，包括四周被推开的空地、紧密整齐种植的线状的防护林、延伸几百米的石板路，显得这栋建筑特别有气魄，如同一只在山谷里稍作歇脚的巨鸟，对我来说，也仅此而已，没什么特别的，我还是耐心地观望了好一会儿，直到察觉到张牯朝我身边凑过来，才跟他说，已经尽了最大的努力，我仍然没有办法领略到这种美，一听这话他脸色马上就沉下去，我接着说，已经尽力了，无论是我还是他，我也完全能理解，他为了建造出一间现实的博物馆所做的一切努力，也许是世上最大程度的努力，仍然没有办法和他姐姐二十多年前的天才相比，那样的博物馆，一间真正意义的乡村博物馆，也许现实里根本就不存在。一个无法实现的构想。他耐心地听完我的话，然后问我是否还有补救方法。我说，当务之急是把他的姐姐找到。让她来重新修建博物馆。让她来亲手实现自己的想法。除她之外我想不到第二个合适的人选。"她已经二十多年没有消息，"他说，"你怎么知道她一定能胜任？或许她现在跟普通人没什么区别，早就没什么才华了。"张牯的话不是没有道理，只是我感觉他话中有话，事情似乎没这么简单。于是我在山顶上走了几步，故意在下山的路口处徘徊。有些话只能在山顶透露，不管是什么消息，在这么高的地方都能随风消逝，我等着他说出来，这大概也是他把我带到山顶的原因，而不是欣赏什么狗屁的远景。果然，他最后还是向我透露了那个隐藏已久的真相，或者说，亲自揭穿了自己刚才的谎言。他的姐姐，张璐，并不是从二十多年前失踪到现在，他说，她失踪了五年后就回来了。"也就是她二十二那年，带回了一个男人，是她在佛山打工时认识的，那时她已经有了身孕，但我们都不知道，她也没告诉我们，她不怎么跟我们提起自己的事情。我们只知道她流浪过许多城市，从南方到北方，一问得详细些，她就不说下去了，想必过得并不好，但她也不仅仅是要隐瞒自己的苦难，而是跟我们之间，有某种隐秘的隔阂，她跟我们好几年都没联系，可她并没有想过去弥补这段岁月的生疏，而是相比之前，更加地远离了我们，远离她的家人，她也没有住在家里，和那男人一块儿在村尾盖了一栋小房，住了两年，孩子没生下来，男人也跑了，始终也没跟我们往来，我妈倒还经常给他们送吃的。听人说，他们俩经常一起在山里散步，我倒是碰过一回，那天刚好下雨，他们穿着同样颜色的雨衣，我对这个印象特别清楚是因为他们紧密站在一起时就像连体人，表情上也有着相同的冷漠。她问我最近工作如何、读了什么书，我随口回答她，接着问了她同样的问题,她说她很久没有工作,也很久没有读书了。虽然只是聊了那么几句,但大概是我们那段时间,最有质量的一次交谈,那时我已经认识到,她已经不能算是我的姐姐,她跟我,还有这个家族已经没有什么联系,只是偶遇的一个路人而已,既然如此,为什么要回到这里来,可能是在躲避着什么。她一个人在村里包了两亩地,有时候种丝瓜,有时候种油菜花,有时候种点别的,后来她也跑了,瓜菜烂在了田里,也不知道去了哪里。过了几年,她又回来,住那么一年半载的,重新操弄起田地。就这样,每隔个四五年,她就从外头回来,在村子里住一段时间,也不跟家里人或是村里人交往,要么在田地里劳作,要么在山里散步,要么在溪边钓一天的鱼,所有这些活动,她似乎都陶醉其中,怀着相当的热情去做着这些事情。虽然没有求证过,不过我能肯定,她回到家乡所要躲避的,正是城市文明的戕害,那些实质和非实质的毒气和雾霾,紧张的语言和噪音,不只是把她的才华,更是在一点点地把她的心灵给消磨干净,只有回到这里,她才有喘口气的机会,才有一丝回忆的空间,不然现实的生活已经拖垮她。实际上,她也一直处在崩溃的边缘。谁也不知道,这些年她到底经历了什么。

五年前，博物馆的修建计划在我脑子里全部定型，那时我联络上她，打算让她来主持这个项目，我来给她帮忙。电话里聊得很不愉快，她好像全然忘了这么回事，而且十分决绝地否定这个计划。她不是说我的方案不行，而是修建博物馆这个行为本身就是错误、荒谬、完全没有意义的，我耐心地跟她交流，恳求她跟我见一次面，她答应了，我们约好地方，在广州的茶滘附近，可她根本没来，我坐在那里等了她一天，就是那次之后，我才下定决心自己去全力主持这个项目，完全按照自己的方案来修建这间博物馆。项目进展还算顺利，超过了预想，我原本以为需要十年，甚至二十年的时间来修建它，不管是多长的时间。时间对这种建筑来说不算什么，能把它完成就是一种壮举，不过它比预想的建成时间要快得多，只用了五年时间。完工的前一天，我再次跟她联络，想把这个消息告诉她，我亲自跑到她的家里去，她住在棠下的贫民窟里，一间十平米的小房子，到处是烟酒味，垃圾堆满了屋子，而她就睡在这些垃圾上面，底下垫个席子，当时她已经两天没吃饭，饿得只有睁闭眼的力气，我给她买了碗粉汤。瞧着她狼吞虎咽地吃着那碗粉汤，我心里突然产生了一种恶毒的念头。当时我心里想的不是怜悯而是要去报复她,只是在那一瞬间,久已生疏的血缘和亲密记忆——正是她一直以来所拒绝的东西被唤醒了而已,一个绝佳的报复她的方式在脑子里浮现,没有什么办法比这个更能展示我对她的爱,还有对她的恨。我邀请她住进新建的这间博物馆里,给她安排了一个独立、豪华的大房间,她别无选择,因为当时的处境太窘迫了,任何让她摆脱窘境的机会她都会抓住,于是她搬进了博物馆里,她的房间的门只能从里面开,她可以从自己的空间里走出去,在整个博物馆里头闲逛,但只要她关上门,外头就无法进入她的空间,甚至是根本意识不到这个房间的存在。那时博物馆离开馆还有几个月,里面的布置基本完成,她眼里的博物馆基本就是今天的博物馆,她所看到的,跟你我今天看到的没有太大区别,不同的只是她有着百分百的视野,她独占着所有的景观,无须跟任何人分享,她就生活在那里,一个跟我们的乡村并无二致的地方。我这么说当然是自夸,如果一个人在馆内生活就像在村野乡间生活,那么这间博物馆,才能算是真正的乡村博物馆,才算是去除了'博物馆'的后缀,还原了乡村的本质,所以我用她来做这个试验,我每天都会去看她,给她带吃的,还有生活用品，但其实只是想观察她的状况而已，把每天的观察结果都记录下来，她当时有慢性的胆囊炎和肝病，精神虚弱，但神志还很清醒，跟我聊天时，反应比我还快。她的态度再也不是以往那样，拒人于千里之外，而是如同抓住了救命稻草，见到我就唠叨个不停，过去的事、现在的事，她都说，我都不知道她肚子里藏了这么多故事，有点像过去的旧时光。我每天起床，提醒自己的第一件事就是到博物馆去见她，时间不固定，有时候早上去，有时候下午去，待两个小时，回到家里就迅速地把这天的观察信息记在本子里，就跟写日记似的，详尽细致地记下来，连她一次眨眼的动作也不放过，就这样，我亲眼看着她一天天地变得疯癫起来，与其说是疯癫，不如说是精神危机更合适，那不是病理学上的，现代医疗方法对此束手无策，谁也不清楚是怎么回事，唯一可供参考的只有我这本观察记录，这本价值连城的研究材料。在那三个多月里，我只是冷酷、不为所动地记录下她做了什么事、说了什么话，凡是读过这本记录的人，肯定会惊讶于其中的笔触，能留下这样的文字的人，绝对不会是这位病人的亲人，而是一个毫无爱心的人。事实上，没有人比我更爱姐姐，这本记录就是最好的证明，里面写得清清楚楚，当她第一次出现幻觉时，是怎么在大厅里转圈并且下跪的，当她大喊大叫时，口中涌出的语言既不是雷州话也不是粤语，是混杂了多个地方口音的新语言，只有我才听得懂她在说什么。她疲倦时在地上休息的姿势，那种古怪的姿势，我耐心地把它描绘出来，比现场拍照片还要真实，只有我才能做这种记录，换别人都不行，因为我是她弟弟，血缘最亲近也是最了解她的人，继承了她理想的人，替她建造了这间博物馆，用她来测试这间博物馆，并且忠实地记录下，像她这样一个天才的现代人，是如何在乡村的博物馆里变得疯癫的。没有她，这间博物馆也不算真的完成，这事儿太漂亮了，真的，太漂亮了——"张牪一口气说了一大堆，陷入讲述的惯性，在这个过程里，由震惊转为沮丧，我已经无法忍受下去。我蹲在地上，脑中出现了一片眩晕，看到雪花从半空掉落，掉在草地和树林里，很快就盖住它们的表面，把它们变成白乎乎的很多块，过多的雪块呈胶状沿着树冠往地下流淌。我知道自己出现了幻觉，跟今天早上在咖啡馆出现的情形一样，不过，这次不是一瞬间，是悠长、清醒的意识片段。散发着甜酒味的雪之河，环绕着山脚，跟山谷里那道狭长的阴影连成一片，接着朝我们的村庄涌去，击碎了这座历史悠久的客家村庄。黑色的檐瓦漂浮在河面上，上面站着无助沮丧的人们，站着我们的兄弟姐妹，他们曾经相亲相爱，不管是真实存在还是表面维系的关系，都被这场雪白的涌流分解，变成各自的一小块。许多这样的小岛游荡着，到达某个尽头，跟着乳白色的泡沫一起破碎。张牯的姐姐在日记里提到的大洪水。雪之洪。关于忘却的洪流。这场洪流能摧毁这里，也能拯救这里。它摧毁了那间博物馆，准确地说，在洪水尚未到达那栋建筑的底部之时，它就已经化作了这场洪水的一部分，我亲眼看见，它的高墙、楼体和最里面的尖塔，迅速地软化，融入洪流之中，不带任何的抵抗，这一切也是我所能预料到的，也是刚才埋陶器时，一直不忍说出口的、伤及张牯自尊的想法：毁掉这间博物馆，比建造这间博物馆更有意义，或者说，这间博物馆被建造出来，就是为了被毁掉的，我应该告诉张牯，这才是这件事的意义，是他姐姐的本意。把这样一间世俗的博物馆建造出来，然后毁掉，意味着艺术绝不可能，也绝不应该向任何人妥协。当我从幻觉中挣脱出来，张牯还在自顾自地说着，我打断他，拉着他走下山去。他问我，接下来要去哪里，我跟他说，至少也得进博物馆里面看一眼,事已至此,怎么也得进去看看,不为我此行留下遗憾,我没有跟他明说关于他姐姐的事,没有问及她最终的结局如何,我以后都不打算在张牯面前提及她,张牯应该也会猜测到,我这次执意进入博物馆,是为了他的姐姐,为了亲眼看看那个令她疯癫的地方,不然我没理由非得进去。如果真像我所说的,站在博物馆门口,就能透视到它内部的一切,那么唯一能吸引我的,也就只有那个她短暂居住过的房间了,那个房间是我之前未曾留意的,也许就没有看见过。博物馆每个角落都在我的眼皮底下,唯独漏了那个房间。我向张牯强调,一定要把我带进去看看。当然,我只是在骗他,我才不会对那个鬼房间感兴趣,只是装装样子,让他好相信这点。只要能让我进入那间博物馆,我就有一百种毁掉它的方法。可是现在已经没法进馆了,他说,闭馆时间是下午六点,现在是六点一刻,我们在山顶浪费了太多时间。我接口说,他肯定有办法的,既然是他修建了这么一间博物馆,那么就肯定有办法把我们俩弄进去。好吧,张牯说,他把手揣进了裤兜里,下山的路上他一直这么干,好像那里有块糖,或者是黏黏的泥巴,黏住了他的手。显然他的心情不错,哼起了歌，一首张学友的老歌，还问我记不记得这首歌。这首歌，是当年我们共用一部MP3时，循环次数最多的歌曲。我随口回应了几句，心里揣摩着他心情舒畅的原因，刚才那番袒露，一方面卸下了内心的包袱，除我之外，他肯定没法把那些话跟别人说，总算是在我这里，找到了话语的出口。而且，也是最重要的，站在张牯的角度来看，激起了我对他的博物馆的兴趣。他这副轻松的样子，让我突然产生了奇怪的感觉，仿佛他所做的一切，包括牺牲他的姐姐，只是为了得到我对这间博物馆的兴趣，真是这样吗？我仔细回想，从最开始的媒体宣扬消息、在网站上公布设计图纸，再到我突然收到观光的请柬，种种迹象似乎都在说明，他想把我从人群中找出来，然后把自己的作品展示给我看，这是怎样的一种执念，我忍不住朝张牯的方向多看了两眼，但愿只是我多想了，他走在我身后，慢吞吞的，看起来很有把握。我们下山比上山还多花了半个小时，这时夜幕已经悄悄从田野围拢过来，还有几只水牛在田垄上踟蹰，背影镀上了一层暗红的光亮，青蛙也开始鸣叫，风把树上的挂铃吹得东倒西歪，我从这挂铃的声响中，听见了更远处、已经废弃多时的广播电杆重新通起电流的滋滋声。伴随着一声熟悉的叹息，我仿佛看见从房屋背后炊烟的弥漫处走出来一个人，肩上扛着锄头，身上带着历史的枪炮和拳脚的伤痕，他躲在黑暗里抽烟，我知道那是我爷爷，虽然他已逝世多年。一条大黄狗在我面前蹿过，是邻居家的狗，叫糠皮，二十多年前掉井里死掉了，还能闻见它身上传来的甘蔗渣滓和牛粪混合的气味，那是我们这里每一个长途劳作者的气味。越往村庄的方向走，我就越能听见，那些从房屋深处传来的女人们的窃窃私语，被门窗关得严实的哀怨，如今清楚地传进了我的耳朵里。好像一切都回到了从前。我和张牯并肩走着，还是少年时的身形和面容。好像什么也没变。直到走到博物馆边缘，再次踏上白色的石板路，朝着它的大门走去时，幻象才突然被戳破，那道高耸的白墙显现在眼前，这才把我一下子拉回了现实。博物馆的大门果然已经关了，本来就没多少游客，他们也都走了，周围静悄悄的，路灯亮起荧荧的白光。我知道张牯肯定有办法进去，只要跟着他就好，我们沿着围墙绕到另一侧去，重复走着我们早上走过的路，他告诉我，围墙的另一侧有个自动小门，旁边就住着保安，只要跟他通个气，就可以通过他的房间走到博物馆的主厅，果然，我们走到那扇门前面，敲打了几声，就有个男人的声音从门后响起，问我们是哪位，这声音很熟悉，但我一下子想不起来是谁，张牯回应了一声"是我"，对方似乎认出了他的声音，把门打开让我们进来。张牯领着我从保安的房间穿过，透过窗户，可以看到保安正在屋外整理着草坪，弯着身子，侧影同样给我熟悉而安静的感觉。张牯把后门打开，那里连接着一道长廊，长廊的尽头就是主厅，往里面走到一半，我才猛然想起，那声音和身影是来自张牯的表弟，不就是他嘛，就在几个小时前，我们还面对面说过话，我不可能记混，原来他是这间博物馆的保安，就住在这里，住在这个他所唾弃的、他表兄设计的博物馆里，但张牯否认了这个说法。那是另外一个人，张牯说，是我看走眼了而已。张牯的反应在我预料之中，我们的争论持续到长廊的尽头，这次争论并不像在山上的那次，那次彼此互不相让，谁都想说服对方，而这次他显得收敛许多，声音也渐渐低沉下去，最后反复只提起一句话，他说我越来越像那些无理取闹的游客，那个大喊着要在博物馆里布置列巴的内蒙古人。他只是在狡辩，我对他说，没有用的，不管怎么说，都掩盖不了他把自己的亲人送进实验室的事实，准确地说，不是实验室而是墓地。他亲手创造了这么一块墓地,以为可以埋葬掉我们所憎恶的过往,但其实真正被埋葬掉的是自己。我话音未落,他马上大声吼道,不,不是这样的!他直瞪着我,脸色铁青,仿佛只要我多说一句,他就会马上扑过来,当然,我既不会多说一句,他最后也没有扑过来,仍然铁着脸,看也不看我,打开长廊的大门径直走了进去。我在门外等了一会儿,等到终于想到第一百种毁掉博物馆的方法的时刻,我断定这种方法既不会伤害到自己,也不会打扰到村民,而且,多少还顾及了一些张牯的感情。计划周全后我便打开了那扇门,通往主厅的门,那道门打开的一刹那还发出了刺耳的声响。里面黑漆漆的,像是在一个地洞里,不过隐约可以看到路面,是松动的红土,踩在上面就像踩在弹簧床上,那种熟悉的感觉,五六岁时跟在犁地的父亲的屁股后面一荡一荡的,我摸黑往前走,小心翼翼地,但什么也没碰到,只有脚下的土地,不知走了多久,也没有碰到这片土地的边缘,我掉转方向继续走了很久,这次也同样地触碰不到那道内墙。这间主厅的占地面积如此广袤,不管是在博物馆外面朝里面看,还是从山上远眺,都觉得它也不过跟一个网球场那么大,但只有身处其中、在暗中摸索的时候才发现，也许一百个足球场都容纳不下这间巨大的主厅，而这间巨大的主厅也容纳不下其中的虚无。这里面什么也没有，我走得疲惫不堪最终停下脚步，终于才确认了这一点。这片空旷的土地上，别说什么珍贵的文物、化石和艺术作品，连艳丽的花坛、潺潺的水池、明亮的地板和灯光都没有，我之前所看到的画面都是假的，包括在网上能查找的图纸，也是假的。如果这里什么都没有，我该怎么去毁掉它呢，一股绝望渐渐从我的心底升起，像一枚氢气球抵住了心房顶部，嘭的一声炸裂开来，因为这声巨响我蹲下身去，想把这个声响死死地摁在怀里，这时候黑暗中响起了一声咳嗽，我认出来是张牯的声音，问他人在哪里，张牯说，他一直站在门口，等着我进来，目睹了我在主厅里所做的一切，他只是不动声色地站在那里，观察着我的动作，单单只是这十分钟的过程，他就感到无比新鲜和好奇，他很愿意把这段观察过程记录下来，变成精准、富有力量的文字，就记在他姐姐的章节之后，为我重新开一个章节，问我这样是否可行，他的原话让我忍不住头皮发麻，所以一切都是他的伪装，我说，那些网上的设计图纸都是他捏造出来的是吗，这里本就是一块空地而已，听到这话，张牯马上给予了反驳，网上的设计图纸确实是一个骗局，但是这块空地，才是真正的乡村博物馆应有的样子，他特意把这块空地、这块在我们村里普通得不能再普通的土地圈起来，他说，因为这就是原来的样子，这里一无所有，接着，当我问及他，我是否还能神志清醒地从这间博物馆里走出去，这是我最后一个问题，这位二十多年前的挚友、这位残忍的刽子手却思考了片刻，拒绝给出任何有价值的回答。

非亲非故

七月初，为了迎接一位从国外归来的亲戚，我们家族在芳村码头安排了一个烧烤屋的摊位。隔着珠江，能望见对岸28层高的白天鹅宾馆。家长是这样说的：即便去不了那里吃饭，至少也要能望见嘛。当然，我也被叫了过去。当时我情绪不太好，因为长篇卡了壳。饭局上我一言不发。长辈们对我很生气，我知道，但他们永远也不会对另外一位同样不怎么说话的家伙生气，那个人就是这位亲戚。因为长期滞留国外（三十年，或者四十年），他已经不怎么会说中文，他说的每一句话，我们都分不清那到底是普通话、粤语还是家乡的雷州话。而每一种我们都会。正因此我们感到了骄傲。渐渐地，我注意到，长辈们也在用一种同样艰难的、三种语言糅合而成的语言去跟他交流，也许是不自觉的顺从，或者是刻意的、自上而下的亲近。即便如此，他还是很难打开话匣子。为了活跃气氛，长辈们相互之间用这种全新的语言交谈起来。"听说汝屋企小妹最近掟煲了？""嗨，咪提了，真素羞家！"聊的自然都是家长里短的琐事。我惊奇地发现，往常存在于他们话语里的那种让人难以忍受的粗鄙，这次完全消失了。这位亲戚就坐在我的对面。整个过程里，他只是沉默地盯着对岸宾馆窗户反射的蓝光。大概过了很久很久吧，他才缓慢地开口，大伙一下子安静下来，听他说起一件他四十三岁在挪威旅居时的事情。经过刚才的语言训练，大伙都已经完全能听明白他的讲述。当时他住在一个高山社区里——他说，签下租赁协议书后，房东问他要不要额外买下一面镜子。起初他以为自己听错了，没有理会。第二天，房东又敲开了他的房门，问他要不要买镜子。为什么要买镜子呢，他问。在这个社区里，每个人都有一面镜子，房东回答，如果有镜子，你至少每天还能看见自己，没有镜子的话，你就会看不到任何一个人，那样你会因为孤独而发疯的。这里每年都会有人发疯。这还是在拥有镜子的前提下。他觉得自己被房东说服了，就跟房东买了一面镜子。只有巴掌大，还贼贵。过了一个月，他认为房东所言不虚，因为这片社区实在是人烟荒凉，也互不来往。没有这面镜子,他也许真的会自杀的。这时候,房东又敲开了他的门,传达一项社区自治委员会的指令。这场因为孤独而造成的心理滑坡的势头实在是难以遏制,房东像机器人一样措辞(他开始怀疑房东是不是真人):委员会一致决定,在最高山峰的山体上,悬挂一面巨大无朋的镜子,整个社区都可以投射到镜面里头,这样一来,我们就相当于有了一个兄弟社区。这样一种集体的治疗势必会比个体的方案有效得多。不过,建造这样一面镜子,也是一笔庞大的花销,应该由社区里的每个人分摊。房东问这位亲戚,是否愿意掏这个钱。问清楚这笔钱的数目后,这位亲戚断然拒绝了,因为他根本掏不出来,当时他刚离婚,身上的钱在旅途中也花得差不多了。得到拒绝后,房东告诉他,第二天还会再来的,果然,房东第二天又来找他,不仅如此,第三天、第四天、第五天……每天房东都会按时来拜访他,要求他掏出项目的钱款,房东的态度没有变得更好,也没有变得更差,而我们的这位亲戚,他也并不把房东的到访当成是一种骚扰,相反,他还挺乐意房东过来看他的,否则还觉得不习惯。就这样,又过一段时间,他渐渐发觉,虽然没有掏钱,那座山峰上的大镜子仍然在动工建造。他亲眼看着那面大镜子一点一点地给安装到山体上去。完工的那天,房东告诉他,已经不需要他掏钱了,在那之后,房东也不再光顾他的房间。他开始想念这个跟他年纪相仿的男人。有一天,他走出房门,打算去寻找这位房东。他披上了厚厚的鸵鸟皮氅才不至于在路上冻僵。在草坪上他瞧见了那面悬挂着的大镜子,反光使他睁不开眼睛,他走到另一面去,镜子反射的日光把草坪屠戮成了一片白垩。他能够清楚地在镜子里看到整个社区。确实是一个整齐、优美的社区。他边走边观赏着镜子里的景色。因为畏惧积雪的反光以及疏淡的人情关系,他很少出门,因此,这些景色对他来说是新奇的,说也好笑,他竟然在镜子里观赏着这些,而忽略了周围一模一样的真实。一模一样的景色。但他不由自主地认为,镜子里那一头更有吸引力一些。这些富有吸引力的景色也让他忽略了某个事实,他本来可以早点发现的,等他走到山坳那里,才停下脚步,瞪圆了眼睛。那面巨大的镜子里并没有他本人。那里有花草树木,有阁楼屋檐的融光,有圈养的羊群,有游离的云彩,一切该有的都有,只是没有他。他奔跑起来,以为那样就可以在镜子里留下痕迹,但根本没有。根本没有!因为极度的恐惧他忍不住放声尖叫,一边叫着一边跑下山去，也许用"滚"这个字会比"跑"这个字更准确，他说，当着我们的面，这位亲戚恶狠狠地自嘲，没有比那次更加狼狈的经历，这就是他在挪威的经历，他告诉我们，当他终止这个故事的时候，我们所有人都以为这个故事还没有终止，还想继续听下去。包括我。我是一个作家。他，还有我们，两大阵营相互沉默了五分钟之久，谁都没有能力去打破这样的沉默，形状古怪的沉默，直到服务生把我们订好的椰子乌鸡汤端出来，一不留神把汤水飞溅到这位亲戚的手臂上，他才大喊了一声：烫死人了！这时我们才猛然意识到，这位亲戚确实是我们的亲戚，刚才的那句话确实是我们所熟知的家乡话，甚至是比我们更加地道的家乡话，我们任何人都没办法说出这么地道的家乡话，因为我们离开家乡太久，在广州待了太长时间，尽管在平时的家族聚会里，我的三个表姨，还有几个比较年长的远房叔叔，他们还会有意地用雷州话相互交谈，因为他们经常回老家，所以他们的雷州话也讲得比我们好一些，在我们年轻的一代里，我指的是我自己、我堂弟、表弟和表妹，对于家乡话的掌握度远不如家乡话之外的语言，我的表弟还偷偷在学着拉丁语。在这位亲戚喊出这句话时，我们不约而同地羞愧起来。这时候，趁着我们这股劲儿没过去，这位亲戚借口离席去打电话。当然，他也有可能真的打了电话。我们根本不知道他干了什么。回来后，他告诉我们他已经把账结了。长辈们一阵惊讶的叹息，我知道有些人已经开始后悔，当初订位的时候就应该顺便结账的，因为让这位亲戚、被招待的对象来结账实在是一件不符合规矩的事情，同时我又意识到，争着来付账确实是我们家乡的传统，一种长久不衰的礼仪。是，他就是我们的亲戚，没有疑问。我还没来得及提起这位亲戚的大名，他叫李杰心，按辈分我应该叫他心叔，但我还没有这样叫过他。我们隔着一张桌子，两米远。这样距离，对于两个之前素未谋面的男人来说，已经非常远。我不知道该在什么样的时机去称呼他，即便是我们结束饭局，在珠江边走动时，我也只是走在人群后面，远远看着他。他说了一句：我们下次应该去对岸吃早茶。白天鹅宾馆·玉堂春暖餐厅。米其林一星。本来应该是三星，至少也应该是二星的。我只在那里吃过一回（至少也是吃过一次的），前公司老板请的客，在我离职的那天，他点了香茅焗乳鸽、天鹅栗蓉酥、腐皮卷、伦教糕、虾籽烧刺参，还有几款菜我不记得了，每一道对味蕾来说都是极致的冲击，不过，对我来说，那些冲击也就留在了餐厅里，然后消散；生活里有更多的冲击，我的记忆里没有预留本。天气很热，我们身体的盐分在蒸发掉。从江面上反射过来的夕阳碎成了一地的玻璃碴子。夏至刚过，太阳直射的位置，估计就是我们的老家，半岛边上，临近海南。我想象着我们那里的人被晒得跟乌鸡一般黑的样子。当然，在这里也好不到哪里去。我们一伙男人沿着江边散步，或者可以说是游荡，也不知道是谁拿的主意。这是属于我们七八个人的可笑。一些沿江跑步的人，间或从我们身旁擦过。转过一杆路灯时，有一个女人跑下草坪，朝我们走来，起初我还以为是跑步的陌生人，她却走到心叔身旁，两人抱了一抱，接着心叔向我们介绍说这是他的女朋友。我们不得不相信，尽管这见面的方式有些草率，不符合我们家乡的规矩，不过，我们之间谁也没有作声，似乎变得比之前更沉默，当然，我的意思不是说心叔的女朋友是一个沉默的女人，相反，她还颇为高调；这位仿佛用几块钱从街边的娃娃机里钓来的女娃娃，长得酷似关之琳，尤其是那双嘴唇，上唇薄而长，下唇厚而窄，口红也涂得恰到好处，把上唇的两个唇峰精致地勾勒出来，相互之间的距离不至于过宽，也不至于过窄，一眼看过去，依稀就是那位把五六岁的我迷得神魂颠倒的"十三姨"。她大声地跟心叔说着话，并不忌讳我们听得见，同时大声地笑着，笑的时候嗓音低沉，比我们任何一位男士的嗓音都要低，所以每次她笑起来的时候，我们都产生了深深的自我怀疑，或者是怀疑我们之间，是不是有人故意假扮了这种笑声。就这样，连同着这个和我们、和我们的行为习俗格格不入的女人，一行人走下码头，在路边的树林里，商量着接下来要干些什么。如果要玩游戏，我们之间随时都有人奉陪。我的四叔公，一个身体硬朗的九十一岁男人，衬衫的胸兜里随时装着一副扑克，我们都承认，他是我们所有人里最接近家乡而远离这座都市的人，但我们都不想打扑克，因此，我们首先要做的是阻止他把扑克牌从胸兜里掏出来，不断用语言去打断他，"冇咁啦！四叔公！"，用手去抓住他伸往胸前的小臂，怎样都好，反正就是要阻止他掏扑克牌的欲望，因为他无时无刻不想把扑克牌掏出来。最后心叔的女朋友提议说到城里去打电玩，她说的城里就是指天河那边，既不会是荔湾，也不会是越秀，像她这样二十多岁的人就会说这样的话，我也恰好二十多岁，所以我很清楚她的语汇，她的语汇就是我的语汇,目前,我们还没有说上一句话,别说她,就连心叔,我们也没有交谈过,我只是远远看着他们,最近的时候也有三四步的距离,他们两个人的身体紧挨着,他们的谈话从未停止,好像在阻挡着任何人的加入,即便我们走到大路边上去等车(因为面前有一条江,又游不过去,地铁又太远,要是在洲头咀那边就好了,那样我们可以扶着人民桥过江),他们也一直絮絮叨叨地说着话,其实吧,我一点也不关心他们在说什么,我只是比较好奇他们的神态,心叔会把手绕到女朋友身后,轻轻抓着她的肩胛骨,他女朋友则用相反的另一边的手搂住他,手指捏着他T恤的下摆,我判断心叔可能喜欢女朋友胜于女朋友喜欢他,如果说爱情是一个共同体、一块蛋糕的话,心叔可能吃掉了四分之三的部分,女朋友吃掉了四分之一,不过,事实远没有比喻这么精准,我知道的,我马上会推翻自己所下的结论,无论如何,能吃到蛋糕都是一件好事。过一会儿车到了,我被安排跟心叔和他的女朋友坐同一辆车,其他长辈们也许已经无法忍受这对情侣的聒噪,无法忍受和他们坐在同一辆车里,态度和一开始相比简直天差地别,而我正好相反,我很自然地拉开车门坐进去,好像我本来就应该这么做的。在车上，他们俩开始找我说话，我不记得是心叔还是他女朋友先跟我说的话，反正是他们其中一个人先说了一句，然后我很自然地加了进去，完全没有任何困难，即便是在这之前我从未和他们任何一个人说过话。心叔的女朋友说她讨厌坐车，尤其是轿车，哪怕是劳斯莱斯的幻影或者宾利的雅骏，她讨厌车里面的空间关系，不管是多么高级的轿车也改变不了的空间关系，她说，坐在车上的感觉就像待在自己房间里一样，她同样深刻憎恶着自己的房间。她说她家里有五套房，白云山脚下两套，五羊邨一套，凤凰新村一套，番禺那边也有一套，自己又在外面租了两套，但这些房间现在都空着，没有一套她是想住进去的，跟选择困难症无关，她只是纯粹厌恶着房间里所留下来的自己的痕迹，比如胡乱搭在椅子上的人皮似的裙子、乱糟糟的床单和被子、滚落一地的书、卫生间里几个月不换的滚动纸筒，每次她不得不审视着这些，诧异、惊恐、憎恶，正因为没办法忍受，她才从家里跑到外面去，她宁愿在外面游荡也不要回到自己的房间里，她说，最难忍受的那一部分，只是生活中的非理性，黑格尔说什么现实是理性的，全是狗屁，全宇宙最不可理喻的人，就是试图把世界纳入他的理性轨道中去，她说这个人就是黑格尔，我留意到她提到"黑格尔"这个名字时，后面两个字出现了连读，并且她不会翘舌音，每个字又很用力地去读，就像每个南方人试图去讲一口标准的北方话那样，以至于她每次提到黑格尔，我都产生一种错觉，仿佛她说的不是这个德意志的哲学家，而是她的某个富豪的大表哥。她的大表哥是全宇宙最不可理喻的人。很好。心叔一直在后座上微笑着，其实我很想再从他口中套出点故事，挪威那个故事很好，应该还有别的，他在国外见过世面，至少比我这种书斋写作者要强，但他应该不会再说了，像他这样的人，一天贩卖一个故事足矣，多了就不值钱了，我知道的，于是我掏出手机，要加心叔的微信，希望能建立长久而持续的关系，结果他女朋友也掏出了手机，也要加我的微信，这时我感到了稍许困惑，我可一点也不想加她的微信，事实上，谁的微信我也不想加，我的通讯录里只有寥寥几个人，一个是我爸，一个是我现在工作的领导，必需的，还有一个就是在美国的女朋友，但我们从来不通过微信联系，我们通过无汽可乐联系，这是什么意思呢，就是她从那边给我寄美帝产的无汽可乐，我也给她寄国内的无汽可乐，反正无汽可乐在世

241

上寥寥无几，我们不过就是想换换口味。想到这里，我就问他们俩，你们喝无汽可乐吗？心叔的女朋友等我重复了第二遍才明白我的意思，她说她不喝可乐，然后转过头去问心叔，你呢？心叔说他喝可乐，但不会喝无汽的。我说，我就知道，全世界只有我和我女朋友喝无汽可乐。我说的是事实，我和她成立了一个"无汽可乐俱乐部"，三年过去了，尽管我们每认识一个新朋友，都会询问他关于可乐的事情，可直到今天，俱乐部还是只有我和她两个人。我提起这个的意思是，我可以和心叔，还有他的女朋友交朋友，就像这样面对面，peer to peer，我们可以聊天，即便刚才还觉得存在某种"无法交流性"，但这种解冻也是随时都可能发生，谁知道呢，不过说起要建立线上联系，这种联系比见个面聊聊天要深刻多了，哪怕加个微信好友，万年不聊一句，他始终在我的通讯录里，同样会让我很焦虑，我现在开始怀疑自己刚才提出要加心叔的微信是不是出自一个由衷的动机，还是别的什么场合的召唤，也许我掏出手机这个动作本身就是一个错误。正左思右想的时候，车到了目的地，我吁了口气，问题终结了。心叔的女朋友本来还想我们三个在车上自拍一张合照来着。问题也终结了。人生就是无数个这种问题的终结。我们站在电玩城的门口等待着长辈们，不自觉地等着，以为他们一定在我们后头，可是等了好久也没见着，于是就先走进去，在前台那里买了一堆币，心叔掏钱买的，我也不会跟他抢，他也知道我不会跟他抢，所以掏钱包的反应比在烧烤摊上迟钝得多。我在一旁把游戏币装进口袋里，他买了太多的币，这个数目甚至超过了八九个人可玩的数目，默默估算起来，这些币足以让我们把大厅里每一样游戏机玩三遍，如果只是我们三个人玩，那就是可以把每一样玩九遍，九遍！这是什么概念。这趟玩下来，我们几个肯定会躺在地上大吐的，直到把今晚吃的烧烤都吐出来，吐出来的也是心叔的钱，一地的金币在地砖上咯噔咯噔地响。我把牛仔裤的四个裤兜都用上了，每个兜都沉甸甸的，走起路来，像是无数条蛇在里面钻，我可从来没有试过这种情况，想到自己玩游戏玩到吐，就忍不住地觉得滑稽，一种人生新成就的达成嘛，我问身旁的这两位，你们不会玩吐了吧，他们回答说当然不会，心叔的女朋友紧抓着心叔的手，指甲几乎要嵌进去，显得非常狂热而激动，可以看出来她已经进入状态了，于是我给了她一把币，她接过去，发出了一声禽类的尖叫，比我所听过的任何口技表演都要逼真,这时我产生了一个想法,如果她不是在广州有那么多套房,她完全可以去当口技表演者谋生,她的声音,我现在才意识到,无比地接近鸟类的声音,准确说,是用专业的录音器在树林里录下来的高清录音,是一种在广东已经灭绝的鸟类——"禾花雀"的声音,真的,她可以去表演口技,完全能养活自己,甚至赚得盆丰钵满,这跟她有多少套房都没有关系。她可以走到户外(她本人又是如此地厌恶室内),在森林里和鸟类生活,模仿更多的鸟类的声音,把它们的声音都记录下来,我们需要这么一个记录者,因为野生的鸟类在不断地减少,广东人又是这么的爱吃,只要是活的,看到就逮着来吃,她要是能把这些濒危的鸟类的声音记录下来,就不仅仅是一种艺术,更应该是一种赎罪,一种为口腹之欲的赎罪。这也是我们所有人都有的罪过,因为我们所有人都有这种欲望。在大厅里,她先是玩了单人摩托,接着又玩了丛林射击,心叔在她身旁,即便不像刚才那样被她紧抓着,同样地,一部分的身体也被强制着和她接触,他们紧张地黏在一起,好像如果不这样,整个游戏就没法进行下去,而我,一个旁观者,也被吸引到他们身旁,主要是被她那种新奇的声音所吸引，我的注意力既不在前方花花绿绿的屏幕上，也不在他们交缠的躯体上，当"他们"合力打败了游戏里的敌人，顺利进入下一关，我感兴趣的并不是她肉眼可见、在低胸吊带衫内乱颤的乳房，而是她兴奋发狂的嗓音，这股嗓音同样让我感到燥热；我们三个人纠缠在一台游戏机前面，谁也摆脱不了谁，这样下去，我们三个人之间其实只有一个人在玩游戏，那么兜里的游戏币可玩的次数就再次翻倍，不仅仅是九次，而是二十七次了。二十七次！可怕的数字。这时，长辈们朝我们走过来，他们简直就为拯救我们而来。化繁为简。我们三个人立马分开，若无其事的样子。他们告诉我，他们乘的那辆车堵在珠江隧道里了。我说，隧道？我们从未经过任何隧道。话刚说完我就有些后悔，因为自己可能说了假话，我、心叔，还有他女朋友一直在车里聊天，我们根本不知道车子有没有经过隧道，车里唯一知情的人是司机，一个剪着板寸、身穿polo衫的大叔，他几乎没怎么讲话，根本没有办法插入我们的话题，"你哋真系好运。"四叔公说。他说他们在隧道里待了四十分钟，一动也不能动，四下里黑漆漆一片，车厢里都是闷热潮湿的空气，就像躲在焦臭的战壕里，又或者是躺在上世纪的骑楼诊所里的那种感觉，四叔公当过兵，也打过仗，闻过死亡的味道，而这些距离我们很遥远，所以每次他向我们描述他的那些记忆和闪回，我们都会短暂地失去共情的能力，不是缺乏共情（他总会强调这个），而是时空阻碍了我们达到这一点，我们也能理解他那种迫切掏出扑克牌的愿望，因为"人生太短，玩乐太长"，这是他的原话，他当年在战场上也是这么干的，一有空就跑去跟后勤兵一块玩牌，但后来救他命的不是那些后勤兵，他们全都死光了，两个同班战友替他挡了子弹，一个被子弹从喉咙射入，打烂了胛骨和左腰，另一个被弹片从后背打进，从前胸破出来，肺液溅了他一脸，所以四叔公常说，自己活着三个人的份，得抓紧时间玩乐，不然等进了棺材就玩不了咯，四叔公今年九十一岁，天天跟我们说他没几年可活了，但其实他身体很硬朗，跟七十岁老头似的，不过，在年轻人眼里，老头就是老头，七十岁和九十岁也没什么区别，在我的视角里，他从我一出生就是这个样子，一个邮票般的固定形象。他说在闷热的车厢里，感觉有人在摸他，从后颈摸到胸前，再沿着腰部摸到屁股，来来回回地摸，他认真描述的样子让我们都感到有点好笑，别说亲戚之间不会这样做，他也是一个快百岁

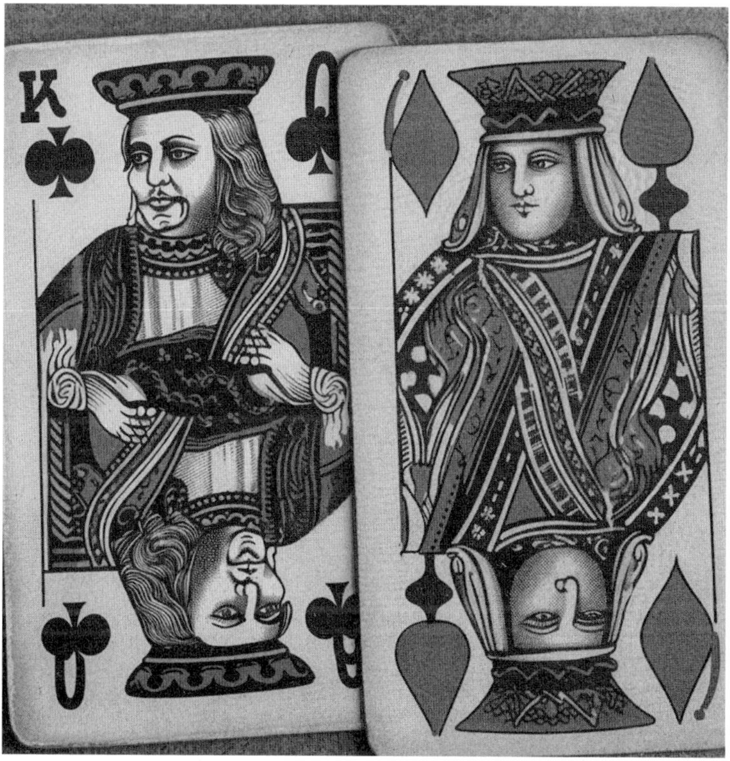
K

的老头，有什么可摸的。但他严肃而气愤的语气又或多或少说服了我们——这事也许是真的，不是他的某种谵妄或幻想。在车上，他强忍着这一切，他向我们提到"这一切"的时候我们猜想他指的并不仅仅是发生在车上的"一切"，他说自己的忍耐力并不好，在班上，他只能处于倒数的位置，湖南人的忍耐力非凡，贵州人更胜之，大概是善于吃辣椒，作为战俘被拷问时，耳朵被人一刀割下来，也咬着牙一声不吭；但是最厉害的还是广西人，还有云南人，这两个地方的人是审讯部最头疼的，一走进审讯室，痛感神经就跟关闭了一样，四叔公说，而广东人是最怕疼，也最怕死的，所以他当时就想，倘若自己不幸被俘虏了，实在受不了就招吧，谁叫自己在挨疼方面没有天赋呢，他又不是湖南人、贵州人、广西人或者云南人，在身体和道德的抵抗力上，他都不如这些地方的人，所以应该提前获得原谅，因为这种岭南式的敏感和脆弱，应该提前获得宽宥，应该有这种想法而不为此羞愧，四叔公告诉我们，他就是用这种方法来抵抗羞耻，为此多活了几十年，我们默默听着，并不作声，他在我们面前已经把这件事反复讲了太多次，虽然每次的讲述都裹挟着第一次的激情，而我们不再有什么反应,哪怕是一个眼神、一个词语,除了心叔和他的女朋友,他们目瞪口呆地看着四叔公,同样地陷入了沉默,他们的沉默和我们的沉默本质上并无二致,我们终究要用这种沉默去面对这个老人。"或者,"心叔清了清嗓子,说,"我哋可以通过游戏来搞明白系谁下的手。"我们纷纷把目光投向他,因为除了四叔公,我们都还没有真正相信四叔公刚才的指控为真,而心叔首先站了队,他说,可能这才是我们来电玩城的真正目的和意义。他的意思是,游戏能赋予真诚边界。他这话我可不爱听,因为自始至终我都不知道目的和意义在哪里,我们为什么要见面,为什么要吃这个饭,今天出门前半个小时,我还在被窝里呼呼大睡,出门前二十分钟,我还在犹豫应该用哪种理由去推辞掉这次见面,如果这次我不来,这些故事就不会发生,我也不会把它记下来,结果我这位新交的远房亲戚,一个半生不熟的人,告诉我:游戏可以自证,游戏不是游戏。他说,你们听说过一款叫'刺杀肯尼迪·重装'的游戏吗?一个瑞典人做的游戏,规则很简单,用一支老式步枪和三发子弹,一遍又一遍地爆掉在埃尔姆大街上款款而来的约翰·肯尼迪的头颅,仅仅是听起来简单,打死肯尼迪是不够的,想完美通关、得到全部的1000分,你必须按照任务手册来,第一枪必须射失,不伤及任何人,第二枪必须从背后射中肯尼迪的右肩下方,子弹从喉部飞出,穿过坐在前排的康纳利州长的后背和肋骨,击中车辆仪表盘发生反弹,打伤州长的手腕……这一枪的复杂程度超乎想象,而第三枪是要精准地击中肯尼迪头部右侧,没有第二枪困难,但也是足够困难的,所有发出的三枪都必须要在6秒之内完成,一次细微的失误都会被扣分,反正就是,这款游戏出来以后,没有一个玩家可以得到任务的满分,最接近的玩家也只是刚过700分而已,离满分还差一大截,换句话说,根本没有人类可以完美地完成这个游戏,而这个游戏只是真实还原了历史,这就是1963年11月22日那天,被指控为唯一真凶的奥斯瓦尔德所完成的一切。奥斯瓦尔德不是人类吗?这款游戏想说明的不是这个,而是想反向证明美国政府的调查报告是多么的荒谬,"独狼理论"是多么的荒谬,这个世界的当权者所圈定的话语是多么的荒谬,肯尼迪案不是一个人做出来的,其背后的荒谬也不是,世界上所有的荒谬都是许多人一起造出来的,所以说,游戏能做到的是,揭露并证实这种荒谬,心叔说,这次我们也可以这样做,他说完这些,

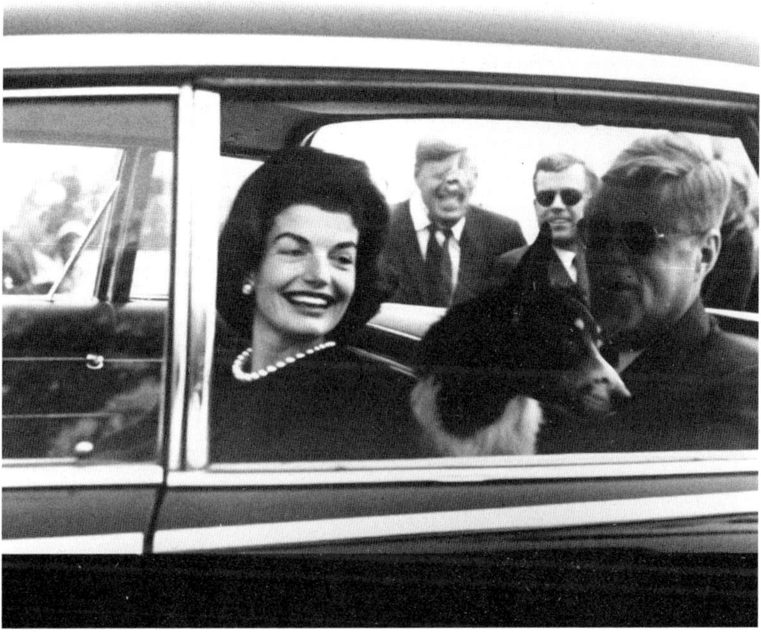

我们都半信半疑地一致往四叔公瞧去，四叔公却没让我们瞧明白，转身就往一台赛车游戏机走去，我们也跟着过去，围着他站成一圈，所有的游戏币都在我手上，于是我一次又一次地把币递给四叔公，像个雷德利·斯科特式的机器人一样，他一次又一次地接过去，投进底部细长的凹槽里，反复开启新的一轮赛车游戏。我本以为身上的币足够多，可是，很快地我的四个裤兜干瘪了下去，时间过得这么快，只是四叔公一个人在开着赛车而已，他用完了所有的游戏币，也只是一瞬间的事情，可能是因为，我们的注意力都不在这个上面。我们只是焦虑而紧张地盯着彼此，唯恐有人把手伸向座位上的四叔公，也唯恐自己把手伸过去，也唯恐有人或者自己把手伸过去而没有察觉到。不知不觉地，三四个小时过去，四叔公从座位上站起来，疲惫不堪，甚至比在战场上还要虚弱，双腿不住地发抖，心叔首先扶住了他，我们一行人慢慢地走出游戏厅，在离门口不远的花坛旁边的长椅上坐下，椅子上还有一些水迹，在游戏厅的这段时间里，外边竟然已经下过了一场雨，夜风吹过来，似乎没那么热了，几个长辈就坐在我对面，低着头，大概每个人都在回想着刚才的场景，思忖着，自己为什么会置身于那样的场景之中，难道我们真的相信，在我们之间，真的有人去向四叔公下手吗？四叔公身上并无油水可榨，他的口袋里只有一副扑克牌。我们差不多隔个把月会举办一次家族聚会。一般在大舅家，因为他的房子最大。女人们也会过来。她们在厨房里忙碌，男人在客厅聊天。四叔公是来得最早的那个。我们会尽量和他聊天以避免他掏出扑克牌。我一般会被安排去和弟弟妹妹们玩，因为长辈们认为我是最具有童心的那个，但其实童年时我只有一个人玩。大舅会弹起家里的三弦琴。其实没几个人在听。有时候我们会吃柚子姜撞奶，吃表婶做的白酒芝士虾和烤生蚝。那是她的拿手好菜。所有食材都是从老家带过来的。我们相处得不错。那也是因为我们都在广州这个地方，一个看起来不是异乡其实是异乡的大城市。我们都不是彼此最亲近的亲戚。我们心里都清楚。一旦回到乡下，回到那个鸟不拉屎的老家，我们可能十年、二十年才往来一次。我知道。因为童年时见证了这一切。我见证过我们一起坐在某个人的喜酒宴上，却相互连一句话也不说。当我们在老家时，彼此是陌生人，各自有各自的亲戚，而到了广州，我们各自成了对方的亲戚。就在我们坐在长椅上胡思乱想的时候，心叔女朋友的叫声把我们惊醒,四叔公躺在地上,出气多进气少,怕是不行了,我们感到了一种巨大的恐慌,却面面相觑,一丝办法也没有,就在大舅掏出手机呼叫救护车之时,我们其余人却想象着一个滑稽的境况,得把真相告诉医务人员和警察,四叔公是玩游戏玩死的,而不是别的什么原因,这个活着三个人的份儿的年老长者,枪弹也无法撼动他分毫,却因为过度游戏而死,如果警察问起他为什么要玩游戏,我们只能向警察坦白,是心叔教唆他去玩的,或者说,都怪心叔买了太多的游戏币,还有就是,心叔女朋友当初就不应该提议去电玩城。反正他们还算不上我们的亲戚,暂时、目前还不是我们的亲戚。这时心叔女朋友扶起四叔公的上半身,熟练地在他的后背和胸口进行着推拿,左几下右几下,没几下四叔公就顺气了,可他依然一动不动,闭着眼睛,像睡着了一样,心叔女朋友告诉我们,四叔公已经没事了,我们心里的石头总算落地,可心叔女朋友说完话后突然抽泣起来,特别伤感,眼泪鼻涕跟钟乳石似的往下掉,我们都不知道发生了什么事,面对一位年轻女性的哭泣也是很艰难的,和面对四叔公之死一样艰难,心叔同样显得手足无措,他那么爱她,却站得离她那么远,似乎是一种天然的躲避，像我们老家所有的男人那样，把女人的情感，这个顽皮而鲜艳的小甲虫关在玻璃瓶子里，不管他去过什么地方、有多么高的学历、见识过多少世面，也没有办法改变血缘中的这点，过了一会儿，等到心叔女朋友稍复平静，她才告诉我们，她曾在一家北方县城的老人院里当过义工，刻苦训练过标准的推拿手法，跟她同队的人都走了，只有她一个人留下来，在她待的一年里，院里的所有职工都在外逃，在那里，她认识了一个年老的河北男人，跟她八竿子打不着的关系，既不是亲戚，也不是故友，但他们俩比任何亲戚和故友都要熟悉，他们在一块儿聊的天比任何亲戚和故友都要多，"在我们这儿，"那老人说，"没有人不想着逃离衰老和死亡，而只有我们正朝着衰老和死亡奔去。"就如同一个关于世界、关于我们这个老人帝国的巨大隐喻，护理员、医生、清洁工、厨师、账务、办公室主任、副院长，甚至连院长也悄悄地跑了，剩下她一个人，她也不能包办所有的活儿，无论推拿的手法多么熟练和巧妙，也应付不来那么多老人，她一遍又一遍地在老人身上练习，提高着推拿的效率，那些衰老的躯体似乎是为此而生——一种练武用的木桩，她的技术越来越高，而木桩也在不断地死去。有段时间,她甚至觉得自己是全世界最好的推拿师,可以到世界上最好的疗养院去工作,去奥地利或者墨西哥,但每天半夜里,她只能待在华北平原的床上痛哭不已。院里的老人越来越少,最后剩下河北老人在内的几位。河北老人让她走,她不走,河北老人说,只是时间问题,她说,那就等着。可河北老人并不愿意别人等待着自己的死亡,既然她不走,那他走,他联合其他老人密谋了一项行动,弄来一辆车,夜里偷偷开走,逃离了老人院,幸亏她那晚上失眠,听到了车声,骑着摩托沿着公路追上去,没开出几公里,就看到他们那辆车撞在树上,里面的人已经没气了,怎么推拿也无济于事,即便是世界顶级的推拿手也无济于事,尤其是她的那位至交,或者说忘年交,那位河北老人,她猜想,在车撞上树的那一瞬间就已经死了,甚至更早的时候就死了,还在开车的时候就出现了心脏麻痹,所以导致了车子撞在树上。她把他们从车里抬出来,整齐地排列在路边,她没哭。警察来的时候她也没哭。她一个人回去的时候也没哭。从那时起,一直到现在,到刚才那个瞬间发生之前,她都没有为此而哭过,也再也没有给任何一个老人推拿过,她甚至忘了这件事,忘了推拿,忘了所有的经络和腧穴，忘了一指禅缠法和关节拔伸法，直到刚才给四叔公推拿，那种触碰的手感使她的记忆一下子复苏过来，那种经年累月训练出来的肌肉记忆，以及那个时候的悲伤，四处一片黑暗，那个河北老人就躺在她身旁，既不是她的父亲也不是她的祖父，他们各自老家隔着几千公里远，他们聊天的时候，各自的口音都未必能使对方舒适，但他们依旧无话不谈，即便如此，他们也没有好好地告别，就连最后一次推拿，她也没办法给他做。心叔的女朋友越说越伤心，四叔公这时醒过来，我们惊奇地发现，他的脸色比先前红润许多，站起来时身子也变得轻快了，他还说自己的视力也变好了，从这儿能望到南岸那边的广州塔，我们自然不相信他的白内障就这样被治好，更不相信他能望到广州塔，不过刚才那番推拿，是确确实实起了效果的，这点肉眼可见，着实让长辈们对心叔女朋友的态度大大改观，他们开始上前询问、关心、讨好这位跟我年纪相仿的女性，围在她身边，拼命地想和她交谈，而在此之前，他们压根就没有怎么接近过她，也不屑于和她说话。我能理解他们这种兴奋和恐慌，毕竟他们也在逐渐变老。在这个时代，他们在加速变老。但心叔女朋友说她要走了，她要回家，尽管她一点也不想回到自己房间里,不过总比待在这里要好得多。长辈们挽留不住,便把希望放在一旁的心叔身上,希望他能劝她留下来,可心叔站在那里一言不发。过分地一言不发。直到她离开,我们这位冷酷、真正的亲戚才告诉我们,他从来就不认识这个女人,一个在江边突然出现、偶遇的陌生女人而已,他这样说时所流露的真诚,让我们没有理由怀疑他说了假话。

皮套演员之死

这位皮套演员，我的朋友，已经失业十年，自从客串完那部史上最卖座的剧场版大电影之后，这位年迈但仍然英俊的奥特曼渐渐被大家遗忘，成为过时的英雄，按照这个系列特摄剧一年一部的频率，注定旧英雄不断被新的英雄取代，更多年轻硕美、璀璨夺目的奥特曼被创造出来，但实际上，奥特曼也在消亡，这个剧集也越来越无法吸引新一代的观众们，尤其是，对于我的朋友，这位皮套演员，我不知道该称呼他为男演员还是女演员，生理上他是男性无疑，不过他心理上自认为是女性，而且是一位大龄未婚，但保养良好的女性演员，在我们认识的最初几年，他还没这种心态，也不知道从何时起，就发生了变化，我猜测是由于他工作时穿的那套紧身衣，因为那件紧身皮套的挤迫，他的阴茎变得越来越小，最终近于无，可以说，那件皮套把他阉割了，这点也可以从剧集里看出来，从第一集里皮套底下的迷之凸起，到了最后一集，已经完全看不到任何痕迹，那个私密但又引人注目的部位，变成平坦、干净的一块，就好像皮套里面的那个人不是他，而是另外一个女演员，确实，当时剧组里有另外一位扮演奥特曼的女演员，跟他存在竞争关系，在当时行业的风潮里，确实也更青睐于用女性演员去扮演奥特曼，原因之一，就是为了避免下体的尴尬，但我的朋友，是如此地热衷去扮演这样一位英雄，也无比适合去扮演这样一位英雄，他生来就是扮演奥特曼的，在这份工作里，投入了全部精力，是一个工作狂，强迫自己去嵌入这份工作，正因如此，在这种日复一日的高强度工作影响下，他被皮套所阉割，变成一个无法确定性别的演员，好就好在，我们的语言，并不像印欧语系那么精确，我们没有时态，也没有阴阳性的区别，我不至于为了区别他是男演员还是女演员而焦虑，这位演员——每次跟我讲话时，都会做出一个温柔的手势，手掌铺平，掌心朝下，随着话语抖动掌背，像在抚摸一条小狗，抚摸他家的吉娃娃，因为我们隔三岔五一起散步，所以我对他的习惯特别熟悉，熟悉得简直厌腻，而我又不能不按时去找他散步，否则他会不停打电话来骚扰我、质问我，是不是因为他失业的缘故,我要和他绝交。我当然不会和他绝交,他就是爱把这事挂嘴边,我们有规律地一起散步,大概已经保持了两年,也不记得是他先找的我,还是我先找的他,此前我们早就认识,过了很多年,都没有想过要一起散步,两年前,这个习惯却突然成了我们的纽带,也许是因为,那时我把家搬到了他家附近,我们才算真正熟络起来,在这座都市里,两千万人口的熔炉里,住处隔着十公里远的两个人,是不可能成为好朋友的。我和他,一直都算挺有默契,散步时,两人都不怎么说话,也几乎不并排走,经常是他走在前面,我在后面,中间隔了十几米远,这段是我们的安全距离,倘若我们有机会站在一起,会随口聊几句,对话是自然而绝非刻意的,除了有一次,他突然停下来,等我跟上来,对我说了一句,这个时代好像都不需要奥特曼了,就跟现在也不需要消防车一样。说这话时他眉头紧锁,我一时间不知道该怎么回复他,当时我们停在社区的巷子里,路斜对面是一家喜士多,二楼种的水仙花盆就在我们头顶,旁边铁栅栏内,一条大金毛在石凳上睡觉。当时下午三点,除了我们俩,没人会无所事事地在社区里闲逛,因为大家都要工作,不像我们俩。他接着告诉我，昨天他邻居家着了火，肉眼可见，透过他家的窗户就可以清晰地看见，对面楼房的落地窗内，一台电视沿着墙壁亮堂堂地就烧起来，当时客厅一个人也没有，那家人大概是外出了，整个小区只有他才留意到这团寂寞的火焰，两者之间隔了二十米，他盯着那团火看了半分钟，一个独有、沉默的时刻，紧接着，那户人家的消防安全系统就启动了，干粉自动从墙体喷出，熄灭了火焰，只是一刹那，那团火仿佛连一丝烟气都没有扬起，就消灭于无形。他早就知道会是这种结果，在这个普遍人工智能化的时代，已经不会有什么火灾发生，自然而然，也不会有消防车、消防大队这类的东西，渡边和绿子也就不可能坐在阳台上边观火边喝啤酒边唱歌边谈恋爱，有些东西，就这样，从世界上悄悄地消失，就跟他所饰演的奥特曼一样。说这话时，他直溜溜地盯着我，仿佛盯着昨天的火焰，确实如此，十年了，他没有再拍过一场戏，虽然这个世界上每天都有很多人失业，但他们很快就改造自己，投入新的行业，除了我这位朋友，这位年迈的英雄，也是我心目中的英雄，尽管我们经常一起散步，而且也可能是彼此之间，这段时期内唯一亲密的朋友。其实我们的年纪整整差了二十年，我可以拍着胸脯说，我是看他的电视剧长大的，他扮演的奥特曼，就是我最喜欢的奥特曼，除了他，我再没看过其他的奥特曼，在他面前，其他奥特曼都是shit，可以说，我不但是他的朋友，更是他的粉丝。我们初次见面时，鬼记得是多少年前了，可能他那时候刚失业，每天都泡在舞厅里，也不跳舞，只是坐在那里，面前总有一瓶啤酒，喝半瓶留半瓶，好像在等待某个人，是我另外一位同乡的好友，也是那间舞厅的主人，介绍我们认识，指着坐在舞池边缘的一道高大魁梧的身影，对我说，那就是奥特曼。接着，他再三向我强调说明，那个人，就是我们小时候在屏幕上所看到的奥特曼的扮演者，奥特曼的扮演者！最让我惊讶的是他向我介绍时的态度，所流露出来的鄙夷和冷漠，比对待一个街边的流浪汉还要鄙夷和冷漠，但以前我们一起追奥特曼时，他比我还要痴迷上百倍，我家里的几张奥特曼电视剧DVD，都是他送给我的，他家里开着力加啤酒赞助的餐厅，比我家有钱得多，他常邀请我去他家里看奥特曼，用那个年代少有的4K高清大屏，边看边喝冰冻维他奶。他家的冰箱有辆汽车那么大，里面可以躺进几个人，夏天里为了给他的奥特曼玩具降温，他甚至把它丢进冰箱里，这样晚上就可以搂着它睡觉。他有很多奥特曼模型，房间里都是，却连一个也不舍得送我。就是这么一个人，我的童年好友，那次我从老家过来投奔他，他带着我在他的舞厅里逛了一圈，当着我的面，冷酷地把那个我们当年共同的偶像介绍给我，仿佛在介绍一条鲜肉里的蛆虫。于是，我朝着偶像走过去，坐在他身边，向他打招呼，问他是不是某某奥特曼的扮演者，他有点愕然，但没有否认，而是紧接着点头，我激动地说，我是他的粉丝，他马上回答，他确实是扮演奥特曼的人，但他只是一个皮套演员而已，根本没有在剧里露过脸，他并不是那个剧里的男主角——奥特曼的人间体、那个花花公子男艺人，他希望我没有认错人，因为这种情况不是一次两次了。我告诉他，没认错人，我崇拜的正是那个皮套演员，那个穿着红蓝斑纹皮套，跟各种各样的怪兽战斗的演员，在我心里，只有他才能代表奥特曼，而不是那个只顾着跟女主谈恋爱、天天拿着变身器耍帅的男主，那个人跟奥特曼没什么关系，在很小的时候，我就能把这两者区别开来，也恰恰是这点，能把低端观众和高端观众区别开来，把低端粉丝和高端粉丝区别开来，我紧盯着眼前这个真正的奥特曼，说他的脸比我想象的要英俊很多，比那个男主角

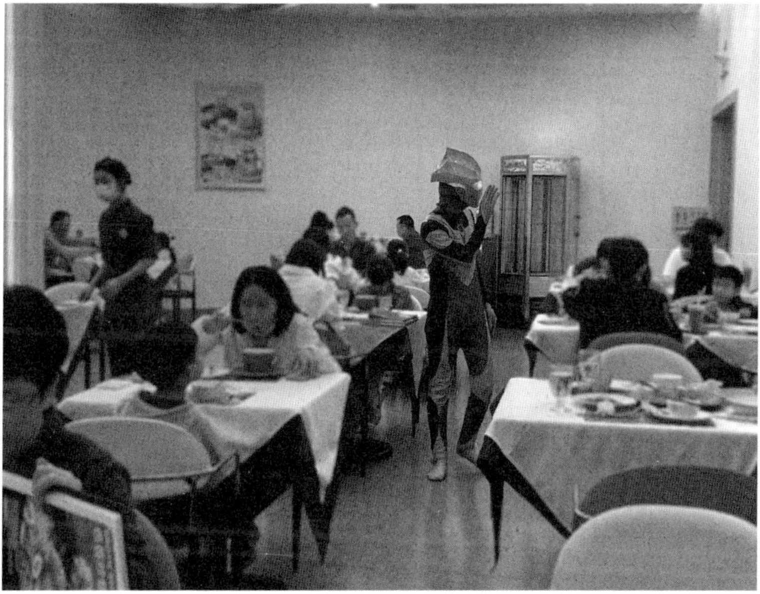

要英俊三十倍、四十倍,我瞎说的数字,结果他笑了起来,把桌上的半瓶啤酒递给我,让我一口气喝光,然后给我看他身上的疤痕,这些疤痕,才是他作为奥特曼的身份的证据。比如,他小臂上的一道月牙状疤痕,是跟岩石怪兽加库玛战斗时被抓伤的,脖子上的伤痕,则是异次元人基兰勃留下的,胸前和后背的疤痕,是变形怪兽加佐特二代和强化哥尔赞惹的祸。他一个个地指给我看,全身上下大概有几十处疤痕,还有一些是自己弄伤的自己,从特摄台上摔下来,或者吊威亚时不小心撞到天花板,他说,这些都是不可避免的,而这时,我像欣赏艺术品一样,欣赏着这些疤痕,这个世界上最伟大的艺术品,就是他的身体,汇集了所有疤痕,有着强壮健美的体魄,尤其是穿上奥特曼的紧身皮套之后,被赋予了一种阴柔美。他腰部的双曲线,正是最迷人的地方,可惜我们初次见面之时,因为酗酒,他的身材正处于人生的低谷,看上去略微有些走样,根本没法穿上皮套,别说复合形态的奥特曼,连强力形态的奥特曼也扮演不了,不过对我来说,艺术品就是艺术品,是英雄的艺术,而且很快的,他没过多久就把身材练回去了,他就是一个工作狂,即便自己没有工作,也要时刻让自己保持准备工作的状态，准备重新当一个奥特曼。后来他跟我说，认识我这样的粉丝，同样是他的福气，世上只要还存在像我这样的粉丝，他就不会放弃去扮演奥特曼，不过，说实在的，在这十年里，我从他的粉丝进化成不单单是一个粉丝，还是他唯一的好朋友，曾有好几次想劝他放弃，放弃这个已经有点虚无的愿望，要是干点别的，也不至于十年这么苦兮兮地过着，我不知道是自己变了，还是出于对他人道主义的关怀。当然，那些话我没说出口，我热爱他，我的朋友，也是我唯一的朋友，在散步的中途，他提起那件跟邻居家火灾有关的事情时，我没法立即回答他，我们继续沉默，沿街区走下去，越往前走，就越感到了冷，刚才还不这么觉得，我把风衣的帽子系在脖子上，他在我旁边，无动于衷地走着，当然也有可能，他比我更感到冷，也比我更能忍耐。在街区转角处，有人在铁门内朝我们张望，我们认识这个人，这个人也认识我们，我们曾经告诉过他，别再用那种眼神看我们，我们每天都会从这道门前路过，并不是什么不法分子，只是没了工作，到处晃悠打发时间，可他每次都朝我们张望，用同样的眼神，只要我们从这儿经过。这是他的职责，他对我们说，我们能理解他，就像皮套演员的职责，是扮演一个奥特曼，我的职责，是充当奥特曼的粉丝，但是，这种理解，并不能阻止我们走向对立面去，就算我们一再重申这种理解，"我知道你接下来要做的一切"，随之而来的却是重复、加剧的对立。从那道铁门经过时，我留意到，我的演员朋友，脖子后面的肌肉剧烈地抖动了一下，大概是对寒冷的反应，随即如同一只漏气的皮球，快速干瘪下去，我这才意识到，他也是快五十岁的人了，哪怕有着奥特曼般的意志，也无法逃离自然的侵袭，就像剧集里所体现的，奥特曼跟人类在本质上并无区别，奥特曼也会受伤、会沮丧，失去光芒而变成脆弱的石像，与此同时，人类也可以很强大，自己就能变成光，变成奥特曼打败一切怪兽。这十年来，一个看起来有点奇怪的事实是，他逐渐从奥特曼退化成人类，而我正逐渐变成一个强大的人，比童年的自己强大得多的人，因为生活和现实的改造，我不得不变得强大，而他在十年前，甚至更早，就脱离了我们共同的现实，越来越老，也越来越脆弱，从这个层面来看，我们所痛恨的现实也在反射着剧集的主题，或者说，剧集反射了这个不可逃避的现实。我当时想，别再让他受冻下去，应该马上终止这场散步，于是我跟他说，我冷得受不了了,明天我们再约吧,他也没有反对,但这毕竟是我们第一次散步到半途而止,以前都没有过,我们本该绕着社区走一圈,顺杨树大道直下,到达江边,再沿着江边折回去,是他定下的路线,我们这样走了两年,没出过什么意外,任何意外都得让步于我们的散步,只有这次,一个好像不起眼的理由,我把他送到楼下,相互道别,他的身影在楼道中消失。其实我很希望他邀请我到他家里坐一坐,我就去过一次,还是我们最初认识的时候,在十来平米的出租屋里,他向我展示了那件珍贵的皮套,就是他穿的第一件皮套,有点陈旧,背部有轻微的破损,是救护小怪兽德班时,被魔神艾能美那弄伤的,之后,剧组给他换了另外一件皮套,而这件皮套,则是剧集杀青以后,他自己掏了三分之一的片酬,把它买下来,收藏在家里。我拿在手里的时候,从头摸到尾,新奇很快就转变为失落,因为这种落差,我们所处的现实和童年的荧屏的另一头,是完全的两码事,他仿佛看穿了我的想法,从我手里接过皮套,穿在身上,对于他当时走形的身材来说,穿上去还挺困难,费了九牛二虎之力,最终气喘吁吁地把自己挤进了那身战袍里。他刚迈开步子,皮套就发出了一声尖锐的巨响,这响声让人无法忍受,他不得不停下步子,静静地站在那里,这时我却不由得惊呼出声,因为这一瞬间,我又再次看见了童年的英雄,那道熟悉的身影。他穿上皮套以后,所有的记忆一下子活了过来,无论是他,还是那件皮套,都活了过来,他们无疑是一体的,随后他把皮套脱下来,递到我手里,它又变成了一件普通、陈旧的皮套,这时他鼓动我去穿上它,这是真爱粉的专利,他说,他允许我穿上去试一试,除了我之外,他还没让第二个人穿上这件皮套。我估量了一下,我们的身高差不多,我这才发现,可能他比我高了一厘米或者两厘米,几乎可以忽略不计,穿上那件皮套后,竟然无比地合身,甚至比他穿上去还要合身,他在一旁也不停地赞叹,说我穿上皮套后,比他更像一个奥特曼。我受宠若惊地站在落地镜前面,注视另一头的倒影,不由得怀疑,这个人真的是我吗?毫无疑问,这是一个奥特曼,真实地存在于这个世界上,我变成了自己的偶像,实现了童年最大的梦想,在剧集的最终章,全世界的小孩变成光芒,注入战败的奥特曼的石像中,使其复生,打败了最终的大 Boss——"黑暗的支配者"邪神加坦杰厄,而当年我也是众多光芒中的一束。在电视机前,我许下了愿望,多年以后它成真了，我盯着镜子里的自己，不知道过了多久，我的朋友把我唤醒，他说要教我几个动作，最重要的当然是必杀技的前摇，哉佩利敖光线的动作步骤，先是双拳提在腰间，拳心朝上，接着伸出双腕在前方交叉，分别向左右划开，快成一个半圆，最后把小臂收回，组合成L字形在胸前发射。这些动作不难上手，小时候就无数次模仿并练习过，我本以为自己会轻松拿下，但事实并非如此，他的教学如此严苛，每个动作都不允许有毫厘的差别，有毫厘之差就是失败，把一套动作做到尽善尽美的程度，才是一个职业演员的本分，他这样说，让我仿佛产生一种错觉，就是好像只要按照他那样去做，达到动作的标准，穿着皮套的我就能发射出哉佩利敖光线来。真的，当时我确实有这种自信，同样地，他相当卖力地在教着，一个动作重复几十遍、几百遍，过了半天，我总算学会了那套正确的规范，就此打住后，我们俩躺在地上，累得简直要虚脱了，尤其是穿着皮套的我，早已经大汗淋漓。我把皮套脱下来，还给他的时候，他却说了一句话，我记得特别清楚，他说也许我才是真正的奥特曼，或者说，以后会代替他成为奥特曼，在那个场合下，似乎也不是随口一说，而是一句预言，自那次之后，我

273

就期待着，什么时候再次被邀请到他家里去，可是过了很多年，他的家还在原地，我却因为各种变故从一个城市换到另一个城市，从一份工作换到另一份工作，身边的朋友从一个换到另一个，直到前两年，才回到这里，和他重逢并一起散步，可再没有机会到他家去，也很难说清楚，是否因为这个目的，我才和他一起散步了这么长时间。我应该是不喜欢散步的，如同我憎恶跑步，某种乏味的体验，我只是在等待他的邀请，但他就是没有，哪怕好几次我把他送到楼下，他也没有提出邀请。回去之后第二天，跟啥事也没有一样，还打电话过来，叫上我一道散步，不知道他是不是为了弥补昨天中断的散步，我们从来没有连着两天散步，隔一天的都很少，我们对交往的频率和密度都相当敏感，不过我没有拒绝，还是按照约定的地点跟他碰面，这次两人都穿上了厚厚的羽绒，除了比昨天穿得厚点，似乎也没什么变化，沿着既定的路线，绕社区一圈，经过喜士多、种植水仙花的二楼、铁栅栏及其内部的石凳上睡觉的大黄狗，然后顺着杨树大道直下，到达江边，对岸白天鹅宾馆的窗户群正好把太阳光远远地反射过来，刺痛了我们的眼睛，几乎是同一时刻，我和我的朋友，闭上了双眼，显露出某

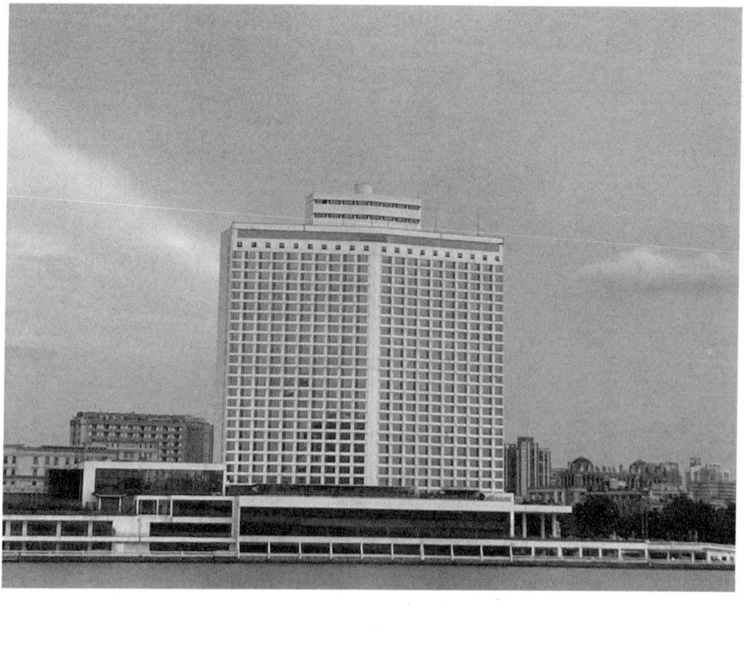

种恐惧,当然只是一瞬间,又马上睁开眼睛,努力装作什么事都没有,唯恐对方看穿了这点:作为一个普通人,理所应当的恐惧。我们继续往前走了十来步,这时,他突然开口,向我透露一个当年拍戏时的经历,他从来没有跟我主动聊起过这个,他拍戏的经历,一次也没有,这恰好也是我最感兴趣的部分,我打起十二分精神,聆听他说下去。在电视荧幕上,他说,奥特曼作为守护地球的英雄,有一颗最勇敢无畏的心灵,奥特曼既是光,也是人类,他复述着导演跟他讲的话,奥特曼可以怜悯,可以喜悦,可以悲伤,可以愤怒,可以有着人类任何情感,但就是不可以恐惧,因为他退无可退,背后就是地球,而他作为奥特曼的扮演者,就是要把这种复杂和单一性,毫无保留地表演出来,他确实也那样去做了,除了有一次,和强化哥尔赞作战的那一次,那场在火山边上的打斗戏,在荧幕上大概有六分钟,是剧集里最经典的打斗戏之一。实际上,他们在摄影棚里连续拍了两天,拍了有几百分钟的镜头,为了把那场打斗做到极致,他和另一位皮套演员,就是穿怪兽皮套、扮演强化哥尔赞的搭档,在四十度高温的摄影棚里激烈搏斗,一遍又一遍,他都不记得拍了多少遍,好像没有尽头,他感到皮套里层的橡胶热乎乎的，仿佛要和皮肤黏在一块，一股混合了体液的恶臭填满皮套内部，那是他至今闻过最恶心的气味，他一边生产着这种气味，一边把它吞进肚子里，脑子里乱嗡嗡的，耳朵里也净是噪音，双腿虚弱得快站不稳了，他料想对方也是如此，只是各自戴着皮套，看不到对方的表情。随着导演发出的指令，他们再次扭打在一起，这时场景音进入了怪兽的BGM，他且战且退，渐渐招架不住，被逼到死角之前，他使出一个飞踢，摄影师的镜头同时跟进，记录下他在空中的姿态，但怪兽灵巧地避开了，他踢了个空，反而摔在地上，对方开始嘲笑似的挥舞前爪走过来，他翻起身，切换成强力形态，双臂从左右向上聚拢，使出必杀技迪拉修姆光流，正面命中对方的前胸。一般来说，怪兽被迪拉修姆光流正面命中，就会被炸得粉身碎骨，但是这次是例外，对方的护甲再次吸收了能量，它好好地站在那里，什么事也没有。这可是奥特曼引以为傲的绝技，每次使出来就能结束战斗，却在它的面前失效了，一次不小的挫折——剧本上写的应该是，"他后退了一步，惊讶或沮丧的"，这时，他却突然感到了恐惧，并非惊讶也不是沮丧，而是深深的恐惧，不知道是因为对手的强大，还是因为这场无休止的打戏、这种令人疲惫的工作同时也让他产生了恐惧，他后退一步，双手自半空垂下，脖子到后背的肌肉仿佛被电流穿过，一阵无法抑制的痉挛，这也是那次他被镜头捕捉到的最后画面。导演马上走过来喊 cut，终止了那次的拍摄，可是恐惧没有因此而终止，我的朋友，这位专业的皮套演员跟我说着这些时，声音仍然颤抖，如同一只受了惊吓的雌性动物，对于那个镜头、"奥特曼的恐惧"，我告诉他，我当年确实也留意到，印象深刻，并且成了长留在心底的疑团，但我丝毫不觉得是什么失败的表演，而是一次神来之笔，如本雅明所说，在神秘的 arua 笼罩下的艺术创造，那是我感觉荧屏上的英雄距离自己最近的一次。他说那次之后，在家里躺了个把月，其间根本无法和任何人交流，包括他的父母和当时的恋人，无论多亲密的人，他都害怕得不得了，或者说，越亲密的人，越让他害怕，只要走近他房门一步，都会使他牙关打战，但为了不伤害他们，他只能强忍，把恐惧吞在肚子里，也就是那个时候，他才发现自己确实有着非同小可的利他个性，为了自己也好受一点，他找到了方法，就是不和他们说话，一句话都不要开口，否则他无法控制自己恐惧的冲动。整整一个月，他陷入了长久的沉默，除此之外，努力使自己跟正常人没什么两样。后来情况好了一点，他重新回到剧组，接着拍那场打戏剩下的部分，剧组其他人也只是当他去度假了一段时间。随着拍摄进行，他的异常还是渐渐暴露了出来，接下来的戏份，奥特曼要开始大反攻，但是他根本打不出以前的那种气势，变得畏首畏尾，甚至忘了那些标准的拳脚动作，不管在片场怎么反复地播放奥特曼的BGM都没用，导演不断地加大音量，雄壮的圆号和大号一起怒吼，伴随着强有力的吊镲，那段熟悉的旋律，我在电视机前听过无数遍，每次听到都会热血上涌，极其振奋而简洁，是奥特曼发动进攻时的战歌，只要这段音乐一响起，就意味着战斗即将胜利，没有在这段BGM里不能打败的敌人，可是就连这段音乐，也无法挽救他已经开始怯懦的心。剧组为了他，不断加大音量而烧坏了好几台音响，那个最勇敢的奥特曼仍然没有回来，渐渐地，周围人对他失去耐心，就连那个最器重他、跟他有过短暂暧昧的导演，也开始动摇。就是偶然的一次，他在门后偷听到了他们的谈话，导演在跟其他人商量，是否要把他换掉，用别人来代替他扮演奥特曼，甚至已经在讨论其他的人选，比如那个女演员，不出他所料的话，应该就是她，剧组里的竞争对手，比他有天然的优势，空手道黑带五段、以色列马伽术、业余卡波耶拉，还学过一点咏春，比他更有魅力，身材也更健美，当然，最主要的是没有阴茎，阴茎——一个对于皮套演员而言的多余之物，这是他最大的劣势，一想到这个，嫉妒之火就不断从心底涌出。绝不能让她取代自己的位置，他当时想，因为他才是这个世界上，唯一适合扮演奥特曼的人，他没法想象，如果不去扮演奥特曼，自己还能干什么，他生来就是演奥特曼的，除此之外，什么也不会，而那个女演员跟他不一样，她什么都能干，即便不演奥特曼，也能演怪兽；即便不当特型演员，也能当明星演员；就算不当演员，也能去教武术；也正是因为这个，相对于全能的她，他才更适合去扮演那个独一无二的奥特曼，所以，我的朋友对我说，一听到他将失去这份工作，一股新的恐惧立马取代了先前的恐惧，跟失业的恐惧相比，任何恐惧都不值一提。第二天，他就完全恢复了原来的状态，变回那个无畏的奥特曼，在片场把扮演怪兽的演员揍得哇哇告饶，摄影机把这些都完美记录了下来，导演完全沉浸在他动作的美感当中，都忘了喊cut。从业四十年来，这位李姓导演从未指导过这么优秀的动作镜头，这是李导私底下的原话，他相信这是真心话，而不是甜蜜的奉承，虽然他们之间的暧昧关系，在业界已经不算什么新鲜事，但是撇开这层不谈，在工作上，他们是互相成就，李导是他的伯乐，他是李导的千里马，除了李导，没有人能挖掘出他百分百的潜能，作为这个世上唯一合适的奥特曼扮演者的潜能。他从来都这么觉得，所以迄今为止，他还没有给其他导演演过戏，当时只要收到别人的邀约，一概回绝，我的朋友每天坐在家里，就等着李导给他发来邮件，还是通过李导的助手发来的，他们之间从来不直接联系，一直等啊等，可惜李导对艺术极为苛刻，特摄剧杀青以后，就对外宣传，不会再导演任何作品，这部剧集已经透支了他的艺术生命，直到六年还是七年以后，原制作公司的总裁亲自到李导隐居的山林里，请求了一个月，李导才出山，完成了他生前最后一部作品，也就是十年前，我的朋友客串的那部史上最卖座的奥特曼剧场大电影，除了这部电影，我的朋友就再也没有拍过任何作品，从那时候到现在，他整整失业了十年，随着年纪渐大，身材走形，现在已经轮不到他去拒绝别人的邀约，而是根本不会有人来找他拍戏。他对我说，这些年来，他的人脉全部都失踪了，好像全世界都感染了瘟疫，只剩下他一个人，或者说，是他自己变成了一个隐形的人，别人看不见他，也无法接触到他，总之，他保持这样的一个人的状态生活了十年，但是就在上周，一份戏约突然找到他，对方声称是他的粉丝，看过他的全部作品，想邀请他去担任电影中的某个角色，而这个角色跟奥特曼毫无关系，也只是个跑龙套的，台词都不超过十句，可这是这么多年来，他收到的唯一一份戏约，他不知道自己应不应该去，他问我，是否可以给他一点意见，在这座城市里，他唯一信赖的人就是我。这时我们已经从江边离开，白天鹅宾馆制造出的光线无法再影响到我们，我沉吟了一会儿，刚才这番话大概是我们认识以来，他所讲述的最长的一段话，平时他都笨拙言谈，经常说上句没下句，但我都能理解，那是他特有的逻辑，我也有自己特有的言说的逻辑，他同样也能理解我、理解我的每一句话，所以我想到，其实他没有必要对我说这么多话，他说这么多，意味着他已经想好了，内心已经做出了决定，我的意见其实没什么紧要，于是我问他，对于这件事情他最犹豫的地方是什么，问这句话时，正好走到我们街区转角的私家KTV门口，彩灯的光线从门窗渗出来，里面在唱一首梅艳芳的老歌,他走近几步,在上世纪瑰丽的影子里站立了一刹那,然后回答我,他从来没演过除奥特曼以外的角色,自最初从业开始,他就觉得自己只适合扮演奥特曼,只适合当一个皮套演员,同怪兽打得死去活来,而不是那个耍帅泡妞的偶像人间体。为了演好奥特曼,他拼命地学习了各种搏击术,为了演出奥特曼的不同形态,他一会儿减重,一会儿增重,一会儿减回来,接着马上又提上去,他为了这个角色而生,所以,他怀疑自己无法再演好别的角色。听到这里我立即打断他,大错特错,我当然不会放过这个机会,去说服他放弃多年来的固守,这个时代不需要像他这种顽固的人,我太想他过得好一点,别老活在真空里,于是我对他说,他完全可以胜任,别总相信自己的判断,一个人是永远无法认清自己的,所以才需要借助别人的目光,如果他当我是朋友,就应该相信我的话,他确实无比适合演奥特曼,但那只是因为,那是目前唯一肉眼可见的可能,至于那些不可见的可能,只有尝试过才会知道,我语速飞快地说着这些,唯恐一放缓下来就会暴露自己的心虚,快走到他家楼下,也就是意味着这次散步的终点,这时我甚至说了一句(我都搞不清楚自己在说什么),我说其实这几年新出的奥特曼都挺不错,话一出口马上感到后悔,这是我们之间禁忌的话题,我们从不讨论这些新的奥特曼,因为他们没什么值得讨论的,一旦提起他们,我的朋友就会开始指摘他们,皮套太浮夸、动作基本功太差、全在堆砌电脑特效之类的,我在一旁就会马上附和他,对对对,这些年拍的奥特曼真是太烂了,烂到不值得用语言去形容,然后我们就会跳过这个话题,而我现在突然夸起他们,对我们的友谊无疑是一种背叛,撕毁我们之间的共识。听到这句话他狠狠地瞪着我,让我再把这句话复述一遍,我退缩了,不敢看他,他接着说他知道我的意思了,在楼梯口和我告别,这时我心里产生了奇怪的预感,在回去的路上,我边走边想,我确实伤害了他,我并没觉得新出的奥特曼有多好,我故意那样说,是想让他去接受戏约,重新开启新的人生而已,为此我宁愿伤害我们的友谊。不应该后悔说过那句话,那句话本身是不受任何理智控制的,而且也确实起到了效果。下一次我找他散步,他已经搬走了,看门的老大爷那里有他留的一份口信,说他已经去了北方,北方的影视基地,他在那里拍戏。说真的,我为他高兴,如果说这么多年来能为自己的偶像做点什么,那就是现在,鼓励他去做自己想做的事情，随之而来的失落和伤感是难免的，我以后只能一个人散步了，一个人走过珠江，穿过杨树和椰树混杂的大道，一个人在渡轮码头闲逛，每个下午，看着码头上的孩子们把泡泡吹到半空。自从他走后，我散步的次数反而更加频繁，每晚临睡前，就计划好了第二天散步的路线，散步的路线也比之前更复杂、更长远，要知道，以前我可是最讨厌散步的，要不是他，要不是他，童年至今唯一的偶像，他散步我也散步，他失业我也失业，我本来有份不错的工作，在互联网公司，再混两年就能混到高级运营总监，可因为他失业，我也陪着他把工作辞了，现在随着他离开，我一无所有，一个人到超市里买菜，到喜士多里买濒临过期的酸奶，在小区的老人巢里听人家吹口琴，一个人到宝华路的顺记冰室吃点椰子雪糕，或者到音乐学院的广场上，听一群钢琴系的学生大声用意大利语背诵，在某个独处的时刻，某个具体的瞬间，当我走累了，找个地方坐下来歇息，就会回想起他来，以前我们在一起时，根本不会回想这些，反而是回想，或者说回忆，使得我对他的认识更加深刻，更了解了我的朋友。我想起前两年，我回归到这座城市，和他重逢，约在一间冰室里见面，他迟到了半个钟头，一坐下就埋头吃东西，仿佛饿了很多天，饥饿也能塑造身形，跟第一次见面相比，他的身形要好得多，当然，也无法和他巅峰的时候相比。开始他几乎不和我说话，态度冷漠地把筷子咬得嘎嘎直响，后来他解释说，久别重逢之后的隔阂，跟初遇时的隔阂相比，要更加深刻，也更棘手得多，因为前者面向的是过去，后者则是耐人寻味的将来，对他来说，过去的事情就是最棘手的事情，他这话让我吓一跳，这不是我所认识的他的样子，几番试探之后，我们之间的对话才像干冰处理过的地面一样，渐渐变得滑溜起来。从他一进门我就留意到，他的颧骨处青肿了一块，嘴角也擦破了，随着聊天的深入，我在他身上发现了更多新的伤痕，在脖子上、手臂上，是第一次见面时，他指给我看的那些伤痕之外的伤痕，那是他的伤痕，也是他的勋章，每一处我都记得清清楚楚，十分敏感，如果他身上的那些勋章有所变化，我一定是第一个发觉的，看到那些新添的疤痕，我开始还以为这几年他找到了工作，这些疤痕是拍戏留下的新伤，于是叫了香槟，打算和他庆祝一下，他错愕地看了我一眼，解释说他没有找到工作，脸上的伤是前两天跟别人搏斗留下的，那人是个扒手，他已经盯那个扒手好久了，终于逮着个机会，把这家伙狠狠教训了一顿。很轻松，他说，对方没挨几招就倒下了，在他住的那块地方，没有一个小偷和扒手能挨得住他三招，我知道他在夸大，他以前从来不夸大，当一个人开始自我夸大，意味着他正逐渐衰退、弱小下去，一个长久失业且喜爱散步的人，只能通过打击社区的小偷和扒手来消遣时间，而且，像他这种认真的人，消遣也不仅仅是消遣，每个可能的案发地点、时间和嫌疑人，都在他的脑海里，构成了复杂的地图和网络。为什么不报警呢，我说，他回答说，警察不管事，这个时代没有警察，正如没有奥特曼一样，这个时代所豢养的警察，也正如它所豢养的偶像，一个不断被吹大的肥皂泡沫，随时都能破碎，所以我们只能靠自己，接着他压低了声音，告诉我他今晚要去盯个人，一个潜在的猥亵犯，在小学门口已经转悠一个星期了，昨天不作案就可能是今天作案，今天不作案就是后天作案。他问我是否可以协助他，制服这个猥亵犯，我说当然可以，于是当天傍晚，我们就提前埋伏在那间小学门口，在花丛里露出两双眼睛，盯着那道彩漆喷得花花绿绿的铁门，放学铃一响，小朋友就从里面蹦跳着出来，跳进家长的手心里，也不知道等了多久，天都黑透了，我的朋友还是蹲在旁边，一动不动，也没有出声，整个人跟石雕似的。就在我快失去耐心的时候，他突然紧张地嘟囔起来，那个人来了，那个人来了，他说，我偷眼望过去，确实看到了一个人从街边走过来，头发极短，看不清样子，只看到脚下的一双皮鞋，在路灯下闪闪发亮，并且在门口左右徘徊，跟地面摩擦出沉闷的声响，照我朋友的意思，这个人是猥亵犯无疑。这几天来，这个人一直在守着一个扎马尾背黄书包的小姑娘，一路跟着她回家，当然，只是跟着，没别的举动。过了一会儿，真的一个小姑娘从校门口走出来，扎马尾背黄书包，她看到了那个皮鞋佬，迟疑了一下，朝右沿街边走去，皮鞋佬也跟着走过去，隔着三四米的距离，昨天的距离是五米或者六米，我的朋友说，我们也悄悄地跟在后面，一直跟了好几条街，那个人也只是跟着小姑娘走，他到底想干吗？此时，我心里竟然产生了某种期待，期待这个皮鞋佬能做点什么不好的事情，好让我们抓个正着。真的，特别为他着急，他要是能做点什么，哪怕是往前跟紧一步，把他们之间的距离从三米缩小到两米，我们就会马上冲上去，把他摁在地上，可是这个皮鞋佬，一直这样不紧不慢地跟着小姑娘，我转过头去看我的朋友，他额头渗出了汗珠，也许他产生了跟我一致的想法，我从来没见过他这样慌乱的模样。在我们重逢的第一天，作为一个高傲的偶像，他不想让我对他失去信任，因为整个情形看起来，就像四个傻子在街上走动，没有什么比四个人在街上你跟着我我跟着你更傻的事情了。终于跟到一个小区里，经过池塘边，夏天的池水看起来也是黑冷黑冷的，我猜这里就是小姑娘住的地方，就在这时，皮鞋佬突然有所行动，向前走了一步，作势要走到小姑娘跟前，而我和我的朋友，已经等候此刻多时，我们毫不犹豫地冲上去，我朋友使出标准的奥特飞踢，这招我只见他用过一次，在剧集的第一集，把怪兽踢倒后转身走向大山，就是这次亮相让我疯狂地迷上了他，没想到在现实里他使出了这招，把皮鞋佬一下子踢倒在地，我冲到跟前，用他之前教给我的几招擒拿手，紧紧摁住皮鞋佬的后肩，我朋友扑到皮鞋佬身上，用手臂从后面锁住皮鞋佬的喉咙，就像锁着恐龙兵器丸迫奈扎二号那样。皮鞋佬低声呻吟，连一根手指头都动不了，小姑娘吓倒在地上，过了会儿才带着哭腔大喊，救命，爸爸，救命，我朋友回过头去，跟她说别怕，坏人已经抓住了，小姑娘哭得更厉害，说你才是坏人，快放开我爸爸,听到这句话,我朋友像是受了电击一般,直直瞪着她张开的嘴巴,接着从皮鞋佬身上跳下来,踉踉跄跄,拉着我便跑,一口气跑回住处。我们相互对视,上气不接下气的,才意识到自己刚才做了多么可笑的一件事,在我们重逢的首日,就如此认真严肃地做了一件可笑的事,一点都不现实,虽然对于我们来说,本来就处在另外一种现实,或者说,我们在把这种现实合法化,不过这件事无疑是重大挫折,撕裂了我们的安全感,尤其是他,我的朋友,在家躺了三周,然后打电话约我出来散步。接到电话那一刻我放了心,至少证明他还活着,证明一个坚韧不拔的偶像,不仅仅属于我们这个时代,也属于所有的时代。我们就是在那个时候,开始了为期两年的散步,我们那次散步的路线,就是后来每次散步的路线,在散步的中途,他告诉我,他再也不会去瞎主持正义,作为过气的偶像,正义与否已经和他无关,他只需要静静地看着这一切,正义的和非正义的,他观察、见证,尽管此前他已经观察和见证了很多年,自从失业以后,他就一直在观察和见证,如今他又要跳进这种观察和见证中去,准确说,他从未从中跳出来过,记得我当时回复他说,特别好,正因为我对此记得特别清楚，如今回想起来特别懊恼，不应该那样回复他。我当时还开了玩笑，说这样的话他身上的伤疤就不会增加了，正好，我觉得他身上的伤疤的数目恰到好处，是整十的倍数。当然，我随口瞎说的，我还说会陪他一起散步，现在看来，这句话也是瞎说，仅仅两年，我们才一起散步了两年，我对他的看法就发生了颠覆性的改变，都是拜这两年的散步所赐，先绕着社区走，接着顺杨树大道走到江边，再折返回来，在不断重复的线路中间，我观察他的步态、表情、语言、摸狗的手势、越来越尖锐的嗓音和日复消沉、凝固成磐石的热情，与其说陪他观察、见证这个世界，不如说我一直在观察他这个人。我们之间关系的变化，很难说具体从哪一个时刻开始，我从一个无条件崇拜他的粉丝，走向他的对面，也许他早觉察到这点，正是因为这个，他才要离开我，离开这里，戏约什么的只是托词，这个不知道从哪儿冒出来的戏约，他用此来引诱我说出那样的话，鼓励他离开，督促他离开，逼迫他离开，那天我说的话，可以说是正中他的下怀。真是羞愧难抑，他是什么时候开始察觉的，或者说，是什么时候开始谋划的，我不断地回想这件事，直到有一天，我在江边游荡完后回到家里，接到一个电话让我取快递，就在小区的储物柜里，我下楼去把那件包裹取出来，块头不大，软绵绵、沉甸甸的，上面并没有寄件人的任何信息，带回家里打开一看，里面竟然是一件奥特曼的皮套，是那件熟悉的、我穿过的皮套，背部还有破损的痕迹，毫无疑问是他寄给我的，把唯一一件奥特曼的皮套寄给了我，他肯定只有这一件皮套，不会再有别的。收到皮套后，我把它丢在一旁，竟然有点害怕它，它本来是我梦寐以求的东西，可现在我只想离它远远的，把它丢在厨房里，压在煤气罐下，我那屋子本来就小，厨房就是我几乎不会踏足的地方。大概冷落了三周后，我才把它从厨房拎出来，拿在手里，仔细检查了一番，这时它才仿佛一个久违的老朋友，关于它的触觉和观感被唤醒，还记得第一次穿上它时，合身又舒适，比它原来的主人还要合适，那是至高无上的满足，时隔多年后，我再次在试衣镜前面，穿起这件皮套，却不像以前那么合适了，我的身形比当年胖了些，不管如何严格控制自己的身材、节制饮食和有规律地锻炼，终究还是跟十年前有差别，腰胁和大腿部分勒得隐隐作痛，简直是一个逃不开的宿命，如同当年我的演员朋友在我面前穿上它。我学着他转过身去，迈开步子，所幸没有发出当年那样可怕的巨响，过了好一会儿，我的身体才渐渐适应这件皮套，或者换过来说，这件皮套才适应我。他说的是对的，我比他更适合穿这件皮套，在镜子前面，我左转右转，盯着里面那道身影，兴奋得只想大声喊叫，这次我感觉自己真正当上了奥特曼，如果说十年前那次还不算数的话，那么这次，他把皮套送给我，意义不言自明。接下来的几天里，我穿着皮套，在镜子面前不断地训练自己的动作，先是三大绝技哉佩利敖光线、迪拉修姆光流和兰帕尔特光弹，把它们的动作练规范之后，接着是手掌光箭、奥特束缚光线、十字光线、能量拳击、燃烧撞击等等，只有把它们练到极致，我才有信心穿着奥特曼的皮套从自己的屋子里走出去。对，我计划穿着这身出门，这是一个早就存在于头脑中的幽灵般的想法，无论我朋友是否这样做过，现在有能力做到的，只有我。傍晚七点以后是最佳行动时间，我们小区晚上的照明并不好，黑暗为我提供了掩蔽，想来真是可笑，光之巨人居然需要借助黑暗的援手。用过晚饭后，我打开房门，顺楼梯一溜烟下去，走到巷子里，那里比平常的人少，开始我还贴着墙根走，渐渐地，我胆了大了起来，其实我不太确定其他人是否注意到了我，或者即便我出现在他们眼前，也只是被当作一个路过的影子，生活中有太多陌生的影子，我们早已习以为常，在巷子转角处，我碰到了一个遛狗的女人，三十岁上下，可能比我小一点，她只是惊诧地在我身上瞥了一眼，接着马上移开了视线，倒是她的狗向我表示了更大的兴趣，靠在我脚边嗅来嗅去，她忙不迭地把它牵走，并小声地说对不起。虚假的客气，我想，我们每个人的特征。在这片巷子里越走下去，我就越发觉得，穿着这样奇特的皮套出现在别人面前，试图去融入他们，抚平他们的惊吓和新奇，让他们习惯于此并接受这样一个特别的存在，但感到惊吓的并不是他们，而是穿扮者自己，我越在巷子里走下去，就越发现心虚的不是别人，而是我自己，越走下去，就越觉得奥特曼本身并不存在。一个人得需要多么强大的意志，才能让并不存在的东西存在于世上，存在于其他人的观念里，我这才知道，需要磨炼的不是技术动作，而是一颗强大的内心，我的朋友，他对此强调过很多遍，每次跟我在一起，就不断地重复再重复，我甚至已经习惯于他这种重复，但只有这刻才明白，这种重复的意义所在，才明白自己多少还是低估了他内心的强大。我结束在巷子里的游荡，走到社区附近的小学，就是那次我们监视所谓的猥亵犯的那间小学,绕到水塔旁边的后门,从那里进去,一路走到操场,那里每晚都有许多人在跑步或散步,照明仍然不好,可能人们更喜欢黑暗,极少数人用手机打着手电筒,像一群宇宙里漂游的白矮星。我走进人群中,跟他们绕着操场转圈,我得跑得比他们快,比他们快得多,我的速度是1.5马赫,从那些手拿手电筒的人旁边经过时,他们的光线照到了我身上,我感到胸前的计时器在发热,开始有人注意到我奔跑而过的身影,我听到有一个小女孩的声音,"妈妈,我好像看到了罗布奥特曼",罗布奥特曼是最新系列剧的主角,她妈妈回复她,那不是罗布奥特曼,这个女人用一种久违的口气说,"那是我们的一位老朋友",她的口气差点让我掉下眼泪,我开始相信,不仅仅是她,还有很多人是认识我扮演的这位奥特曼、看他的剧长大的,只需要一个契机,就能唤醒他们的记忆,让大家回想起,我们曾在这位奥特曼的身体里并肩战斗过。想到这里,我更加卖力地跑下去,十圈过后,累得瘫倒在地,连爬回去的力气都没了,热汗和这身皮套黏在一起,特别的不好受,但心里相当满足,一个成功的夜晚,很多人都见识到了奥特曼的存在,这不是梦而是真实的存在。回去以后的第二天早晨，我下楼去吃早茶，在肠粉铺里就听到有人在谈论昨晚的事情，他们说昨晚好像在操场上看到了外星人，我差点笑出声，奥特曼是外星人，好像也没错，确实是从外太空过来拯救地球的，宇宙里那么多星球不选，偏偏选中了地球。他们谈论得越多，我就越开心，努力没有白费，晚上我还要继续这么做，穿上奥特曼的皮套，出现在大家面前，不只昨晚、今晚，第三天晚上、第四天晚上我还要这么做，到后面，我白天也会这么穿，直到所有人都熟知这位奥特曼，至少让他们觉得，世界上还有奥特曼，这位曾经拯救地球的英雄，不应该被遗忘。就这样，每到傍晚七点，我都会准时地穿着皮套，从我们小区的门口出发，在我们社区里走一圈，然后进入小学的操场，从后门出去，不久就能走到通往杨树大道的岔路上，就像当初的两人散步，循着既定的路线。当我这样走在路上时，感觉我的朋友从来没有离开过。这件皮套里还残留他的体温，就像是我们肩并肩走在路上，虽然之前没有这样走过，我们的关系，仿佛比以前一同散步时更加亲密，其实我特别想联系上他，让他知道这件事、这项成果，可以这么说，也许是他以前没有做到过的。现在社区里越来越多的人在谈论奥特曼，谈论夜晚七点后出现的奇异现象，就像谈论一颗流星、一朵星云，有人说在椰子树下看到我，有的说奥特曼出现在操场上，有人说孩子们排着队跟在奥特曼后面半夜里游行，有人说在酒店门口抽烟时，看到奥特曼走上天桥和汽车赛跑，还有人说奥特曼救了他一命，因为奥特曼经过时，他正被两个歹徒抢劫，每个人都有自己的一套说法，大家都意识到了奥特曼的存在，奥特曼在人群中是如此特别，我知道，很快他们的目光就会锁定在我身上，很快就会把我找出来，一个住在梅花新村三号直巷二单元五楼、三十出头的单身男性，是我穿上皮套，搞了这么一出。他们肯定以为我是个疯子，或者异装癖，头脑不大正常，左邻右居会对我指指点点，有人甚至会往我门上泼油漆，无所谓，我已经实现了我们的目的，我说的我们，指的就是我和我的朋友，从最一开始，这个目的就被他确立下来，并且引导我们的行动，我只是在做粉丝该做的事情而已。半个月后，我终于接到了电话，是他的号码但并非他本人，话筒那头是一位女士，听上去不再年轻，她自称是他的朋友，问我是否有空约个地方见面，她有很重要的事情要告诉我，我马上答应，并约好在鹭江附近的一家茶餐厅。当时她穿深棕色的皮衣，里面的黑衬衫胸前坠着一条银链子，自始至终都戴着墨镜，但可以看出来，化了很浓的妆，年纪五十左右，最让我惊奇的是，即便她坐在座位上，也能感觉到她的骨架之大，比男人还要粗大，当她站起来时，足足比我高了十厘米。她告诉我说，她以前是皮套演员，和我的朋友曾是同一个公司的签约艺人，我突然想起来，我朋友确实向我频繁提起过，那位一直和他竞争的女演员，是他的仇敌冤家，不过，我面前的这个女人却否认了这点，他们压根就不是什么仇敌冤家，恰恰相反，他们是非常亲密的朋友，换句话说，是闺密。我不敢相信自己耳朵，闺密——这个词，从她的口中吐露出来，对比我的朋友以往关于她的叙述，那绝不是"闺密"这个词语可以解释，可我们越聊下去，越证实她的话才接近真相，她对我的朋友了若指掌，比我了解的要多得多，她知道关于我们的一切事情。这么多年来，她是他唯一信赖的朋友，她说，包括这个电话，边说边从挎包里掏出一部手机，她说他们每天联系，直到前两天，他把自己的手机寄到她家门口，她这才用这部手机联系上我，我的号码很好找，因为手机里通讯记录最多的两个人，除了她就是我，而且通讯时间几乎没有变化，下午四点十分，我们约好的散步时间。这时我心里开始有点慌神，整件事情开始变得陌生，不受自己掌握。我问她，我们共同的朋友如今在北方拍戏怎么样，她回答说，拍什么戏啊，都是他的谎言，根本没人找他拍戏，他只是找个地方躲起来而已，过上彻底的自由自在的生活，彻底地卸掉偶像的包袱，回归普通人的生活，对他来说，精神上的束缚比物质上的要难堪得多，抛掉一切后都在变好，抛掉一切的关键在于抛弃自己的粉丝。她直言不讳复述着他的原话，只要某个烦人的粉丝还在，那他就不能摆脱偶像的身份，那个如同苍蝇一般缠人的粉丝就是我，他说，没有什么比和我在一起更压抑、更腻烦的了，何况还要每周都沿着同样的路线散步，看起来有头有尾但其实都是无休止的原地踏步，何况身边这个傻兮兮的粉丝，只会远远地跟在后面，一句话也不讲，他还对她说，这个人大概是他见过最木讷的人，也是最笨的人，没有一点学习天赋，连最简单的动作都要教半天，恰恰是这种人，从十年前就一直跟着他，水蛭似的，怎么甩也甩不掉，不然他早就可以摆脱偶像身份，过自己该过的生活去了，因为有我这个粉丝的存在，让他的计划延宕了十年，不过，这十年也不是白挨的，由此他想出了一个更完美的计划，更完美地脱身。十年前，甚至更早，他就开始了这项计划。我面前的这位前皮套女演员、奥特曼的闺密，点着了一根香烟，向我款款道出另一个惊人的事实，早在认识我之前，他就计划摆脱这个身份，那时他刚刚学会上网，正常来说，他应该五年前就学会，他比一般人都会慢半拍，恰好是那个不太恰当的时机，在网上，他看到了自己主演的剧集，他随便点开其中的一集，是奥特曼和戈尔德拉斯大战的那一集，戈尔德拉斯，被网友昵称为金龙，是一头具有超能力、能控制地球磁场的恐龙形怪兽，在剧集中的实力仅次于最终大 Boss 加坦杰厄，对于奥特曼来说，自然免不了一番苦战，那确实也是他拍摄得最辛苦的几场戏之一，在剧情里，他得不断拖拽着金龙的大尾巴，阻止它逃向混乱的时空界，并且肉搏时充当诱饵，使金龙的两只大金角暴露在得克萨斯光线的攻击路径上，为此他一趟下来，挨了不少打，还重重地跌了跤，膝盖和后背两处蝴蝶状的伤疤就是那时候留下的。他自认为这段戏把奥特曼百折不挠的精神演绎到了极致，他经常自我感动，每次观看自己演的戏都是如此。这套剧集他有好几套蓝光高清的 DVD，已经看了不下百次，每次都深受感动，只是以往都是在电视上看，在电视上看时，那些影像只属于他一个人，但是在网络上，它们不再是他所独有，在一群弹幕和留言中间，他惊恐地发现，其中绝大多数都是支持金龙、贬低奥特曼的，比如"金龙好可爱，简直就是我老公""这身鳞甲真是太美了""表白金龙"，还有的说"奥特曼看起来太蠢了，活该被打死""奥特曼太不要脸，打架只会找帮手"，他不知舆论从何时起有了这样一百八十度的大转变，也不知道为什么会转变，简直不可理喻。他越想越害怕，注册了一个账号，在视频里发布支持奥特曼的弹幕，但很快，他发布的弹幕被更多相反的弹幕所覆盖，评论和留言也是如此，只要他说一句奥特曼的好话，马上就会有许多"金龙粉"攻击他，他甚至通宵和网友打口水仗，打了好几晚，终于坚持不住，他一个人根本无法打赢这么多人，即便他会奥特曼的所有招式。晚上他做了噩梦，梦到自己被无数头金龙围攻，被它们用大屁股压在身下，被压得喘不过气来。不只是金龙，他甚至回想起超古代龙美尔巴、僵尸怪兽西利赞、雷丘兰星人和深海怪兽雷伊洛斯，那些死在他手下的幽灵，不是死在哉佩利敖光线就是迪拉休姆光流下，全都炸得粉身碎骨，现在全找上他来了，他一闭上眼睛，就能看到那些怪兽的影像，这种恐惧一直持续了好几年，也就在那个时候开始，我的朋友努力摆脱奥特曼的身份，忘记所有关于奥特曼的东西，把珍藏的蓝光 DVD 和玩具模型全扔掉了，除了那身皮套，但也被他锁进箱子，扔进地下仓库。那几年他其实已经几乎忘记自己是谁，也没人记得他是谁，我面前的女人说，直到他遇上我，在那个破破烂烂的舞厅里，遇上了我这个，可能是世上仅剩的粉丝，唤醒他作为奥特曼的记忆——听这个女人说到这里，我已经坐不住了，分分钟都想从茶餐厅里冲出去，但她若无其事地坐着，继续冷漠地讲述这件跟她不相关的事。当然了，她对我说，遇上我对他而言未尝不是一件好事，由此他想到，把我培养成另一个奥特曼，他的接班人，从而把他的身份转移到我的身上。那次在家里把皮套借给我穿，他就知道这计划完全可行，因为我们两个人简直就是一个模子刻出来的，穿上皮套之后，别人根本分不清里面那个人是我还是他，就算是他看到穿皮套的我，也以为自己在照镜子，只要假以时日，一个比他更像奥特曼的奥特曼必定会诞生，这样他就能从偶像的泥沼中逃离，永远地逃离。她说到这里时，我站了起来，我感觉自己站起来的气势特别像奥特曼，闭嘴，我对她说，我无法再继续听下去，说完这句话，就从餐厅的大门走出去，按理说我不会对女士这么无礼，这次超越了忍耐的极限，她说的每一句话，都在考验我的耐心。一走出餐厅，正午的太阳炙烤在身上，我刚才那股劲儿立马就坍了，我好像什么也不是，地面上连影子都没有，一路上都不知道是怎么回到家里的，一进门就把头蒙进被子里，像个七岁小孩。我确实很生气，但那只是在餐厅里，现在更多的沮丧把我填满了，那件皮套就挂在我床头对面的衣架上，我把它挂在那里，为了每天早上起床都能看见它，看见它就跟打了鸡血一样，而它现在只是一张破橡胶皮而已，没有意义，就在回来路上，我还想着把它撕成碎片，冲进马桶里，但这么做也无法冲走我的耻辱，我觉得耻辱不是因为朋友对我怎么样，而是他失去了对奥特曼的信仰，何况长久以来，在我眼里，他完全等同于奥特曼，我对奥特曼的信仰就是对他的信仰，他首先是我的偶像，其次才是我的朋友，一个和我有着共同理想的朋友，可现在，这两种身份都被他抛弃了，彻底、干净，就像是井底之蛙每日仰望的一块巴掌大的天幕，突然被人换掉，被告知这只是一块虚假的装饰板而已，上面画着蓝天白云，但并不是真正的天空，也从未存在过真正的天空。我病了，在床上躺了好几天，有一次饿得不行，起来煮面条吃，返回房间时和窗边的镜子打照面，才发现自己瘦得颧骨都凸了出来，用手一摸肚子，赘肉也消减很多。我看着镜子，仿佛看到十年前的自己，过了片刻，转身走到衣架边上，把皮套取在手里，触碰到皮套的一瞬，我们马上就和解了，从它身上我已经嗅不出任何跟我朋友有关的气味，它现在只有我的气味，奶油的香甜和黑咖啡的苦涩的结合，是我独有的味道。我甚至还能闻到，十年前第一次穿这件皮套所留下的气味，这是注定要留下来的，我才想到，那不是偶然，当我第一次穿上它，它就选中了我，跟任何人无关，它不只是一件皮套而已，不管我的朋友怀有什么样的目的，这些年来，我也确实成长为真正的奥特曼化身，一个独立于他的人，想通这点后，我对它又吻又抱，希望重燃，以后这件奥特曼的战袍就由我所独占，只属于我一人。再次穿上它时，比以前穿着更合适，因为掉了十几斤肉的关系，体态更加轻盈，宛如回到超古代遗迹露露耶的中心，被超古代战士遗留下来的光芒选中的那一刻，这时穿上皮套，下体那种挤迫感也消失了，空荡荡的，说不出的舒服。过了两天，我下楼散步，经过我朋友以前住过的那栋楼，业主正在挂牌招租，挂牌的日期是两个月前，他已经离开两个月，他的屋子还没有租出去，如果不是我去租这间屋子，还有谁会租呢？恰恰是这两个月我完成了向奥特曼的转变，于是我找到业主，拿出全部积蓄，要无限期租下他的房子，无限期！他当然不明白我在说什么，不过很乐意把房子租给我，租期还是原来的合同里写的一年时间。第二天我就搬进新家，他的旧家对我来说就是新家，虽然以前只进来过一次，但还清楚地记得，时刻朝阳的窗户、四个棱柱状的吊灯、鼓起蜂窝状包包的墙壁，还有那灰砖白柱的阳台，站在那里有着很好的视野，而且确实可以看到住在对面高档楼的人家，透过落地窗，每户人家的举动都一览无遗。我一搬进来，这间屋子的一切就完全接纳了我，欢迎回来，它们这样说，在这间屋里住下才几天，我就养成了一项以前从未学会的习惯，就是在阳台上观察邻居的一举一动，我朋友他肯定做过无数次这样的事情，既是致命的危险的吸引，也是奥特曼宿命般的职责，我从中得到了至上的快乐，得到所有人快乐的总和。人类快乐的总和就是奥特曼的快乐，所以奥特曼奋不顾身也要捍卫这种快乐。有一天邻居家着火时,我正趴在阳台上,吃着煮好的鸡笼饺,刚咬一口,对面窗户的火光一下子爆炸开来,这次消防安全系统没起作用,再精密稳定的机器也有遭遇滑铁卢的一天,毒蛇般的浓烟慢慢从窗缝爬出,远处一定有渡边和绿子在喝着啤酒欣赏这次火灾,去他妈的小资,我知道自己的机会来了,等这么久其实就是为了这一刻,一个独有、沉默的时刻,用他的话来说。于是我马上回身到屋内,穿好奥特曼的皮套,冲上阳台,这时我感觉胸前的计时器开始炽热,不仅仅是我感到这种炽热,所有人都是,因为我看到地面上已经簇拥不少人,对面大楼里的住户们也都走到阳台上,感受着这种炽热,我紧盯着距离三十米远的那团火焰,奥特曼永远不会迟到,怀着这样的信心,我从阳台上跳了下去,在半空中呼啸而过之时也丝毫没有改变自己的想法。

细叔鱿鱼辉

1993年7月,某日早晨,我的细叔林启辉冲入广州新滘的差馆,向警察阿sir报案,称昨晚被变态佬尾随入屋,险些被其掐死,幸得他装死,之后又凭借学了几年的杂技功夫,爬出阳台,跳到树上,这才逃生。当时细叔身上还穿着垫肩的戏服,脸上涂粉和口红还在,一头烫染过的梦露式短卷发被露水打湿,也不知他在外头躲了多久,也许是这些,才让他的讲述可信,阿sir给他录完口供,然后出警,其间细叔就坐在差馆内的长凳上,不知何处可去,虽是炎夏,楼内过堂风都是闷燥,他却只感到孤独的凉。这种感觉似乎在他一生中不断重复。那时他只是扳动了开关。午后,阿sir喜气洋洋地通知他,犯人已经抓到,多亏他提供的线索,大功一件。几年来,正是这犯人在敦和、琶洲、新洲等地连环作案,专攻落单女性,掐死后侮辱尸体,完美避开所有目击证人,亦搞到差馆压力山大，动了许多警力，对此案仍无所获，倒是顺带破了几十宗其他案件。广州杀人王的声名远传，连我们乡下都听说了，彼时我阿爸在中学教书，借校内邮递之便，写信嘱咐细叔，"暗瞑时小心出街，少食几支烟，莫搞些不三不四的发型"，那信现在还保存在老厝书桌下的箧里，证明当时他们还没闹翻，还算是拍虎掠贼也著亲兄弟。信寄出去，阿爸还怕收不到，还托亲戚上省城寄个声，几百公里路程，声还没寄到，细叔这就出了事。之后就是给阿sir领着去指认嫌疑人，那人大概五十岁年纪，鬓发都白，眉毛浓密，拧起来像除猪毛的铁夹，一见到细叔，脸都灰了。阿sir问细叔是不是他，细叔回答说，差一点就能确定，还要看他的手。犯人掐过细叔的脖子，手一摊，中指和无名指第一节有老茧，必然无疑。就这样，一时威风的广州杀人王栽在细叔林启辉的手里，后来坊间相传，都把细叔说成是一位女杂技演员。实际上细叔只是练过顶碗，踩过几次单轮车，从凳尖上摔下过一次，因为怕疼，此后就再不肯跟师父学了；细叔自然也不是女性，不过是生得阴柔，自小被长兄阿姊护着，因排行老七，常被乡下伙伴叫作"妹七"，等过了十五六岁，仍变声缓慢，嗓音清亮好似雀仔，直至今日也无太大变化。他倒是也没浪费这把声喉，少年时刈完水稻就习惯躺在垛子上咿咿啊啊地唱，惹得大家都笑衰他，后来上省城来揾食，专去歌舞厅驻留，有时唱些口水歌，有时唱点粤剧，更多的时候，反串扮成当时的女星。他扮梅艳芳是绝活，不在形似而在神似，梅姐1985年在香港海洋皇宫的演唱会录像带，细叔观摩不下百次，学她唱《蔓珠莎华》时卡点的抖肩、大腿摇摆时的幅度，学她唱到副歌时，上身呈九十度剧烈后仰，把发梢都甩拉起来，每根发丝都有它独特的灵魂。为此细叔留了一年的长发，再做个烫染，画好眼影和口红上台，在场的老板们没有说不像的。家里人很长时间都不知他做这一行，包括我阿爸，只知道他留这怪异的长发，这掩藏不住。过年回家，阿公每看到细叔这发型，饭都吞不下，阿嬷夜里还拿把剪刀，想偷偷把他长发铰掉，未遂，那改造过的头发就如通了电的传感器，剪刀还没挨到呢，细叔就先跳起来了，脸颊正撞中剪刀尖，血是止住了，却留下指甲大小永恒的疤。自此以后细叔睡觉前，必先把门闩紧，连阿爸也不能放进来。兄弟之中数他们关系最好，细叔四岁时发恶热，针汤难治，阿公本来已经放弃了，是阿爸偷了细叔跑出去，到海边扒了衣服，把他身子浸入海水里，浸一时再抱起来暖一时，这才把细叔的魂捞回来，此后他们的魂就绑在一起，形影不离。细叔刚上中学时，阿爸已经在学校里做预备教师，细叔每天跟着阿爸的单车回家，坐在后座，伴随着车铃响兴奋大叫，阿爸也乐意在众人面前秀他新买的二手车，带着细叔镇头镇尾都兜转遍了，这下谁都知道阿爸的那架单车头，也知道阿公家的单车两兄弟。大家把他们连起来叫了好多年，直到某日，突然不这么叫了，阿爸是阿爸，妹七是妹七，众人都分得清楚，尤其是细叔读完高中离家之后更明显，阿爸也从未想过，细叔在心房内已为他加了许多道门锁。所有人都是。在省城出事后的那个夏天，细叔林启辉回到家乡，特意带了稀罕的榴莲，气味在家里三日不散，没人敢动口，亲戚对细叔也如对这榴莲一般，聚会时围坐三圈，细叔就在中间，好似审问犯人，好似细叔才是那个穷凶极恶之人，而非受害者，大家也是吃饱喝足了无事做，都好奇出事的那一晚到底发生了什么。日头烈烈，穿透院里的苞萝树，烘热众人的皮肤，汗气蒸腾扑在巴掌大的树叶底下，细叔被这许多双眼睛睇住，话都讲不出，半日才挤出一句，磕磕巴巴复述完那晚的故事（当然，他故意隐去不提在歌舞厅做事），众人却听得兴起。细叔说，那个变态佬肯定是个做木工的，他手上的老茧正是长日磨锯子所致，他掐着细叔的脖子就像在丈量木材，品试木头的手感，他把细叔压在身下，膝盖顶腰，细叔便动不了，那人大概有一百六十斤重，俯身时细叔能闻见他身上那股木屑的味道，那股味道恐怕冲多少次凉都无法消除，后来去指认那人，隔着铁窗好远就闻见了，那人躲也躲不掉。听到这里众人笑起来，特别是以前做过木工的六叔公，各亲戚家里的椅子凳子都是他的功劳。六叔公还站起来向大家展示他的手，确实老茧累累，还嗅嗅身上的衣服，说，这辈子果然做不了歹事，一做就被抓，听完大家更起了哄，气氛热烈，细叔的头却摆得愈低，发绺顺着脑壳垂下来，有心人瞧见了，就说启辉的头发长得跟炸姞婆一样，难怪会给变态佬盯上，众人的焦点又拉回细叔的头发上，那可是精心烫染、在舞台上迷得老板神魂颠倒的头发，却对付不了这些乡下的看客。又有长辈数落起细叔，说他上省城后，只顾着讲白话，家乡话竟不讲了，一趟下来，家族聚会开得有如细叔的批斗会，细叔自然不愉快，对这片环境更增厌恶，阿爸虽在一旁坐着，却也不袒护，那个夏天他们的交流加在一起不超过十句，两人的隔阂从那时候开始，也可能更早。阿爸的消息很灵通，也许已经得知了一些风声，只是没能亲自证实。细叔在家里耐不住十天，又要上省城去，依旧住他在新滘的租屋，白天睡觉，夜里到歌舞厅里演出，连唱七八个小时，通宵至清晨五点才回，细叔也不觉疲惫，那时不过二十出头的年纪，后生仔，有的是使不完的精气神，每天他都徒步从工作地点回家，几公里路，几乎是走到一半时，第一抹朝晖会从珠江面压射过来，有时早有时晚，他也许是那个最敏锐感觉到太阳直射点在北回归线上来回推移的人，此时海珠桥边的大街上，早茶店早已开铺，鲜虾云吞和叉烧包蒸腾的香味漫出遮挡的布帘，招引来穿白衬衫喇叭裤带公文包的上班族，还有自远郊而来穿着解放鞋的工人，身上还沾着昨日未干的泥土，轮渡从桥下通过时，风把船头的红旗吹得猎猎响，也遮盖不住从船内飘上岸来的广播声，那来自遥远的首都的普通话字正腔圆，令细叔印象深刻，那必是一个个接连不断的喜讯，如同悬挂在桥身的招商信息，巨大的"健力宝"大字在朝阳下透亮。他一般吃完早茶后再过桥，加入在桥头等待的单车潮里，等待一声哨响，车潮便向前涌动，他被众多腿部的蹬圈运动裹挟，眩晕在车铃的齐奏里，等单车潮过去，他一个人的身影还在桥中央踟蹰，好似时代的协奏曲里一个被突然敲下的休止符。但细叔是兴奋的，这个世界突然涌现出这么多辆车，多年后他在日记里写道，他的梦想是有一天能买辆永久牌单车。当然，后来谁都知道，这梦想不值钱了，而歌舞厅也会倒闭，梅艳芳也会变成冷门女星，会离开这个世界，但细叔就待在原地，能多待一天是一天，在歌舞厅里，歌能多唱一首是一首，也确实有那么多大佬，话晒都是他忠实 fans。那些就算不是真的大佬，也要假装自己是大佬的人，很给他面子，上来就当着众朋友马仔的面，夸他唱得好，连点他好几首歌。欢呼声中细叔感到陶醉，这才缓缓开喉，随着乐句扭动四肢，气息自胸腔沿喉管抵达鼻腔，几番折射，在颅内钻出个洞，仿佛若有光，他便沐浴在这梦幻的光之下，狂喜的震颤周转全身。有人曾用傻瓜相机给他拍下靓照，那张摄于 1993 年 4 月 19 日的黑白照，精准还原了细叔巅峰时期的风采，他当时穿厚重的连衣舞裙，盘发髻，头饰如一颗硕大的火龙果高高隆起，右手拿麦，有力倚在腰间，左手向上前方挑出，似是舞蹈的起步动作，又似是一曲歌罢，撩动观众情绪的姿势，最让人震慑的是他的面部表情，他由上往下对着镜头，颧骨高耸，红唇紧抿，鼻尖似梭，涂着厚妆的双眼射出凛光，似乎要使所有底下的观众臣服。这是我从未了解细叔的一面，即使那只是光影的一瞬，仍然可以想象，现场有多少人为他狂呼，冲上舞台，与他拥抱、吻脸颊，向他敬酒，把醺醺酒气留在他的舞裙上。而我的阿爸亲眼见证过这些，就在1993年的中秋，他趁假期悄悄上省城，从熟人处摸得细叔常驻的歌舞厅，傍晚一过就去蹲着，混杂在人群里，从头到尾看完细叔的演出，细叔毫不觉察，直至舞台灯熄后，细叔从后门溜出去食烟，阿爸也跟在后面，向他借火，彼时天蒙蒙光，细叔一时睇不清是阿爸，只当是陌生人，便跟阿爸同站在一株大叶榕下，无声无息食完了一支烟，阿爸这时行近来，手提着袋子包好的月饼，朝细叔头顶一掟，把细叔掟得晕头转向，头饰喇喇掉了一地。细叔转头一看是阿爸，痴住了，讲不出话来。阿爸丢下月饼袋子转身就走，走路时他感到地面颤抖，显然是他恼怒、伤心到极点，只想快快行开，当天早晨他就买了回去的车票，迷糊睡了一路，只记得闭眼开眼时似有白头鸟在车窗外叫，依稀是他和细叔当年捉雀仔的情景。阿爸回到家里，饭都没心思食，闷头躺在床上长吁短叹，阿妈也不知何事,盘问了几日阿爸才肯开口讲,妹七是好难回头了,去大城市无人管,去那种地方卖姣也无怕丑。阿爸的奇遇讲出来阿妈也惊,两人一商量,都觉得应该给细叔娶个新妇,一来细叔也到了年纪,二来家里有新妇在,细叔的路也走不斜,不失为一个好办法。于是阿爸便多留意起同乡的姹姼仔,尤其是那些出门在外的,他还托省城的同学做媒,只要碰到合适的,得闲就拉细叔出来吃饭。细叔二十四岁到二十五岁这两年,介绍给他的对象不知有几多,单论酒楼茶楼亦都不知去多少回,西关荣华楼和中山五路惠如楼的老板都成了熟人。细叔起初很抗拒,跟人约会时,如同龟鳖,默不作声,人家看他这发型,也当是不正经人,因此都成流水落花,后来不知是不是因阿爸心诚,竟也碰到了个跟细叔投缘的,如今看来,也不知细叔是为了顺阿爸心意,还是没想明白。他们初次见面,聊得好愉快,吃完饭接着约看了电影,在越秀公园附近的一个小录像厅,外边挂着手写的夸张大字黑板。他们挑了《开心鬼救开心鬼》那场,进去是个只有十几个座位的小黑屋,到了放映时间,人们陆续入座,礼貌,与世隔绝般死寂,大家都紧盯着面前那块22寸的屏幕,直至一道银光划过,图像慢慢从暗不见底的视网的深渊升起,映得四周一片红,细叔听到了每个人心底同时升起的赞叹,尤其是她,离他最近,所以听得最清楚。观看过程中她不歇地笑,剧情是很搞笑,他也笑,但完全比不上她那样笑得前仰后合,扑洒了饮料,他从未见过有人的笑声可以这样从喉咙根跳出来,以至于完场后他都忘了电影本身,哪怕里面有Beyond乐队、尚显青涩的李丽珍,有传唱到如今的"黑凤梨",细叔只记得她不同寻常的笑。这咋姞仔对细叔也有好感,后来两人感情升温,过年回乡时,两家一往来,那个爱笑的咋姞仔就成了我的细婶。实际上我对细婶没什么印象,她来我们家时我才刚学会走路,她那存在于别人口中的雷暴似的笑声,在我的记忆里却仿佛积压了无数乌云,我一点都想不起来,是阿妈讲我听才知,当初细婶第一次来我们家,我正入迷于玩辘铁圈跑来跑去,阿妈则堂前屋后地跟着我喂粥,细婶大笑时,声音从院子传至大堂,在梁柱间回响,连供奉的神主牌都要抖三分,我就是在这笑声中扔下了铁圈,大眼碌碌地望着四周,似是发生了什么不得了的事情,半日回过神来,这才肯坐下来喝粥。阿妈当时只觉得好笑,她相信幼年的我是存在那段记忆的,因为我很少有那种乖乖听话的时刻,可惜的是，后天的教化把这些记忆遮蔽掉了。而细婶也没在我们家待多久，结婚第二年她生下我的堂妹，第三年便和细叔分开，女儿财产她都不要。那时堂妹还未满周岁，细叔也是糊里糊涂，只能丢在老家让阿嬷代管，堂妹要吃奶，日哭夜啼的，阿嬷就把艾草濡湿了喂到堂妹嘴里，这才强行使堂妹断奶。日子一天天过去，堂妹倒是长得好，大脑袋，四肢瘦长但有力，舞起来虎虎生风，抢我的辘铁圈还追不过她。长到五岁时细叔想领她去广州养，堂妹死抱着阿嬷不松手，怎么都撕扯不开，细叔就唸到个办法，硬的不行来软的，就让阿嬷哄堂妹上广州玩，住一段时日，阿嬷再悄悄回乡下。于是堂妹某日一觉醒来，发现阿嬷不见了，哭得肠断，过好几天才缓过来，然后死心，接受要同细叔一起生活。但堂妹一直记得此事，即便过许多年，她仍记得那个受两个大人联合欺骗的世界末日，犹如她记得刚和阿嬷来到广州时，她们这辈子食过的第一支雪糕，菠萝牛奶味，是细叔给她们买的。他们三人还去了环城东路的麦当劳，那是省城的第一家，那巨大的穿黄色连衫裤的充气小丑公仔，就飘浮在银色的招牌上方，她问阿嬷，那个公仔咩时候可以下来，阿嬷就同她讲，暗暝时就会下来了，公仔也要睡觉，讲完就咧嘴笑露出光秃的牙床。阿嬷的牙早在十年前就坏掉了，所以汉堡咬不动，薯条也只吃一点，倒是番茄酱吃得满嘴都是，活像被打肿了唇，堂妹笑细叔也跟着笑。在那个短暂的夏日，堂妹、细叔和阿嬷在省城确实有过快活时光，他们还去过动物园，堂妹看到大榕树下卧倒的老虎，大家都争着合影，她也想合影却又胆怯。细叔把她抱起，架在栅栏边，她一边畏缩得直掉泪，一边又欢喜细叔的大手紧护着她的双肩，令她感觉安全。自此她开始认识到，细叔不是那么坏的爸爸，如果要和这陌生又善变的世界相比，他确实是个好人，好到让人觉得不现实。他本该有专属于自己的人生赛道，他本跟人同居，堂妹到来之后，他把对方赶出去，又租了间更大的屋，足以装下堂妹闹腾的手脚。白天他教堂妹习字，用蹩脚普通话教她念"世上只有爸爸好"，让她骑在脖子上，满客厅里囟囟转，或是跟堂妹玩捉迷藏，那时屋子虽大，却徒有四壁，没什么可躲藏的地方，他们次次都躲在床底，但也玩得好嗨，扮鬼似的大叫。有时他们会出门去行街，手拖手，没头没尾咁游荡，小影子交叠在大影子上，行到长堤大马路再被一间间铺头的巨大灯箱影子压灭。堂妹还记得，他们一起行路时，珠

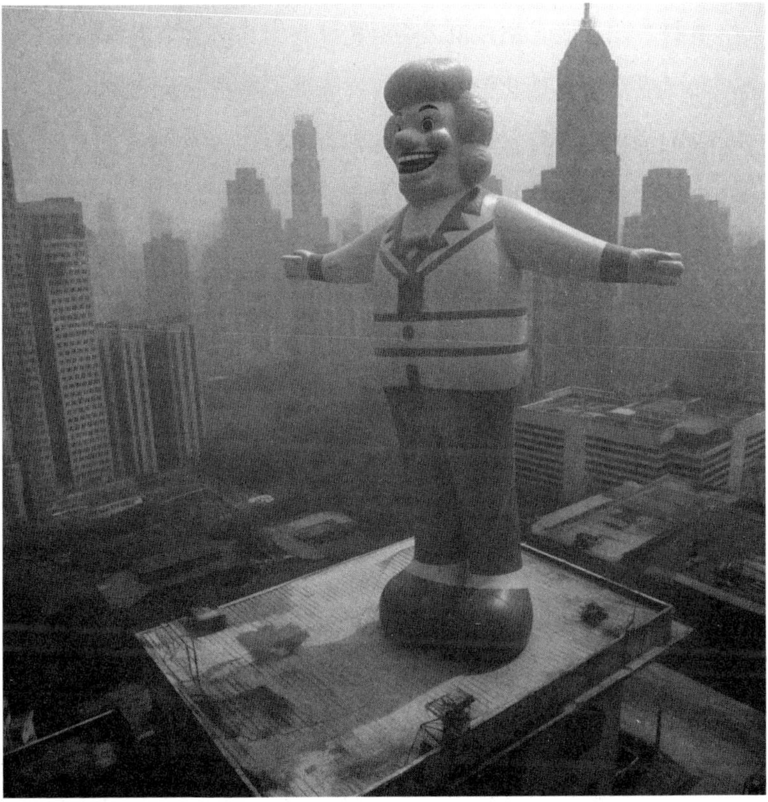

江的风从南边吹来，那时江水刚刚开始有腥臭味，细叔就同她讲，那些都是钱的味道，他还讲自己见过有人半夜偷偷把钱藏在江底，讲的好似真的那样，等堂妹以后出嫁了，细叔说，他就把江底的钱捞上来当嫁妆，堂妹憨憨地就信了。当时在省城想赚钱的人就如江底的泥沙，跟着钞票之流向前奔逐，流到深圳的工厂，然后是香港和澳门的后花园，堂妹虽然小，也隐约感觉被这些不安的灵魂所包围。有一回深夜，细叔带堂妹从外面回来，看到邻居屋门大开，黑魆魆不见五指，有哀哭声从角落传出。堂妹怕鬼，吓得险扯破细叔衣服，走近发现是邻居霞姆，问了才知她仔偷了存款，说是去特区炒股搞投资，几个月音信全无，昨天包租公来催她房租，说三天之内交不上，就把她的家私扔到街上给收破烂的捡走。细叔听完直骂包租公恶毒，当即把当晚赚来的小费全给霞姆，又回屋拿了一些积蓄给她，这才心里安乐。谁知几天后霞姆家仍然人去屋空，一声招呼没打，那些借出去的钱也没下文了。细叔倒也不在意，只当是做了好事，而堂妹那阵子睡觉时却不安宁，死搂着细叔的胳膊瑟瑟发抖，都因那晚而起，穷人扮鬼吓的，害她夜夜做噩梦，还说今后她都不要半夜回家了。那显然无法实现，细叔夜里去歌舞厅返工,自然得带上堂妹,她又没法独自在家,只能跟着细叔跑夜场,被交杯声、吆喝和舞步踢踏地板声环绕,台上灯球彩光闪闪,她也不理会,只埋头玩细叔给她买的咸蛋超人玩具。细叔第一次领堂妹去舞厅时,跟熟人介绍说这是他的女儿,他们都瞪大眼睛不能相信,他们的台花什么时候结了婚,还有了女儿,毫不知情,像是凭空生出来的,况且细叔和堂妹长得并不像,更令人生疑。起初每轮到细叔上台开嗓,唱起梅艳芳的"喝一口女儿红,解两颗心的冻",就有人跟堂妹起哄,快看你爸在台上表演啦,堂妹只瞥一眼,还是低下头去,玩回手里的玩具,一来二去,便再无人管她,只当是外头混进来的哑巴野孩子。堂妹就是如此和细叔度过无数个夜晚,直到咸蛋超人给玩到散架,摔断了腿,堂妹也开始上学,细叔这才不带她去舞厅,也是从那时起,舞厅开始行下坡路,准确说不是"行",是急速向下俯冲,熟客都去得少了,生意亦越来越难做,细叔常驻的那家小南国,于2002年冬春交际时倒闭,细叔之后转战别处,也不过是四处飘零,至第二年"非典"来袭,彻底断了卖唱的念想。只不过堂妹的学费还得供上,细叔就想方设法去捞钱,给人家屋里做保洁,去生果档给人帮手,在石牌村的牌坊下卖烟仔,也在老鼠街卖过DVD碟,那段日子他熬得艰难,也多受兄弟姊妹的接济,他从不推辞,我阿爸就经常偷给细叔和堂妹塞红包,惹得我阿妈噙东噙西,因我们日子也拮据,哪有余力帮他人,阿爸就冲阿妈吼:你去公园看看启辉都搞咩鬼,我不帮他还是做乳兄的吗?阿爸指的是细叔跟团去做马戏,四处巡演,都演到我们老家县城的家门口了,起初在小礼堂演,海报铺得猩红满目,画着硕大的蛇身美人头,只不过蛇身画得离大谱,倒像条鼻涕虫,都没人去看,后来又被人赶出礼堂,用面包车把全部家当都拉到公园,重新搭起戏棚,这才反而热闹起来,尤其是细叔演的美人蛇,二十元一位,来参观的在棚外都排起长龙。讲来也巧,我和阿爸事先都不知细叔来这边做戏,那时恰逢我生日,阿爸带我去公园玩,看到有人做马戏就也跟着看,排了半天才进去,棚里装饰成洞窟的外貌,射灯映得蓝幽幽的,细叔就在最里面的玻璃缸里,只露出一颗头,眼神依然闪亮,背后是一块红幕布,衬托得他的脸有如霞光飞起,头发则自太阳穴往四周扩散,也似飘在云中,脖子以下是一截干黑细小的蛇身,跟脑袋不成比例。我开始有被吓到,而细叔脸上仍挂着笑,是日常面对顾客程序般的笑。光线昏暗，我们起先并没有认出对方，毕竟也好几年没见了，我站在离他五米远的地方，跟他有一搭没一搭地倾偈，他问我多大了、有无兄弟姐妹、上几年级，得知我今天生日，还给我唱了英文生日歌。我只当对方是个好看的姐姐，他声细，不知是否捏着嗓子，仿佛来自播放着一段远古卡带的录音机喇叭，我很快消除紧张，往他的方向行近了几步。也许从某一刻起，他认出了我来，但没有说破，仍像先前那样跟我聊，我问他蛇身子怎么来的，他说天生就这样，还摆动蛇尾巴给我看。他还讲自己的来历，说他来自北方的农村，他阿妈因避雨被蛇咬了一口，性命无碍，肚子却一天天肿起来，之后就生下半人半蛇的他，所有人都嫌弃他，包括他的父母和兄弟姐妹，受尽了人间苦楚，他便逃进山林里，后来碰到好心的捕蛇人收留，教他说话看字，因唱歌好听，给马戏老板看中，这才来这边做事。这故事大概讲过千百遍，他讲得楚楚动人，我当时竟然真信了，讲到最末他也哽咽，本来最后他还要唱首歌，但也唱不下去。这时参观时间到了，有人来催促我离开，我便跟他告别，转身时细叔突然叫了一声我的名字，我扭过头去看他，看他那亮闪闪的眼神，我认出了他，脑子里顿时嗡的一声,跑出去撞在阿爸怀里,紧张到全身发颤,盯着阿爸想讲什么却讲不出,脸憋得通红,眼眶都挤出了眼泪。阿爸以为我给美人蛇惊怔了,也慌起来,抱着我揉了半晌,这才从我口中得知真相,又惊又气,把边上的草地都跺出一个凼来,便也买了票进去,让我在外面等着。我等了仿佛有个把世纪之久,等着阿爸的火气把那吊着的黑棚子掀翻,但最终没有,阿爸静静地行出来,精气神好似给吸走了一般,见到我就拉我回家,路上一句话都不说。无人知他们在棚子里讲了什么,也许是某个秘密的交易,自此阿爸似乎接受了这样的结果,接受了在这个世界上,有他一个乡下教师无法理解的规矩,几天后细叔的马戏团从我们县城离开,而且再也没有出现。细叔这趟并没有分到多少钱,返到广州依然做点小本生意,龙洞、赤岗、棠下、罗冲围,都有他的身影,堂妹有时放了学,也过来寻他,帮他拉客,拉多了细叔就赶堂妹回去,让她好好写作业才是正经事。堂妹的功课一直学得很好,可不是写作业写出来的,主要是靠天赋,聪明,都不用去奥数班,题也能解出来。细叔很是为堂妹骄傲,觉得苦没有白吃,逢人说起自家的炸姞仔,白脸皮上都飞起笑的褶皱。那时细叔也不再年轻，人说苦在相中，纹理也悄然爬上嘴边和眼角，有次雨天送货，重摔一跤，摔坏了颧骨，消肿后周围肌肉仍然接不上，脸部动作大点，那里便出现一个坑、一道浅影，却是生活无法填补的深坑，照镜子时他都心惊，破相至此，重返舞台的希望已然渺茫。在家里他也不敢哼歌，怕打扰堂妹，以前买的堆积如山的盒式卡带，连同那台老化的录音机，在一次搬家中当废品卖掉了，他只有在外头做工闲一阵时，和工友在水沟边食烟仔，食饱了精神足了，才亮嗓子唱几段"照照镜难再次禁闭，独自渴望着安慰，你远去连带爱意暖意也流逝"，又或是"漫长路，骤觉光阴退减，欢欣总短暂未再返，哪个看透我梦想是平淡"。因他烟仔食得多，痰哽在喉中，声音都像磨砂，以前他还嫌自己声音太过清亮，现在反而更似梅姐的声线了。工友都听得出神，好似天上掉下来个神仙，早前竟不知细叔还会这种技能，有人就说笑道，歌唱这么好听，他们得多听几首，不然下次就只能在电视上听了，细叔听到这话，也就跟着一笑，笑声里既有遗憾，也有快乐，在无聊日常的汪洋大海之上，普通人浅薄的情感如同冰片浮荡，倏忽间便不知被卷到哪里去，这点他体会最深。到了年末，有天夜里，细叔刚放工,有个熟悉的工友匆匆赶来,把他拉去烧鹅铺头,说是发生了不得了的事,那人嘴边还留着未嚼完的鹅肉的慌乱。他跟着去到店里,那柜台上的大电视画面闪来闪去,拍医院门口的灵车,被无数记者和摄像机团团围住,接着底下的字幕就宣布了梅艳芳的死讯。那些来送别的艺人个个出场,发表讲话,亲昵地叫着阿梅阿梅,细叔都不知他们在讲什么,只傻傻地望着那些严肃而僵硬的面孔,觉得天地间的面孔似乎只剩那么一个,所有人都长得这般,如此而已。他魂荡荡地走出去,工友跟上去,想拍拍他肩膀安慰下,谁知他一拍就倒,腿脚好似蒸熟的虾软蜷起来,把工友吓一跳,但细叔马上用力爬起来,装作什么事也没有,还回头冲工友笑,这才离开原地,行到黑巷子里四处无人,这才放声哭,把苦水都掏出来。这一日细叔记得深刻,2003年12月30日,距离新年还有两天,眼看这年就要熬到头,结果老天还要跟他开个超级玩笑,梅姐患病的消息,细叔先前看过报,她这么后生,比细叔也大不了几岁,细叔怎么也料想不到她的离世。世上唯一明白他的人也走了,也是从此时起,细叔改了心态,辞了所有工返到屋里,除去学校接送堂妹,什么也不干,昏昏迷迷度了半月,家里的米袋都空了，细叔这才四处筹到些钱，买辆二手单车，圆了当年的梦，再添置个大锅桶，炒好鱿鱼放在里面，骑着车在宵夜档的大路上贩卖。卖的当然不只是炒鱿鱼，细叔重新烫染了头发，化好妆，穿上艳丽衬衫，仍像当年在歌舞厅一般，亲自下场陪人喝酒、划拳，请人点歌唱，一支歌十元，拿到小费就说多谢老板，转到下一桌继续作陪。开始时大家还觉得怪，久了就变得有趣，照顾他营生的客人越发多起来，一晚下来也能挣几百。细叔又挨得苦，几乎夜夜都去，凌晨才回来，后来远近有了名气，大家都喊他"鱿鱼辉"，谁都知他那精准可比瑞士名表的出现时刻，也只有每当他推着那辆载着炒鱿鱼的单车从街角缓缓走来，深夜的节目才开了幕，满街的宵夜档才有了魂。有人还专门跑过来这边食宵夜，就为了跟他攀谈几句，细叔最早不懂跟人聊天，也是日子久了练出来的，撞到新面孔，几杯酒下肚，也能跟人打得火热，话题尽处，就翘起兰花指，抚抚鬓角的头发，唱几段"孤身走我路，独个摸索我路途"，有时即兴生智，把故事改入歌词，唱出来也引得全场叫好，辉哥辉哥地叫，细叔也觉得享受，似乎好久没经历过这样的时刻，比以前在歌舞厅唱歌时有过之无不及，这辈子兜兜转转，还得豁出面子，才能掉进一个舒服的坑里。如此唱了几年，细叔还清了债务，包括借我们家的钱，但他有意避开我阿爸不见，自觉没面，其实家里人都知他做什么讨食，知他不容易，这么多年也都看淡了，唯独他自家奼姞仔，也就是我的堂妹，逐渐和他隔阂起来，因学校里同学取笑她，笑她阿爸不男不女、屎窟鬼，还成群结队地捉弄她，在她座位上粘嚼烂的口香糖，跟老师打小报告，捉来虫子偷放在她笔盒里。堂妹一声不吭地受着，不敢跟第二个人提起，心里却越怨恨起自家阿爸，都搞些不正经的营生，害她在同学面前抬不起头，考试考得再好有什么用，有这样的阿爸，在别人眼里就永不能翻身。而细叔全然不知，见堂妹一回到家就把自己锁入小屋，交流渐少，还当作是奼姞仔大了，青春期早到的小情绪难以捉摸，细叔也不便太管，两人相依为命多年，细叔觉得两人自然有种默契，也是最了解对方摆碗筷的姿势、开始犯困的钟点、双腿并拢膝盖是否能相碰的人，从某个时候开始，很早的时候，细叔就不再把堂妹当成自己的奼姞仔，更似是自己的小妹，甚至，是某个迅猛生长而终将无法被自己理解的生命，就如他自己无法被阿爷阿嬷理解。终有一日，堂妹也会重蹈他的命运，不断往下复制的家庭关系怪圈，细叔早预料到这里，他给心里的闹钟上了发条，预设它会何时响起，但从未想过会是某次家长会之后，穿着高跟鞋、短发英气的班主任把一张揉成团的纸扔到他手里，他小心地打开，睇完又小心地叠好，一张从作业本撕下来的格子纸，上面写清楚了堂妹对他的看法，他过目不忘，记住其中的每个标点、歪扭的笔画，如侵入心脏的一块黑斑。过了些日子，他才能平静下来，和堂妹交流此事，然而每次交流都无效，堂妹甚至会冲出家门，走到大街上，漫游到隔日晏昼才返，早已饿得无气无力，仍不服软，以示对细叔反抗。细叔一来心疼，二来怕她出事，倒也没什么办法，只能暂时休战，令问题延宕。直到该解决的时候再解决好了，细叔想，堂妹年纪还小，等大个女了自然会理解他的。想虽是这么想，细叔仍觉委屈，当时已有电视台的记者寻到宵夜档来，找他做采访，他也顺着把那些委屈，通通丢进乌黑促狭的摄像镜头里，当焦距拉近，细叔脸上纹路的暗影愈深，有熟悉的后生仔过来跟他打招呼、递烟、碰杯，细叔就拉着人家讲，1995年他老婆跟他离婚，去下个女仔给他，这么多年来，一分钱抚养费也没给到他，他辛辛苦苦把女仔养大，供她读书，现在好了，日子好过点了，他宝贝女仔反而不认他，嫌他做这行丢人，睇低他，细叔边说边攥紧酒杯，情绪也难抑制，说他就去问他宝贝女，你那些同学的父母，有在街边扫地剪草的，有在厂里戴手套焊金的，有在商场里做保安马仔的，你有未笑过他们？不然笑自己阿爸做什么？大家不过都是出来揾食而已嘛，有什么不同？问得旁人也无从回答，有同桌的年轻姐妹便挽住他手，安慰他，他越要落泪，用指头去擦拭，把眼影也弄花了。如此讲自家女，讲了一段时间，后来细叔也不讲了，记者再怎么问，细叔就唱一段咸水歌，装傻装过去，家丑就关起门来自己吞。自读初中起，堂妹就执意搬出去独自住，虽然也在同一个小区，往来比以前更少，细叔给她零花钱也不要，自己在外面打零工，竟似要划清界限，细叔也无奈至心死，依旧踩着那辆单车载着炒鱿鱼夜夜到档口，那里的熟人朋友都知他情形，都尽量陪他聊天，照顾他生意，他也报以更卖力的表演，插科打诨，逗人笑得碌地，杯子里的酒水都洒几圈，大家欢喜细叔也欢喜，这是扮不出来的，细叔知道，这里早不是一般的生意，而是他情感的依赖之地，这片地方若失去，又不知向哪里才能找到替代品，人生没有几次机会的。省城人可以什么都没有，唯独少不了吃，吃宵夜更是至上之乐，虽然历经几次谣言，说是上面有人要整顿宵夜街，有人都看到车辆四处巡逻，有些档口便连夜逃离，倏忽之间，那些个熟悉的地址，便留下个干干净净的豁口，如惊愕来不及合上的嘴巴。卖牛杂的德仔就是这样消失的，前一日细叔还接到他的电话，他们聊到失眠，惴惴不安，风暴就要打到他们身上，但最终没有，整顿的事情不了了之，德仔白走了。细叔想到这里还觉遗憾，德仔说他要回老家梅州，大不了换个地方接着做，细叔却没有家乡可回，或者说，细叔若是回去了，就不是所谓的"鱿鱼辉"了。回去了也不是当年的"妹七"。两头都不是。老厝里的老人倒想他多回来，带着堂妹回来，一屋人才齐齐整整。自前年起阿爷折了腰骨躺在床上，每日长叹一口气，叹这妹七不好好做人，叹到日头光景也无，照料他的三姑就驳他说：多少个妹七都给你叹走了，你一叹就把门给堵了，他还能回得来不？这话也是讲给阿嬷听，阿嬷常在门口盘桓，谁要是从外面回来，她肯定是第一个知。自她八十五岁以后，话说得少了，我们逗她也不应，经常静鸡鸡地坐一日，烧柴的烟气从囱口垂下跟她的银发混作一体，那时病已在她体内，内含她的

333

全部声气，我们的眼光探不到那里。直至有一天，堂妹暑假回来看阿嬷，两人在灶前坐了好久，就在我们眼皮底下，却好像什么也没聊。后来堂妹跟我们讲，阿嬷有地方唔妥，果然话讲完没多久，阿嬷就如被抽掉底座的积木塔倒下去，和阿爷做起了邻床病友，两人眼巴巴隔着几米，躺着讲话，你一句我一句确实能嚟好多时间，三姑反而是个多余人，根本插不上话。再没过多长时间，阿嬷也讲不出话了，医不见好，她还不肯就医，一直念叨说这就是老人病，人老了就会得这个病，没什么可强求的，而我们就是要强求，最终似乎也没怎么延缓她的脚步。临终的两个月内，她始终半睡半醒，疼痛令她屈腿、坐起、颔首呻吟，而再后仰、卧倒、四肢打开、仰头呻吟，一遍遍重复和循环，肉体似是某个无可解的结。细叔也回来，去床前看阿嬷，她倒是有所反应，紧拉着细叔的手，喉内也只剩下模糊的鸣音，混合着供台上小型播音机外放的佛歌、窗外的鸡叫，还有团仔游戏时兴奋的尖喊。那阵时阿爸请了高僧到家里，高僧自称从东北长春净土宗得到秘传，一见阿嬷，就道出其中玄机，有魂灵在纠阿嬷，这魂灵不是别人，正是阿嬷早年堕下的咋姣仔，在细叔足下，因当时生活艰难，不想再生养，阿嬷就去市镇上讨了药吃下去打掉了，这些往事阿爸也大约知道，如今和高僧的说法一一验证，混淆不清，反而变成一种全新的有力讲述，我们也只有去相信，这样才能受些安慰，不然看着阿嬷实在难受。阿爷甚至从床上爬起身，激动地讲，他早就知道，伊是上了启辉的身，启辉才变成这样不正经的。讲这话时细叔也在场，我们看到一团红云顿时爬上细叔的脸颊，在浅凹的阴影里逗留，旋即散去，好像什么事也无。今时不比昔日，细叔也不再是血气方刚的当年，有些话只当耳边吹吹风就过。之后阿爸依高僧的吩咐，在家里做法事，要求全家的男丁参加，细叔也不推辞，于是老厝大堂内佛歌诵经之声，月余不散，把阿嬷的床也搬进来，让她好好听着，直对门口的八仙桌则放着佛像和香烛果供，一眼望去，底下几个蒲团，留给高僧和阿爸兄弟几个。高僧大声念一句，众叔伯也跟着念一句，"无上甚深微妙法，百千万劫难遭遇"。《长寿经》念到后来，声音愈大，气力愈厉，浑厚男声黄钟大吕，把屋内的砖墙都震得嗡响，中间偏偏夹着一丝袅袅的音节，是细叔的声音，遮盖不住的温柔动听，念到最后愿词，也是他念得最亲切：愿世间的父母儿女兄弟姐妹，此世既是一屋人，勿要由爱生怨痴缠下去了，能解则解，本就没有什么不可解之事，速速就去！念完扑通数声，高僧向蒲团跪倒，串珠在手腕簌簌地绕三匝，众叔伯也跟着跪，紧接几人再起身，重复急急念经。如此伴随着喧闹，阿嬷仍在床上喃喃自语，不断坐起，又卧下，机械地解她身体的结。在屋外旁听的妇人们则出了神，堂妹趴在门槛边，也是一副恍恍惚惚的样子，不知是被愿词打动，还是被眼前的奇异景象所震慑，或是想不通像阿嬷这么好的人，怎么会受这种折磨。自阿嬷患病以来，她常给阿嬷按摩，那肉体就如几蚊重的棉花，手劲已经入不去，一入怕就散了，想来人生来死去，本就这么单薄，世俗中再多的沾染，到头来也是轻飘飘，越按下去越不忍，可家里这么多人，只她按摩管用，比那止痛药都管用，她手一放上去，阿嬷整个人就舒缓下来，显然是两人的心有灵犀。有天夜里堂妹和阿嬷讲悄悄话，也是和那个纠阿嬷的婴灵讲话，如果那真的存在，也是她的姑姑。虽没有见过，也可以料想姑姑也跟她长着同样宽大的鼻翼和嘴唇，这便是一家人的证明，就如愿词所讲的，都是几辈子修来的缘分，都是这片大地上的亲人，何苦相互折磨。堂妹背着我们所有人，也背着阿嬷，跟姑姑诚恳认了错，希望姑姑能宽谅，并且从阿嬷和细叔身上离开。她的悄悄话是起到了效果，两日后的五更时分，家养的一只鸡媪突然脱出鸡笼，从厨房的窗户飞跃出去，扑剌剌的响动把众人都惊醒，大家摸黑寻半天，并没找到鸡，只找到一片天边的玻璃蓝。等我们怅然回屋，经过大堂时，发现阿嬷只吊着一口气了。我们围在阿嬷身边同她告别，她走时安详，高僧先前告诫我们要节哀，以便阿嬷被接引到极乐世界，但细叔仍哭到无力。我们劝他说阿嬷是解脱，解脱却从来是说来简单，做起来难，他后来走到院子的苞萝树下，晨曦透过叶片落在他的长头发上，烫染弯曲的发绺泛着白光，也可能是白发。他老了，多么像一个孩子，就像从未离开家的妹七，他就是他，这么多年也没有变过。如能这样想下去，那个"姑姑"是否从他体内离开了，也不再需要答案。堂妹也接受了这一点，从此以后，她看向细叔的目光也回归了温柔，回归到一九九几年，他们初遇的时候，他们手拖手在城市里如两个无依的游魂般乱逛，被岭南之风吹得心旌摇荡，亲眼见到暗暝来临时，珠江边上的船坞逐一被灯光照亮。堂妹可能已经记忆模糊，而细叔记得真切，那过去的还可以再复现。我们又看到了细叔和堂妹拖手的样子,就在阿嬷的葬礼之后,大家从山上下来,穿过一片蔗园,他们走在后面,边走边聊,挨得很近,那一瞬间自然就发生了。这条路这么窄、这么长,要讲的话却怎么讲得完,他们聊到了过去,聊到钱,聊到那个把钱藏进珠江底的玩笑。细叔说那不是玩笑,是约定,他真的捞到了珠江里的钱,存在银行卡里,等再过几年就当作堂妹的嫁妆撒出去,听完这句话堂妹又险些掉下泪来。

猎杀

两年前,吴镰还在旧圣城的复古真人色情电台工作,有段时间一个女人总是在半夜四点给他打来热线。要知道,那个点儿他正中场休息,在工作室铺着石榴色毛毯的走廊里徘徊,舒展因表演呻吟而发硬乏味的舌头,那个女人打来的电话却完全打扰了他,加上她那模糊的南方口音,讲述的荒诞不经的内容,吴镰根本没有耐心听她讲下去。每次听半分钟左右,吴镰就一下子挂断电话。她其实都在重复同一个内容,两句话就能讲完,她说自己最近老是做梦,梦境预示我们的城市会遭遇一场大灾难。她做梦很灵,从小就是。所以她希望借吴镰之口,把这个消息传达给市民们,她以为他们的电台是《新闻联播》呢,他们电台的受众能有这座城市总人口的百分之一就不错了,那些人要么是街头的少年浪荡了,要么是翡翠窟的基佬,还有一部分是中产家庭里因更年期到来而失眠的妇女。吴镰相信这个女人就是其中之一。在接到第七次还是第八次电话后，他实在忍不住，用字正腔圆的普通话狠狠骂她，羞辱了她一通，你需要更高级的安眠药了，吴镰对她说。这个城市确实越来越多的人需要高级的安眠药，对此，他们广告部的同事可再清楚不过。那次挂完电话后，她再也没有打过来。过了差不多半年，吴镰完全忘了这事，六月二十五号，都记得这个日期，所有的旧圣城人都不会忘记的日期，在这天，发生了那次著名的核泄漏。清晨六点，地壳开始震动，混合着工厂废液的海水倒灌入城里，沿海的富人区首当其冲遭受了致命的照射。最初大家只把它当成地球放的小屁，没人认真，没人意识到那是多么深刻的灾难。那次灾难直接毁掉了一个繁华的都市，甚至说，一个繁华的湾区。五天以后，那些贫困区边缘的居民才被两千多台机器人强行架进直升机里，当时吴镰穿着防护服，耳边净是螺旋桨的悲鸣，脑子里闪过无数这片旧街区的回忆，那些对着打过手枪的涂鸦墙，姑娘们养的水仙和鸽子，下水道里漂流的古惑仔火拼后遗留下的指甲和牙齿，每一幅画面都纤毫毕现，仿佛恋人告别时所挤出的印象深刻的微笑，而他将要告别这一切，去往新的所在，很伤感，这时他才突然想起那个女人的梦，她的预言，还有那把后鼻音发成前鼻音、把卷舌发成平舌的熟悉口音。他本来可以拯救这座城市，她也可以拯救这座城市，这个他们在被窝里切齿痛恨，却又拼命去拥抱次日的晨曦的地方。他们对它的爱可能完全一致。得找到她，当时吴镰就这么想，她有可能和他在一趟飞机里，更有可能是前面一趟，或者后面一趟，也是被那些毫无感情的金属触手强行按住手脚，就跟抓犯人那样，被弄进了飞机里，于是他在飞机里来回走动，想要把她辨认出来。可吴镰根本不知道她长什么样。只记得她的声音。他想了个办法，连着放了好几个响屁，他故意放得震天响，就在机舱里那些人面前，那些人果真大呼小叫起来，结果飞行队长抓住了他，威胁说再放屁就把他扔下飞机。这又不是他能控制的，吴镰装作委屈地说。通过刚才那群人发出的声音，可以确认她不在这趟飞机里。她在哪里呢？这份念想也没坚持多久，吴镰，还有其他一起避难的人民，搬到了新的圣城后，马上就投入生活的洪流中，马上把旧城的记忆忘得干净，他们都是混口饭吃的，好像在哪个城市都没有关系。无非就是旧湾区的海拔低点、氧气充足些，新圣城的墙壁干净些，气候也更冷点而已。吴镰也换了好几份工作，从午夜色情电台主播，换成花边新闻副刊的记者，再就是购物网站的分销管理员，看起来地位提高了些。吴镰对自己的新家也很满意，宽敞明亮，还有巨大的甚至把整个房间也容纳进去的落地窗，而在旧圣城，每个人只有一个篮球大的窗子，透过窗子也只能看到邻居的墙壁，大家都挤在一块儿，仔细想来，这个城市已经到达了它的饱和期，即便没有那次核事故，也会有这样那样的问题。庆幸那次核难给我们重新分配了土地。他知道这想法很卑鄙。对于死者而言，生者永远都很卑鄙。后来吴镰交了一个朋友，是散步时偶然认识的，他饭后散步的习惯保持了有十年，却从未给他带来什么朋友，他也本来没几个朋友，有两个还在核难里死了，这次却是个意外，因为他们几乎每次都会在某个地点迎面相遇，每次绕过游泳池上方的节育广告牌，吴镰就能预料到对方会从相反的方向拐出来，同一场景出现了有七八次之后，最后一次他们相互对视笑了出来，然后搭讪，沿着游泳池边走边聊，聊到他们共同的爱好就是游泳，从那以后，他们出门就是按照原有计划散步，接着在这里相遇、聊天，在泳池里游泳。聊天时，他们尽量不提旧圣城的话题。他们都是从那里过来的。朋友甚

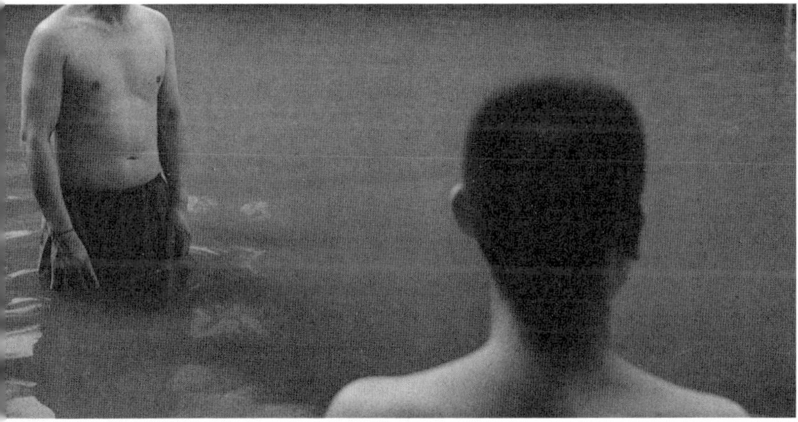

至就是土生土长的旧圣城人，从朋友的口音能听出来，朋友以为吴镰也是。他们一直用旧圣城的标准语交谈。有一天，朋友因为拉肚子，不能下泳池，就躺在栏杆前面，躺了好久，突然问吴镰想不想回去。吴镰说回去哪里，朋友说，回旧圣城。吴镰说当然不想，干吗要回去送死啊。那里郊区的空气里的灰尘都还带着几百毫西弗的辐射当量。朋友却说他要回去一趟，去公墓里拜祭他的某位亲人，这是他每年必行的仪式。吴镰知道阻拦不了朋友，便跟他约好一周后再见面。一周后，朋友回来，就跟什么也没发生过一样，坐在泳池边上，双条腿伸进水里。还是像往常那样聊天，但吴镰能感觉到那些放射的粒子流从朋友大腿的毛发间弹射着，鱼蛋似的噗噗掉到水里，沿着水流向他围攻过来，他确实感到害怕。吴镰害怕自己唯一的朋友。朋友身上某些气质让他恐惧，同时也吸引着他。比如朋友那漫长的服役期，和吴镰交往的两年恰好是朋友度假的两年，用他的话说，人生很长，需要喘口气。这样的机会只有一次。朋友也明白接下来几十年是什么样的严苛和残酷在等着他。他们认识的第二年，吴镰辞了职，和朋友有事没事就出去外面逛，开朋友的旧丰田。这座城市无论他们住了多久，对他们而言都是新鲜的。他们得渐渐熟悉哪条街的涂鸦最前卫，哪个酒吧里的姑娘最好看，哪个广场上的演讲最动人，哪个管道里聚集着最穷的一批人。朋友爱吃巧克力，每吃必醉，每次在副驾驶座上，他慢吞吞地撕着巧克力的金色包装纸，把那堆皱巴巴的皮囊蜕在四周，再把巧克力伸进嘴里，热乎乎的，还没等它融化，朋友就开始背诗：*他们用棕榈叶凉爽着我的额头 / 他们唯一关心的，就是探究 / 那使我萎靡的痛苦的秘密*。朋友就只记得这么几句。但朋友反复把它们背出来，无疑就是想升华他们的行为，"城市间的浪荡子"。不过那个发达的资本主义时代已经离他们几个世纪那么远了。过了一年，朋友又要回去旧圣城，临走前夜，他们再次聊起和那座城市有关的话题，好像忍不住要一股脑把那些记忆抖搂出来。吴镰跟朋友说，自己做过色情电台的主播，朋友不信吴镰还有这么一段黑历史，吴镰便当场给朋友表演男人高潮的三十二种方式，以及女人高潮的十五种，实际上女人的高潮种类是男人的三倍，因为声带条件限制，吴镰只能勉强复刻出十几种。但这些已经够用。整个过程里朋友笑得直不起腰来。你有一条天卜无双的舌头，朋友说。可惜这条舌头错过了拯救整个城市的机会，吴镰接着说。朋友问这句话是什么意思。吴镰便把那个女人的事情毫无保留地说了出来。朋友说，你一定得找到她，向我保证。虽然不知道向朋友保证的意义在哪里，但他毕竟是吴镰唯一的朋友，吴镰用拜物教的方式在胸前比画给朋友看。其实无须朋友的提醒，吴镰也会和这件有史以来纠缠他最久的事情纠缠下去。朋友第二天飞回旧圣城，准确说，是它的遗址，一周后却没有飞回来，飞回来的是他的一封电子信。朋友告诉吴镰，他得直接回部队，有任务必须马上执行。这么短的信，这么长的告别。起码最开始吴镰是有点庆幸的，这次不用被朋友带回来的辐射伤害到，可过了段时间，吴镰开始寂寞，没有朋友的旧丰田，他只能重归一个人的散步。一个人散步是多么无聊。吴镰发现新城市里多数人都很无聊，但走到一起就更不容易，特别是之前的人际关系被莫名其妙打破以后。两年过去了，很多人还是不能从这种"莫名其妙"中解脱出来。他想做出点改变。于是报了入伍的申请，在填写资料的时候，吴镰还设想着某次巡逻时和朋友偶遇："咦，这么巧？"边想边笑出声来。结果经历了漫长的新兵培训，在训练营里待了八九个月之久，主要是练体能和射击，枪都摸过十几种了，教官还是不肯放人。无休止的体能,无休止的射击。吴镰为那些在他身上浪费掉的弹药抱歉,真是抱歉。有次他甚至把一只路过的猫头鹰射了下来,教官气得发晕,大吼说你每对敌人打偏一次,敌人就对你回报一百个窟窿。吼归吼,教官还是同他们一起把猫头鹰烤着吃了。一百个窟窿和一个窟窿其实没有区别,不过是死相难看点。后来上头总算来了一位军官,营地的所有人都站成列队,接受检阅。多亏那些误伤在他们枪下的猫头鹰、黄鼠狼,还有别的乱七八糟的小动物,变成他们几个的腹中餐,这样一来,枪法越差的人长得越壮,那位长官第一眼就相中他们胸前和腰腹间横飞的肉块,把他们从中挑出来,像赶牛羊般赶上飞机。庆祝成为战士的首日,吴镰几个当晚在营地里喝到了十二点。一个绰号叫"毛蹄旺"的家伙手头上总是有各种各样的洋酒。其实吴镰不太爱喝酒,因为无法忍受自己不清醒的样子。他身上最可贵的品质就是,保持清醒。但是那天是他头一次喝多了,只记得他们这群人半夜里偷偷溜到外面,如同野兽一样在星空下跳舞。吴镰甚至不记得到底是他们在跳舞,还是宇宙在围绕着他们转。宇宙向来都在转动。所以很可能他们什么也没干。有人蹲下去哭起来。因为激动或恐惧。这时，关于那个女人的记忆突然又复苏过来，她的声音很清晰地飘浮在脑际，仿佛就在和吴镰打着电话，还是几年前那么多个苦闷的夜晚，她向吴镰透露过姓名，还有生长的村庄。她的村庄和他的只隔了几公里，一条河或者一条山沟的距离，想到这个，吴镰其实有点恐慌，因为他想起爷爷和奶奶，还有他爸爸和妈妈，他们之间相遇，认识彼此，只需要走几步路，从村庄到村庄，跨越一条河或一条山沟就可以。他们一辈子都在同一块弹丸之地打转，像狗被拴在木桩上，这也恰好是吴镰要躲避、远离的，他比任何人都要厌恶故乡。所以吴镰去了旧圣城，在那里住了十多年。那里是文化的中心，不管你是谁，只要住在那座城里，都会被文化的梦魇所波。住进去后他沾沾自喜，认为自己总算能以一个高雅的文化人自居了，虽然干的是低贱的工作，但工作以外的时间，比如傍晚五点到七点，这段短暂美好的时间，他能沿着护城河西岸走一段，听着寺庙里诵经的声音，要么过桥到东岸去，看看广场上那些饥饿艺术家的表演，或者到有几百年历史的大剧院去，坐在大理石波纹楼梯上，听听那些流传了上千年的音乐。一个有文化的世界多么好。这样的世界已经被毁灭了。从他的手中被夺去，在地上被摔烂，用脚踩灭。那晚吴镰彻底失眠，喝了很多酒，也不记得周围发生了什么，只记得那个熟悉的声音在干扰他的思想，第二天中午昏昏沉沉，被集合的号令从床上拉下，接着急匆匆地整理行装，腰带只系了一半就被赶上飞机。吴镰提着裤子在位置上坐下，周围的同伴有的戴歪了帽子，有的蹬错了鞋，有的穿反了外套，如此可笑，他想不通是什么样的任务如此紧急，也可能只是一个冷玩笑。他们的星球上已经很多年没有战争。飞机爬升到平流层以后，某个看起来像司令的人向他们传递消息，他们正在前往的是四龙岛。四龙岛！吴镰深吸了口气，对它简直不要太熟悉，开始还以为听错了，也许是另一个同名的岛屿，可当那位长官报出经纬度后，他确信那座岛就是距离家乡六十多海里的那座四龙岛。怎么会忘记那座岛呢。还是少年时代，十五岁那年，为了逃离那种粗鄙无聊、缠绕着各种恶意和误解的家庭氛围，吴镰偷偷坐上一艘外出的客轮，本来想去东寮岛，在那里可以转乘别的船去荔枝湾，结果买错了票，去了另外一个远离大陆的四龙岛，那是个荒凉的地方，只有罂粟商人和猴皮商人才会去，两个月才有一趟往返的船只。那两个月他在岛上饿个半死，和猴子抢东西吃，跳进海里才逃过去。岛上住的都是负责原始加工的工人，住在简陋的帐篷里。他们比猴子还凶。后来总算等到船，灰溜溜地回到家乡，第一次冒险就这么结束，还成了家里人好长时间的笑柄。为什么偏偏是这座岛？吴镰坐在座位上，努力平复着颤抖的大腿根和臀部，自几年前被架进飞机以来，还是第一次坐上飞机，竟然再次萌动了放屁的欲望。他可不能放屁，这里不是放屁的好地方。夕阳像初熟的花生酱糊在机翼上，舷窗外面的云彩渐渐由灰转赤，继续往下，转眼间就露出一片丛林的深绿。忧郁的深绿，怀旧的深绿。飞机在上空盘旋了二十分钟才登岛，很小心谨慎。他们沿着梯子下来，举目四顾，似乎台风刚过，红色的土地上堆积着巨大的椰子树尸骸。同伴们都没见过这种景象，热带的一切对他们来说如此新奇。他们更像是一群观光客而非接管这座岛屿的人。枪支和弹药背在身上，重量快把他们拖进地里。忧伤啊忧伤。自从踏上这块土地开始，samsara（轮回）的齿轮就开始转动。眼前熟悉的南方景色，吴镰曾刻意去遗忘它们，此时却真实地重现，真实得甚至透露出深刻的虚假，每一株植物、每一块石头都像是随手打印出来的模型。他们由司令领队行军至岛上的大本营，交接给另外一位长官，大概是负责这次岛上任务的参谋长，胡子有二十公分长，说话时有股莫名的兴高采烈，这次大家的任务是，他说，清除掉这座岛上所有的犬类。其实就是杀狗。狗屠夫。长官把杀狗这件事讲得这么漂亮，他们愣了一下，不太相信把他们大老远运来这里，就是为了杀几条狗。这和他们在训练营里误杀猫头鹰和黄鼠狼有什么区别？很快，参谋长接下来的话打消了他们煮狗肉的念头，不要小看这些狗，他说，它们的嘴里、牙齿里、唾液里、爪子里全是危险的东西，放射性的物质，核辐射。被它们挠一下相当于七百毫西弗的照射伤害。到那时候，你会更愿意被它直接一口咬死。为什么这些狗会变成这样呢？有人问。参谋长回答：好问题。这些狗是从旧圣城偷渡过来的。有人把它们带到了这里，我们还在查那个人的来历。这些狗在这座岛上没有天敌，因为它们那有毒的武器，习性也变得凶残，把这里的猴子全都吃光了。如果我们不想成为下一个被毁灭的灵长类，那就——杀死它们。参谋长的话起到了效果，他们脸色凝重，开始严肃对待这件事，而不再像平日那样游戏打闹。和平时代让吴镰他们忘了那种你死我活的心态。这次可不是899块钱一位的野外军事体验活动。接下来几天,他们分头行动,五人一组,每组负责岛上的某个区域。吴镰分到的那个组,带头的是一个东北大哥,已经在岛上待过半年,杀了七十多条狗,拿过月冠军,经验丰富。东北大哥要求每个人不管前面放多少枪,打中的那枪一定要让它毙命。一枪毙命是为了减轻它死亡的痛苦。听起来很人道主义。但吴镰他们可能没那么人道,仅仅是因为枪法太差,甚至连子弹都送不出去而已。有一次他们巡逻,在岩石的夹缝里发现困了一只德国边牧,可能是失足掉进去的,也可能是躲避他们的追捕,个头不大,前腿横着蹬在石棱上,看到他们后,紧张得把爪子磨得霍霍响。那是吴镰首次见到这座岛上的狗,如此弱小,和参谋长的描述完全不像,更不是想象中电影里常出现的形象,红着眼豁着獠牙流着口水,它有那么可怕吗?偏偏东北大哥让吴镰来行刑。吴镰端着枪,往那条几公分宽的夹缝里瞄过去,它那琥珀珠子似的眼睛从阴影里半露出来,直面着近在咫尺的死亡。那是怎样一种庸常,这几个月来它经历的是怎样的庸常,人类自己都无法习惯,还在逃避它,从旧圣城到新圣城,逃避死亡这朵乌云的高压。吴镰的手腕开始发抖。本来枪法已经够差,五米之内都射不中一头大象，这会儿更加不堪，索性闭上眼睛，开了一枪，打中了边牧犬的后腿。它趴下去，用力哼叫起来。见此情景，东北大哥愤怒地把吴镰推到一边，用自己手里的枪，对准那条狗的头颅，结束生命。他的屠宰纪录继续在刷新。但吴镰因为这次犯错，很长一段时间内失去队长的信任，例行巡逻时都被安排到队伍的末端，每次队伍停下来歇息，他都能吸食到前边的人放松时弥散开来的烟气。渐渐地，吴镰感觉自己被同伴所隔离。和他同一个训练营出来的，十发子弹能把九发送给空气的同伴们，竟然纷纷开了荤，一周之内，成绩最差的也能杀两条狗。有个好开始就相当于成功一半。而吴镰却迟迟没法跨出那步，不知道为什么，动物他杀了不少，狗却从未杀过。他也并不爱狗。相反还有点畏惧。有些人怕蛇，有些人怕带羽毛的飞禽，而他怕狗。也许是吴镰的童年记忆在作祟：每户人家的门前都有一条恶犬，恶犬就相当于他们的面孔，他们用各自的恶犬打招呼；而教吴镰认字的老师——那是最后一代留守的民间真人教师，颤颤巍巍，从上世纪过来的老人，为了赚点生活费，逐字逐句地教他们读《荀子》，什么"争饮食，无廉耻，不知是非，不辟死伤，不畏众强，恈恈然唯利饮食之见，是狗龛之勇也"，还拿自己比喻，说他们年轻时候凭着一股血气，到处打砸东西，见人就斗，这就是狗的勇敢，他让学生们永远都别学这种勇敢。直到现在老师的话都很难理解。如果不能理解某样东西，那自然也不会习得那样东西了对吧。可在这座岛上待得越久，吴镰就越觉得，他们身上的动物性远比那些发狂的狗更凶恶。日子一天天过去，大家的纪录在不断刷新。仿佛游戏机屏幕右上方一串跳跃的红色数字，年少的人们盯着它们，紧张又充满虚荣。因为战绩落后，吴镰被分派去和后勤部一起干活，把分散在四处的狗尸集中起来，填进挖好的大坑里。他见识过那台速攻型挖掘机工作的情景，巨大的蒜瓣似的铲斗，嗖地钻进土里，再提出来，留下的就是一个大黑洞。他们用狗尸去填那个洞。同样是一场速度的比拼，最终落败的是挖掘机。他们把那个洞填满了，无处可填，尸体开始堆积起来。上头下命令说不许焚烧，因为气体会带走那些放射物质，并传播到大陆去。最妥当的方法是用水泥混凝土浇筑在上面，最好是把铅也加进去，形成一座碑，或丘，或峰，或塔，或墩，怎么说都行。反正它不是什么严肃的工艺，更不需要什么命名。它只是那么一个存在。吴镰亲眼见证它从五米到十五米再到二十五米，最终确定下来，不再长高。站在它面前，人的影子被带有尖锐边缘的灰色影子覆盖，压得死死的，相对于它，人实在是微不足道。而它本身也是微不足道的。从一米七的微不足道到二十五米的微不足道，甚至延伸到整个国度，也不过是方圆几百万平方公里的物体而已。接下来他们还要造出更多这样的建筑。但他们不是为了造出这些建筑而来的。吴镰只能这么劝说自己。命运总非单一，它的多线程织体不可理解。后来的事情印证了这点。岛上的狗越来越少，他们也需要相应地加大搜寻的范围和深度，因此开始向岛上的居民瞄准。指挥部认为，不排除有居民把那些狗隐藏了起来。这里的居民大部分是猴皮商人遗留下来的孤儿，还有一部分是逃犯。怎么说都不是国家的好公民。所以士兵们公然提着枪，大摇大摆地闯进居民家里去，翻查一通，再大摇大摆地走出来。这些居民吱都不敢吱一声。距离逮捕他们只是缺个罪名，吱一声就可以拉走。某个黄昏，吴镰独自执行任务，独自执行任务的原因是没有人愿意和他一组，当时他已经连续徒步了两个小时，嗓子感觉要冒烟，蒸腾的热气从这片红土地底下直升到半空，带着不可阻挡之力，把他挤成了古老的俄罗斯方块,身上那套军装湿了又干,浸泡得变形了,鞋里也滑溜溜的,不知是汗水还是泥水。吴镰沿着小路穿过丛林,在藤蔓围绕的低地上发现了一个白色的庭院。如同被突然拆开的礼物。可以想象那一刻他有多兴奋。正好可以去要点水喝。他朝着那户人家走去,还没到外缘的篱笆,猛然嗅到了一丝危险的气息。这股气息非比寻常,不同于之前任何演练或巡逻。吴镰立即趴下身子,握紧了手里的枪。他环顾四周,透过篱笆缝,总算发现了自己的敌人,它正伏在门口的木质台阶上,狠狠地盯着他,前爪紧扣,后腿屈起,屁股朝上,整个身体像拉满的弓,毛发齐立,似乎下一秒就要猛扑过来。吴镰可完全被这架势吓坏了。尽管勉强像个合格的军人那样把枪端在胸前,下半身却已经开始乱颤。它只是一条狗而已。可他没见过这种气势的狗。直至此时吴镰才百分百相信参谋长那番话,不是在吹牛,这条狗真的能把他弄死,比死还惨。在他的子弹射出之前,它牙齿和爪子上的放射粒子已经把他射穿。吴镰在网上见过那些罹患放射病的旧圣城人的照片,很快他就要变成那样凄惨的照片。千钧一发之际,他的舌头救了他。它自主采取了行动。它通过复杂的运动和变化使他模仿发出狗的叫声。汪汪汪。

这叫声太像狗了,以至于吴镰不敢相信是出自他的嘴巴里,但它的确从他口中发出,传到对面几米远处的那位同类那里,居然真的起了作用。它一下子消除了敌意,低下头来,眯起眼睛。它似乎眼神不太好,嗅觉也不灵。吴镰这才注意到,这是一条上年纪的狗,少说也有二十岁,它出生的时候,我们国家估计还在载人登月呢。这时,房子的主人从院子另一头走过来,阿芙!阿芙!她呼唤着狗的名字。听到这声音吴镰愣住了,奇异的电流战栗全身,竟然是她!两年来魂牵梦萦的声音,终于让他找到了,一时间竟有点恍惚。竟然在这个天涯海角的岛上。他站起身来,朝她迎去。她穿着一件淡绿色宽松的衣裙,头发披散着,皮肤有种健康的黝黑。很普通,没有什么惊艳的地方,但也没有离谱地低于期望。他们对视了几秒,她的阿芙从台阶上跳下来绕到她的背后,然后她开口说:还是让你找到了。吴镰说:你认出我了?她说她认得他的声音,就在刚才他扮狗叫的时候。说也好笑,他们通过声音找到了对方,但这也是一种必然。他们先前的联系除了打电话,就是听广播。她不知道听过多少次吴镰的广播。他们还是来自同一地方的人。初次见面后,比想象中更加亲切。还是那模糊而亲切的口音。她邀请他到屋里，给他煮单丛茶，请他吃岛上一种特殊的果实，嗯咕果，咬破外壳和吸食果肉时会分别发出咕、嗯的声音。他们聊了三四个小时，聪明地避开旧圣城的话题不谈，谈的主要是家乡。家乡的桥，水牛，生滚粥，元宵会，台风，环形铁道，香味小南国，蝴蝶鱼和世纪轮渡。离开家乡那么多年，还是第一次聊起家乡，吴镰也没想到，还有这么多可以聊。话题的间隙，她隐约提到自己那些灵验的梦，那些被视为怪胎而委屈痛哭的童年夜晚，但如今她已经失去了这项能力。她的梦不再灵了。听到这里吴镰确实有点吃惊，心里隐隐地遗憾，这时他才能诚实面对自己，她对他的吸引，更多是建立在她的特异能力上，而不是那次因误解而产生的悔恨。他这么努力想找到她，很难说不是想从她这里得到些好处。为了掩盖失态，吴镰提议四处转转，她却说自己不会离开这间院子，如果他感兴趣，她倒是可以带他在院子里转。吴镰确实挺好奇。这个宅院，住一个人也不算大，门口的篱笆对着正房，左边两个小厢房，庭院中央的园圃种着树番茄和鼠尾草。走到正厅附近，才发现有一个耳房，门虚掩着，他们停下来，吴镰能强烈感觉到这就是她的目的地，果然她推开门走进去，他跟着进屋，里面摆设很简单，正对着门口一张桌子，上面摆着某个人的遗照。他仔细辨认了片刻，才发现这张遗照的主人竟然是他的朋友。他那阔别已久、唯一的朋友。吴镰差点认不出朋友真正的模样。准确说，这是一张朋友少年时期的照片，比他们认识之时还早了二十年。这是怎么回事？他的朋友怎么会出现在这里？同乡的女人回答吴镰，朋友一年前已经去世了。她开始讲述，吴镰这才知道，朋友当时在短信里提及的那项紧急任务，就是被投放到这座岛上，变成狗的屠夫，和他一模一样。他现在做的事情只是步朋友的后尘而已。但是这些狗并非军方说的那样，是"被核辐射污染的怪物"，它们的牙齿和爪子，甚至身体上的每一个毛孔，都没有所谓的放射性毒素，都是捏造的谎言，女人斩钉截铁地说，他们这样说是为了让这些狗来给这场灾难埋单，这些狗身上所遭受的放射性损伤，不是毒素，而是证据！全是证明他们所犯下的过错的证据。为了保存这些证据，也为了救助这些无辜的生命，她偷偷把它们运送到这座岛上，可还是逃不过侦查和追杀。她认为吴镰应该保护它们，调转枪头；假如他还有一点良知，他的枪头对准的不应是这群动物，而应该是残害这群动物的人。

像吴镰的朋友那样。当时吴镰的朋友同样在这里找到她,从她口中获知真相,义无反顾加入她这边。他们相爱了。在简陋的小院里举办了只有两人的婚礼,司仪、神甫、唱歌班、伴郎伴娘和宾客全由狗狗来担任。他们把狗群藏在院子的地窖内,在外面打伏击,在一次战斗中,朋友干掉了三个前同伴,自己也被子弹打穿后颈,在她的怀里死去。她把朋友埋在院子的园圃里,对,就是她种花的地方。听到这里,吴镰立马冲出去,跑到那几株植物的面前,目瞪口呆地望着花苞中央裸露的花粉,望着他的朋友。那个如此爱好巧克力和波德莱尔的朋友,如今却变成了这样的植物。女人跟着出来,走到吴镰跟前,也默默地看了一会儿这些娇嫩的花瓣和茎叶,然后开口问他,是否要站在她这一边。吴镰没有理她。过一会儿,她送吴镰出门,道完别,她突然叫住他。能不能别再用你那字正腔圆的标准语了,她气冲冲地说,我早受够了,你以为这样就能以北方的文化人自居了吗?别再虚伪下去了,那不是属于你的东西。你根本不知道你自己是谁。吴镰当时被她说得哑口无言,回去的路上,回想她说的话,这么多年来他确实在不断磨炼自己的标准语,刻意消除自己的南方口音,到后来,几乎都忘记

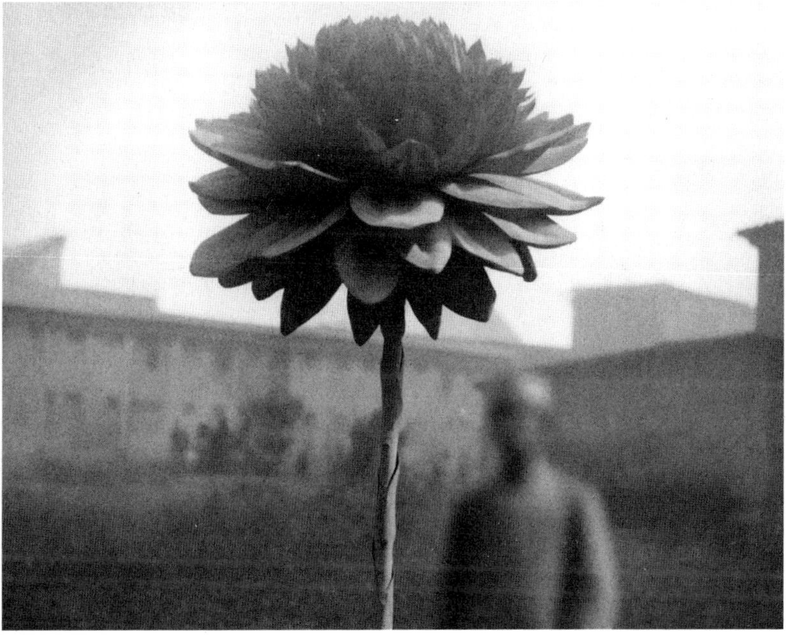

了自己在磨炼口音这件事,因为他已经把舌头训练得很完美,被整个文化大环境吸纳进去,哪怕是圣城土著也无法挑剔他的口音,但是这个同乡女人,可能是这个世界上最了解他的人,在她面前,吴镰藏不住任何东西,或者说,这是她对他的超能力,她的超能力只对他有效。回到营地后,吴镰当晚再次失眠,出了一身冷汗。不能再放过她,他想。第二天他早早起身,装好弹药,独自出去,同伴们对此早已不生疑。在他们眼里,吴镰可能和一条狗差不了多少。吴镰本以为凭自己的记忆,在丛林里找到她的住处不是难事,他有点高估自己了。就跟找迷宫出口似的,日上三竿才找到她的白色院子。阿芙依旧趴在台阶上,只是微微伸头向他一瞥,好像早就知道他会回来。那个同乡女人,到现在吴镰还不知道她的名字,正拖着水壶在园圃边上浇水。看到他以后,她露出了微笑,某种自信的微笑,但很快就转变成恐慌,因为吴镰朝她冲过去,把她按倒在地上,开始扒她的衣服。水壶掉在地上的声响相当刺耳,哐当当左右转了两圈,滚进园圃里藏了起来。吴镰把她的衣服都撕成一条一条的,绑住她的手脚,用包裹了三个月胡须的嘴唇吻她,开始时她还奋力反抗,后来反而变成了迎合,连喘息也逐渐温柔，就这样，吴镰在这些植物的面前狠狠睡她，或者她在这些植物面前狠狠睡了吴镰。吴镰每动一下，就用一句最粗俗的家乡方言来骂她，她同样以粗俗的方言回应。在她身上，吴镰有种感觉，他爸爸就是这样睡他妈妈的，就像他祖父睡他祖母一样。渐渐地，通过这个过程，他找回了自己的乡音。完事后，她依偎在吴镰怀里，她手臂和后背的皮肤可真黑，和他的大腿，以及大腿旁边的M7突击步枪放在一起，竟分不清哪个是哪个。她那只阿芙也跑了过来，也依偎在他们面前。吴镰看着这条狗，心里一动，问她，地窖在什么地方，他想去瞧瞧那些狗。她同意了，带着他到正屋去，地窖就在正屋的下方，靠近书柜的墙壁上有个扳手，扳动机关就可以打开地窖门，有一道梯子直通底部。吴镰默默看着她操作这些，跟着她，从梯子下去，下面黑漆漆的，伸手不见五指，但根本不用光线来提醒它们的存在。他才走到梯子底端时，这群狗就争先恐后地狂吠起来，得知道，在这么一个狭小密闭的空间里，二十几条狗一起嚎叫是什么概念，他的耳膜快被震破了。最聪明的动物也是最愚蠢的动物。也许我们和狗一样，最终的立场都不在自己这里。同乡女人就站在吴镰旁边，对现场可怕的声响毫无所动,冷漠、强硬,双手藏在身后,这位主人似乎早已见惯不怪。她按开地窖的灯,在铁笼前踱了一圈,然后告诉吴镰,二十八只。本来有五十只,但在地下生活,容易忧郁、生病、衰老,已经损失了近一半。她这样说,像在盘点着他们的家产。吴镰点点头,这个数目的确是他想知道的。不管是在地下还是地上,它们都只是一个数目。二十八只够多了,远超他最初的设想。挪亚方舟上也不过雌雄一对。只要保护好它们,等敌人离开,他们就可以用它们打造一个犬之岛,如同重新创世,重新创造一个狗的王国。这也是这个女人的想法。吴镰甚至能想象到,她怎样向他的朋友描绘过这样的前景,说过同样的话。他的朋友也曾像他现在这样,检阅着黑暗地窖里的铁牢笼里的部队,当时的数目还是四十,或者四十五只,然后信心满满地拍胸脯向女人保证,一定能保护好这些无辜的灵魂。保护?还是利用?吴镰不知道朋友是否有同样的疑惑。这时,头顶的地板突然传来一声枪响,搅动本来渐渐安静下去的地窖,狗吠和这枪声比起来简直不值一提。上面出事了,吴镰和女人马上冲上梯子。阿芙就在上面。等他们爬上来时,它正在地板上血淋淋地扭动着瘦长的身躯,肚子中了一枪,从脖子穿过,没扭几下就断气了。女人快速走到阿芙跟前,捧住它的后腿,忍不住掉下眼泪。眼泪在她黝黑的脸颊上盘旋,是透亮的。吴镰却提示她不要发出太大动静,敌人还在院子里,说不定就在隔壁,他能嗅到那股在军队里流行的麒麟牌香烟的气味。吴镰捏紧了手里的枪,走出正厅,在耳房门口停下来,紧贴墙壁,调整呼吸。他们就在耳房里面。两个或三个人。他的突击枪的发弹速度赶不上他们的反应速度。这时吴镰想到了一个办法:在花丛里伏击他们。于是他立即退回去,躲进园圃里,树番茄伸出枝条裹住他的每一寸肌肤,除了眼睛露在外面。前同伴从耳房出来时,吴镰马上就认出了他们,他对他们太熟悉了,几个月前他们还曾在训练营里厮混,如果有可能,他希望他们都不要从那座营地里出来,如果再给一次机会,他们会好好训练枪法,但现实里一切都没用了。吴镰躲在暗处,瞄准了其中一个同伴,扣下扳机。他终于发现,枪法最准的时候就是真正起杀意的时候。那位同伴应声倒地,前胸穿了一个纺锤大的口子。另外一位转过身来向吴镰还击。吴镰早先一步从树丛里滚出,子弹从头顶簌簌擦过,接着在地上射出两枪,把另外那位也打倒了。他们肯定不敢相信是他。当吴镰走近他们,最初倒地的那个还没断气,眼睛瞪大,想不明白。吴镰知道,其实他也想不明白。吴镰把他们都埋在园圃里,其实他不想把他们埋在那里,那里最好是只属于他的朋友,但他此时手酸脚软,拖不动这两具肥胖的身躯到外边去。同乡的女人也过来帮忙挖土。她好像还没有从失去阿芙的悲痛中缓过来。埋完敌人,他们接着把阿芙也埋了,她跪在地上,吴镰第一次从她身上感觉到楚楚可怜。可他们没有时间留给哀悼,因为更大的危机马上到来,军方肯定不会善罢甘休,哪怕是几个小卒的失踪。军方自认为早就掌控了这块岛屿,不会容许某个地方冒出一根奇怪的刺。很快就会有更多的人过来侦查。同乡女人告诉吴镰说,地窖就是最好的避难所,足够隐蔽和坚固,上次他朋友出事以后,她就在里面躲了大半年才出来,和她的狗狗们在一起,粮食足够它们挥霍,地窖里有十几缸压缩面包,都是当初岛上的工人大撤退时,她从他们手上买下来的。吴镰同意进入地窖,但是不仅仅是避难,地窖更应该是他们的基地,他们可以以此来引诱、骚扰、伏击敌人。打游击战。伟大领袖的天才战略。吴镰甚至制订了一套详细的作战计划,刻写在地窖的墙壁和地砖上,写得满地都是,而他和女人则每天练习这套计划,每晚也练习,在床上。只要坚持去做,两个人也能对抗一支军队。吴镰是这么想的,很有自信。只是没料到,他的计划落了个空。在地窖里等了半个月,也没见有人过来,这里,以及在这里发生的事情,好像已经被人遗忘。偶尔吴镰从地窖里出来,在院子周围活动,摘椰果,打探消息,但也不敢走太远。又过了半年,他们岛上的网络通信突然恢复了正常,吴镰和女人这才得知,早在半年前,岛上的军队就撤退了。大撤退。跟所有光临这座岛的外来客一样。工人大撤退,商人大撤退,军人大撤退。都逃脱不了撤退的命运。撤退的原因是国内另一座城市发生了核泄漏,和旧圣城同样的命运。军人需要去救助那座城市。吴镰对那座北部的城市不了解,也无感情,不过还是应该感谢它为他们解围,甚至说,为了帮他们解围而牺牲了自己。吴镰知道这种想法很离谱,但这种好运真的是奇迹,他和女人一直在说,应该把那座城市的名字记下来,刻在石碑上,系在脖子上,每天念叨十遍,尽管那个名字用他们方言读起来很拗口,像在打饱嗝。危机解除后,他们把地窖里的狗都放出来,给它们自由,它们在不自由的状况下处得太久,倒像是他们才是剥夺它们自由的人。这二十几条狗花了段时间才重新适应蓝天白云。但和它们被囚禁的时间相比，其实也没多久。它们很快就学会在草地里追逐，在泥潭里打滚，在水里游泳，在石头底下交媾。平时吴镰在岛上散步，走过那些遗留下来的巨大的水泥建筑时，还能看到它们在底下交媾。它们的姿势很新颖，至少他从未见过。吴镰把这些新姿势记下来，回去和女人演练，并且鼓动她到户外去，和这些狗狗一起练习。他们很快就忘了这片土地上发生过的悲剧。随着旺盛的繁殖期到来，这座岛确实按照他们的设想在发展，变成了真正的犬之岛，一个全新的王国。到处是狗。到处是狗的脚印、体毛和粪便。人类却只有他们两个。吴镰和女人试过无数的姿势，却始终不能令她怀孕。除了不能生孩子，他们都很健康。问题可能在吴镰身上，可能在女人身上，也可能他们同时都有。最终他们放弃了，女人安慰吴镰说，岛上的狗狗全是他们的孩子。他很认同，但同时也觉得他们的孩子太多了。多得让他们有些嫉妒。于是每年春天吴镰都会带着枪到野外去，扣动扳机，根本不用瞄准，因为数量实在是太多了。他很少会失手。每年春天大概杀两千条狗，然后封枪，来年再来。其实扣扳机也是很累人的活儿，吴镰感到累时，就把枪递给女人,她只是一个普通的女人,除了做过奇怪的梦,还有枪法神准。她把枪端起来时,没有一个孩子能逃得过她的爱。

后记　等冰层消融

写下这篇后记的时候，我刚刚结束一趟从梅州到漳州、厦门的旅途。旅行本是与手头的写作项目有关，但一路上所见所闻，跟这部创作于几年前的小说集也不无隐秘的联系：现象早已漫过语际，包裹在意识的一片混沌里。在厦门停留的最后一天，我行走于殿前村的小社区，眼看那些有着华美雕饰屋顶的庙宇揉入现代居民楼的包围圈里，似乎也并不违和。幕青宫的正对街是个戏台，台上唱着歌仔戏，咿咿哦哦，人影摇曳，意思是给宫庙里的妈祖看的，却也从不拒绝路过之人驻足，围观几眼；殿前路离高崎机场不远，每隔三五分钟就有飞机从头顶起飞，伴随机器的轰鸣，硕大的阴影自半空压下。这样的场景，此处生活的居民早已见多不怪，只是这两种图像、两类声音混作一处，钻入感官，使我这个新访者不能不惊讶。现代与传统、世俗与神圣、偶然和日常，它们如此自然地融合在一起，乍一想，实在是奇观，再一想，似乎也没什么值得奇怪，身为当代人，本就活在奇观和悖论中，那些已熟视无睹的，便是早已被驯化了的。

这或是南方闽粤社会的一个特征。地图上疆域的边界其实算不得数，因为人在移动、行走、游荡，不限于陆地或海洋，而这些人之间又是如此的迥异，像《乡村博物馆》里所写的,"我们的(客家)祖先在明末清初自福建南下,翻过武夷山,又渡过了珠江,像是受着某种无名之物的驱赶,一直逃到了半岛边缘,望洋兴叹,这才定居下来,和当地的越人生活在一起",在故土和新地之间,这些移民就像踯躅的影子,甩不掉过去的烙印,又要考虑如何安身。而今能挂在嘴边的、那个根深蒂固的"传统",或是经过这诸多族群的媾和、杂处、交融,在时间的暗处和犄角悄然形成。我们所看到的"南方",一个无法定义的南方,它涵盖了无数舌头碰撞出来的元音和辅音、弃置了的刀枪棍棒,以及抱作一团、同声同气的庇护——这个过程是艰难的,要讲明白它同样艰难,但人总想着生存、延续下去,是以这些骚动的人度过了不安之夜,找到了共存的法子。可算是一种智慧,是吧,所有的"传统"诞生之初都是智慧,也是唬人的兽,你噤声,保持和平,你受它庇护,你在它为你画下的安全圈里,一代代繁衍下去。在这片热土生长起来,就无法忽视这个传统,而是直面它,还要不忘活在当下,用后天习得的知识去理解并消解它,试图将它纳入理性的轨道。一边热闹闹地祛魅,一边静悄悄地复魅。但一切在于你的"信",无关对错,你信哪一边,那些星辰和灰烬也跟随你,周转出了一个合理的世界,过了些时日,再回头望望它,才猛觉,它其实不过是你跟自己的生活握手言和的倒影。

因此,关于这部小说集里的篇目排序,我有意将有着怪诞情节(我更愿意称之为"越过现实五厘米")的故事和偏"现实感"的故事交错排列,如同我们生活的两面,从一面到另一面，或明或暗，它是随机的，也是自然发生的。其实用两面来概括也未必准确。我不相信所谓"现实"，也不相信所谓"纯粹"，事物本身是复杂的，观看的角度稍一偏离，便可以窥见不同的结果。因此，越过现实五厘米，实际上是日常的出神时刻；离开现实，便是背上背包，做一个离家的旅人，从安全的时空往不安全的时空走一走，然后再做那个归来的奥德赛。这有点像音乐中常见的调性平衡法，一个调上的主音出走冒险后，回归到句末的强拍终止，又或是奏鸣曲式中主题亮相后，经过不断的离调和变奏，给予曲子源源不断的动力，最终复现。我更宁愿延宕这个过程，离开家的时间越长，越能体会归家的满足；偏离"现实"越久，越能透视那些不可见的、日常挥舞的世界的幻肢。

从时间和情感的维度来看，这部集子里的八篇小说，写于2018—2021年，在我完成第一部长篇《伐木之夜》之后。写得最早的是《非亲非故》和《乡村博物馆》，写得最晚的是《神游》和《细叔鱿鱼辉》，由此也可说，小说的情感内蕴是由最开始的反叛、抵抗，最终抵达一种和解。这也大致代表了我过去几年的情感历程。和解不代表认同，只是代表你玩你的，我玩我的，咱互不干涉；我理解你，也希望你能理解我。击倒一头巨兽何其难，只能等它慢慢老去，等最坚固的冰层慢慢消融，等时间填满代际的罅。小说里我写了很多逃离的人，多数都是从粤西家乡逃向珠三角，那确实是上世纪八九十年代以来，我的许多堂表亲戚的迁移路径。远方自有远方的诱惑，它是个大熔炉，能改造人，使人变得有钱、变得洋气。幼时,我曾亲耳听我的堂姐说过,眼看着同村的姐妹出去打工,皮肤变白了,人也变好看了,她不知有多羡慕呢!我不知道除了那一头无法抵挡的巨大引力之外,家乡的这一头是否也有一股推力,令他们带着某种决绝逃出去,出去挣钱反而是一个绝佳的借口。遗憾的是这听起来像虚构,我也没有向那些人确认过这件事,只知道他们出逃许多年后,多数又回归了原处,重新找回了跟那片土地的契约,做该做的事,建立家庭,生活安稳。而进入新世纪以后的新生人类,他们又是另一番情形,他们既不受远方的诱惑,也并不厌恶此地,或许发明了更高维的解法。我不得不反思,故事和虚构不过是一种念想,我们常常被那些网络的时髦话语和甜蜜嘴替、轻易搭上车的政治及道德正确、由 metropolis 发散出去的精英经验所遮蔽,而忽略了更广大的基层,县城和乡镇,沉默的大多数。那个长期稳定运行的宇宙,你可曾真正进入过它吗?

在《神游》里,我尝试代入我父亲的角色,与他共情。小说里塑造的"我",乃是真实世界里我父亲的部分影像。我们的关系时而紧张,时而舒缓。他是个传统的人,正直近乎迂腐,也是个"搭错时代顺风车"的人。他常年在乡下照护我患病卧床的爷爷,一根无形之绳把他拴在床边,是沉甸甸的责任,也有一份难以触及的无聊和痛楚。而痛楚是弥散性的,覆盖在那些暗影下垂垂老去的城镇,如小说里所说,"那些曾经发生在乡下的爆炸婴儿潮,如今潮水退去,婴儿已老,纷纷等待着末日的闹钟,然后化为尘埃,被强行塞进泥土深处"。因此不必苛求他人，也不必凝视巨兽过久，传统的尺度、观念、生活方式之所以存在，必有荫翳下的合法性，给人以心灵抚慰。谁都有老去的一天，你，我，他，都在变老。

未竟的抵抗，还包括了这些小说共有的文体。文体、形式，本是我不愿讲但又无法回避的东西。它很容易被归纳为"一段到底"或"不分段"，但其实重点不是不分段，而是取消（或尽量避免）了句号，使句子趋向于无限长。如果一篇小说只有一个句子，那也没办法分段了，对吧？对句法、语法的执着，其动机源于对两种语言层面的抵抗（我当时迷恋彼得·魏斯《抵抗的美学》里面那种"在运动中抵抗"的观念）：一种是文学作品中以北方方言或官话系统为代表的语言范式，另一种则是以古典小说白话文为典型、所谓本土化的叙述语言范式。前者占统治地位，是所谓"标准语"；后者是民族性的泛化，是一种风格化的迷思。当然，这种抵抗是非常个人化的，蚍蜉如何能撼动大树，不过是想给自己披上一层保护衣，抵御四面八方源源不绝的侵袭。想抵抗"标准语"，要用方言，但南方方言不好直接入文，于是想到"曲线救国"，借印欧语系的从句，再造句法，做推动的"第三只手"。有趣的是，这套路径跟二十世纪初白话文的改造有相似之处，从某种意义上来说，现代汉语也是个舶来品，它内部隐藏了许多暗痕和开关，给了我这样操作的空间。句子变长，随之提高它的密度、前进的速率，把弓拉到最大，不必介意它的反弹，制造映射内心的紧张、绵延、反复，挑战语言所能承载的思维力。对我而言，这并不容易，关键在于处理连接感，大到时空、情境、观念的转场，有的甚至是从零到一、从正到反的差悖；小到动作、语气、细节的衔接，都需要连通和自洽的逻辑使一切稳定运行。因为汉语的特质，一方面我们太习惯于它的简洁、留白，以及依靠语序和虚词所构成的固有叙述惯性，另一方面它又有无可比拟的灵活度，提供了某种方便。所以，打破语言温室，首先是自我的抵抗。而失败几乎是如影随形的，在这八篇小说之外，还有写废了的许多篇目，以及被推翻的几十万字，它们都被我掩埋在了砾层之下。

书中的插图一部分是我拍的照片，另一部分是借助Midjourney画出来的图片。为得到合适的风格和效果，我淘洗了三百多张图片。和AI交流多了，我会觉得，它其实更像是一个尽责的毫无怨言的"乙方"而非工具。这个习得的过程是相互的，是奇怪的靠近：我不断调整指令以求它可以完美地理解，我习得了与它交流的、更内在的语言，而它在一次次的失败中（同时也夹杂了我的不耐烦和咒骂）完成了自我的驯化，最终抵达了那个本就难以言说、朦朦胧胧的标准。这种体验很奇妙，当然，如果未来能通过脑电波交流而不用费口舌，就再好不过了。

索耳
2023.5.15 于广州怡乐路